Essa Menina

A marca FSC® é a garantia de que a madeira utilizada na fabricação do papel deste livro provém de florestas que foram gerenciadas de maneira ambientalmente correta, socialmente justa e economicamente viável, além de outras fontes de origem controlada.

Tina Correia

Essa Menina
De Paris a Paripiranga

Copyright © 2016 by Janete Correia de Melo Gois

Grafia atualizada segundo o Acordo Ortográfico da Língua Portuguesa de 1990, que entrou em vigor no Brasil em 2009.

Capa
Ana C. Bahia

Preparação
Leny Cordeiro

Revisão
André Marinho
Rita Godoy
Mônica Santos

Dados Internacionais de Catalogação na Publicação (CIP)
(Câmara Brasileira do Livro, SP, Brasil)

Correia, Tina
    Essa Menina : de Paris a Paripiranga / Tina Correia. – Rio de Janeiro : Alfaguara, 2016.

    ISBN 978-85-5652-003-6

    1. Ficção brasileira. I. Título.

16-00368   CDD–869.3

Índices para catálogo sistemático:
    1. Ficção : Literatura brasileira   869.3

[2016]
Todos os direitos desta edição reservados à
EDITORA SCHWARCZ S.A.
Rua Cosme Velho, 103
22241-090 — Rio de Janeiro — RJ
Telefone: (21) 2199-7824
Fax: (21) 2199-7825
www.objetiva.com.br

Para

Carolina, Francisco e Rosa, meus netos, que
despertaram em mim um amor intenso de
um jeito que eu nem sabia que existia.

Antônio (Tonico) e Maria (Bia), meus filhos.
Sem eles eu seria uma pessoa muito triste.

Ancelmo, responsável pelas figurinhas
acima e incentivador do livro.

Ana Sofia, minha querida neta do coração.

Meus irmãos: Zezinho, Dada, Dida, Diu, Déu, Son,
Jane, Veva, Mima, Babale e Vivi, minhas inspirações
para muitas das histórias inventadas aqui.

Finalmente, Tonico, Marinete e Deca, meus pais e irmã
que já se foram, mas continuam em minha lembrança.

Há algum tempo venho percebendo que as recordações começam a falhar. Os fatos do passado se embaralham e embaçam minha compreensão. Por isso, antes que sumam por completo, tomei coragem para reviver as histórias que povoaram minha infância e adolescência. Aqui, na cidade de Paris, onde vivo há mais de cinquenta anos, distante cerca de 7,5 mil quilômetros do bairro Paripiranga, decidi escrever o que aconteceu comigo até o dia de minha partida, no final de 1960, quando os tropeços com a realidade me obrigaram a entrar, sem volta, no mundo dos adultos.

Não que minha vida mereça um romance. Não. Eu vivi uma vida feijão com arroz, uma vida simplória, sem glamour, sem feitos nem confeitos. Não fui protagonista. Fui testemunha. Prometi para mim mesma que, se um dia descobrisse alguma lasca de talento, escreveria um livro contando minha história. Como o estalo de Vieira nunca se manifestou, cansei de esperar o surto de genialidade e resolvi simplesmente contar alguns fatos que presenciei ou ouvi.

Dispensei o computador porque o texto só ganhou fluência quando passei a escrevê-lo à mão. Descobri que, apesar da distância espacial e temporal, o bairro onde titia enterrou meu umbigo continuava vivo dentro de mim. Bastou iniciar o registro das primeiras reminiscências e me vi transportada para um tempo que ficou grudado nas bordas da lembrança. Então cavouquei ainda mais e raspei do tacho da memória histórias que eu nem sabia que havia guardado. Um assunto puxava outro e às vezes bastava uma palavra para os casos brotarem da raiz da minha cabeça. Algumas descrições talvez possam parecer "realismo mágico", mas não são. Na minha terra, a realidade é mágica por si só.

Agora, já não sei mais o que é verdade: o que ouvi, o que vivi, o que inventei ou o que copiei. Porque a memória é traiçoeira e talvez tudo isso não passe de invencionice de criança.

Olhinho de jabuticaba

No dia em que vim ao mundo, num bairro pobrezinho de marré, marré, marré, a luz elétrica chegou à primeira casa da nossa rua. Até então, invejava-se o brilho das casas e dos postes iluminados pela eletricidade a algumas quadras dali. Enquanto a energia não chegava, candeeiros e fifós clareavam nossa escuridão.

Mamãe e duas vizinhas, grávidas, acordaram agitadas naquele dia. Não queriam perder um movimento dos preparativos da inauguração do palacete, mas na noite anterior, com as primeiras contrações, tiveram o pressentimento de que os filhos não tardariam a nascer, o que se confirmou. As filhas das vizinhas chegaram bem na hora da iluminação do jardim do palacete. Cerca de quatro horas depois cheguei eu, com a banda de música do Corpo de Bombeiros, que havia encerrado a festa da Casa dos Peixes tocando na minha porta. Vovô dizia que era para comemorar minha chegada e repetia sorridente a primeira impressão que teve ao me segurar:

— Eitcha, que essa menina nasceu uma coisitinha de nada, magrinha, feinha, uma titica de gente, só pele e osso, meio branca, meio preta, meio índia. Assim, meio barro meio tijolo. Os olhinhos pretinhos espreitavam a gente que nem jabuticaba no pé.

Vivia contando, orgulhoso, minhas façanhas para os amigos. "Olha só o que essa menina faz. Essa menina já fala tudo. Essa menina já sabe engatinhar. Essa menina já sabe andar."

De tanto ouvi-lo referir-se a mim como "essa menina", deduzi que esse era o meu nome. Sempre que eu queria alguma coisa, dizia: "Essa Menina quer dormir. Essa Menina tá dodói".

E o apelido pegou. Em casa, na rua, na escola, só me chamavam de Essa Menina. Mamãe e papai, durante muito tempo, ficaram conhecidos como Sua Mãe e Seu Pai. É que eu cresci ouvindo os adultos falarem "chame sua mãe", "cadê seu pai?"... Concluí então que estes eram seus nomes. E era assim que eu os chamava:

— Sua Mãe, Essa Menina quer comer.

— Seu Pai, vovô tá chamando.

Desde a noite do meu nascimento, quando o palacete foi inaugurado, a rua da minha infância passou a ser conhecida como a rua dos Peixes. Titia e Vovó Grande já haviam encerrado a ajuda às recém-paridas, nossas vizinhas, quando as contrações de mamãe se amiudaram. Sozinha em casa, ela se contorcia e gritava por ajuda, mas sua voz era abafada pelos acordes da banda de música que saía do palacete.

Pegando-se com são Raimundo Nonato e Nossa Senhora do Parto, ela mesma tomou as primeiras providências: encheu várias panelas com água, colocou-as no fogão e assoprou as brasas. O esforço foi benéfico para o parto: a bolsa arrebentou e eu comecei a nascer. Foi aí que titia entrou no quarto (levada pela Providência Divina, dizia ela) e viu que eu já estava coroando. Como sempre fazia nessas situações, ela pôs embaixo do travesseiro de mamãe uma tesoura aberta para afastar a Bruxa da Morte, aquela que ronda os nascimentos dos bebês, e correu até a porta gritando pela parteira. Deu-se o maior alvoroço lá em casa. A Banda de Música tocando e a família quase toda reunida: vovô, Vovó Grande, titia, meus irmãos e a velha Iandara, prima de vovô. Só papai estava ausente.

Papai trabalhava na loja de tecidos de seu Isaac. Um misto de vendedor e representante. Viajava muito. Diziam que fazia as encomendas para o patrão. Ele voltava sempre com amostras de panos amarrados em formato de livro, além de alguns retalhos de seda, lã ou algodão para mamãe. Por ocasião de seus retornos, reunia os amigos à noite, para as famosas serestas. Eu demorei a entender suas ausências, que duravam dias, meses... Seu patrão, no entanto, jamais deixou de lhe pagar. Titia recebia o pagamento todo mês e saía da loja com algum retalho embrulhado e o pacotinho de dinheiro escondido no califom.

Bem, quando a parteira chegou, eu já tinha nascido e mamãe havia até parido a placenta. Dona Tomásia só teve de cortar o cordão umbilical. Vovó Grande comemorou porque, no dia anterior, ao fazer um pequeno corte no coração da galinha e colocá-lo para cozinhar, o coração se abriu ao meio.

— Eu não disse? Minha adivinhação deu que era menina!

E no alto do céu, a lua cheia imperava toda branca na toalha negra furada de estrelinhas. Vovô dizia que, no momento em que cheguei a este mundo, lá pelas dez horas da noite, uma girândola iluminava a rua, encerrando a inauguração da Casa dos Peixes. Eu nasci empelicada, o que era bom presságio. Teria sorte na vida. Quando, meio desconfiada, abri os olhinhos, titia afirmou que eu sorri:

— As crianças demoravam uma semana para abrir os olhos. Você na mesma noite já observava tudo. Até sorriu. Parecia trazer esperança para nós todos. Nunca vi uma criança tão especulativa.

Troquei de mal com Getúlio

A noite em que nasci foi de muita afobação. Como de hábito, minha tia trouxe para dentro do quarto de mamãe uma telha, onde acendeu incenso, misturando-o às brasas de carvão. Pegou meu enxoval e girou as pecinhas na fumaça que subia da telha. Era para afastar mau-olhado e manter a roupa cheirosa. Foi ela também quem prendeu na minha roupa o primeiro escapulário e, na falta da minha avó materna, já falecida, amarrou na cabeça de mamãe o lenço branco que as mulheres paridas usavam para se proteger da friagem durante o resguardo.

Vovô abriu as portas de nossa casa e oferecia um copo de meladinha, também conhecida como "mijo do menino", a todos que chegassem. Dizem que a meladinha feita por vovô era a mais deliciosa de todas. A receita, que ele recebeu do pai e passou para o filho e para meu irmão mais velho, obedecia a um ritual. Primeiro, a bebida só deveria ser preparada por homem. Segundo, tinha que ser feita com a cachaça de bumbo, a primeira recolhida direto do alambique, a chamada cachaça virgem. Mas o segredo estava na dosagem exata dos ingredientes colocados numa garrafa escura: canela em pau, cravo, favo de mel, cebolinha branca miúda, gengibre, um ramo de arruda e um alho macho. E tudo isso deveria ser preparado pelo menos um mês e meio antes de a mulher parir. Encher a garrafa, tampar com rolha virgem e deixar maturando, agitando de vez em quando para a mistura pegar gosto. Era de lamber os beiços. Já no primeiro gole, a língua ficava numa dormência gostosa. Dava até para arrancar dente que não se sentia dor, apregoava vovô.

Enquanto os amigos bebiam, eu passava de braço em braço. Minha tia me benzeu e me ofereceu como afilhada de

Nossa Senhora da Imaculada Conceição. Vovó Grande me elevou no ar, em frente ao candeeiro, projetando nossa sombra na parede, e disse para todo mundo ouvir:

— Abençoada seja você por trazer esperança nesses dias de atribulações.

Vovô escutou a frase de Vovó Grande e no meu terceiro dia de vida, quando foi fazer meu registro, tarefa que lhe coube devido à ausência de papai, informou meu nome ao escrivão: Esperança. Por coincidência, tempos depois, um dos maiores sucessos tocados nas rádios e no alto-falante da nossa rua era a música "Serra da Boa Esperança", na voz de Francisco Alves. Papai, que tocava violão e era fã do cantor, logo aprendeu a tirar as notas de ouvido. Quando me punha para dormir, cantava a "minha música", e durante muitos anos eu acreditei que ele a fizera para mim.

As cantigas mais representativas do nosso cancioneiro eu aprendi na calçada lá de casa, nos "ingênuos" saraus que papai organizava. Isso acontecia sempre que ele chegava de suas demoradas viagens e reunia os amigos. Não entendia por que, entre uma e outra melodia, cochichavam tanto pelos cantos e nos pediam para alertar sobre a presença do soldado de nome Cambito. Ele vivia rondando nossa casa e sempre aparecia de supetão. Ficava um tempo encostado na parede e depois ia embora sem dizer uma palavra.

Dessas noitadas participavam o vendedor e repentista Abdon (conhecido como Pai do Abecê) e seu filho mais velho, Apolo, além do marceneiro, seu Ari, batizado Aristodemo (apelidado também de Pai do A-e-i-o-u). Eles se revezavam nas imitações de Francisco Alves, Sílvio Caldas e Dorival Caymmi, entre outros.

Cedo acompanhei as pendengas musicais entre Noel Rosa e Wilson Baptista e logo me apaixonei pelos compositores de "Lenço no pescoço", "Rapaz folgado", "Mocinho da Vila" e "Palpite infeliz", embora "Rosa" e "Carinhoso", de Pixinguinha, enchessem meu coração de ternura.

De Luiz Gonzaga, então, nem se fala. Decorei todas as músicas, mas confesso que morria de medo quando aquele homem baixinho se apresentava vestido como cangaceiro. Minha tia me arrastava para a praça toda vez que ele ia cantar na cidade. Sua chegada ao palanque era precedida de muita confusão, muitos homens gritando, abrindo caminho para a celebridade, colocando até corda para isolar os fãs que tentavam tocá-lo.

Por causa do som forte do zabumba, eu acreditava que ele era Lampião disfarçado, pois sempre ouvia dizer que era assim que o cangaceiro surgia numa cidade: provocando grande rebuliço. Para reforçar a semelhança entre o cantador e o bandoleiro, eram ambos cegos de um olho. Mas o poder dos versos do Rei do Baião era tão magnetizante que, mal ele começava a cantar, eu esquecia tudo e o acompanhava, pois sabia de cor suas músicas.

Outra voz muito presente lá em casa era a da intérprete de "Errei, sim". Ela era como uma parenta nossa, uma prima muito próxima, tal a frequência com que pronunciávamos seu nome: Dalva de Oliveira. Quando sua família se desestruturou, as mágoas do casal foram partilhadas lá em casa. Nas serestas, mamãe, que se destacava pelo timbre de voz agudíssimo, emocionava minha tia, fã de Dalva de Oliveira, com as imitações que fazia da cantora.

Seu Ari, exímio no pandeiro, Abdon e o filho Apolo acompanhavam papai, intérprete dos ressentimentos de Herivelto Martins. As músicas "Transformação", "Teu exemplo", "Calúnia", "Tudo acabado entre nós" e "Fim de comédia" praticamente carimbaram minha vida. À medida que eu crescia, ia compreendendo o significado dos versos dos dois cantores, cujas vidas eram expostas em frases magoadas, irônicas e muitas vezes cruéis.

E eu, embalada por composições tão lindas, cantava para uma menininha a quem só conhecia pela fotografia encaixada no espelho da penteadeira. Segundo me explicaram, ela nascera no mesmo dia que eu, mas sem nenhuma música, longe, numa cadeia, afastada dos parentes e amigos. Quando alcancei a idade da razão infantil, não tive dúvidas: troquei de mal para sempre com Getúlio.

Não bastasse isso, já no meu terceiro dia de vida, sofri o primeiro susto. Três soldados invadiram nossa casa, comandados pelo tal Cambito. Armados, aproveitando-se da ausência de vovô, que havia saído para me registrar, os covardes obrigaram mamãe a se levantar da cama comigo no colo.

Insensíveis aos pedidos das mulheres e aos choros das crianças, reviraram toda a casa. Esvaziaram a penteadeira e o camiseiro, rasgaram o colchão da cama e, na cozinha, espalharam no chão a farinha, o café e o arroz. Quebraram tudo. Só deixaram intactos os quadros da Sagrada Família e da Santa Ceia pendurados na parede da sala, diante dos quais se benzeram. Cambito já estava na porta da rua quando decidiu voltar. Parou diante do quadro da Sagrada Família por alguns instantes e, intrigado, aproximou-se da parede.

Como uma louca, mamãe, comigo no colo, partiu para cima dele e começou a distribuir socos nas costas do intruso, no peito, na cabeça, onde seu desespero alcançava, na tentativa de proteger a reprodução da cena sagrada. O homem a ignorou e, com um simples toque, ajeitou o quadro, alegando que a armação estava torta. Depois saiu mangando do excesso de zelo de mamãe. Mal o soldado deu as costas, duas fotos comprometedoras caíram de trás do quadro. Vovó Grande correu para passar a tramela na porta. Meses depois, a foto da tal menininha com os cabelos presos por um laço de fita se juntou a esses dois retratos.

A visita dos soldados fez mamãe quebrar o resguardo e cair doente. Assim que vovô retornou, achou melhor distribuir nossa família entre as casas dos amigos até tomar ciência da situação e consertar os estragos. Uma amiga de infância de mamãe, rica, que minutos após os soldados saírem chegara de carro com o marido para visitá-la, ofereceu sua mansão para nos hospedar, onde passamos dez dias.

O que aconteceu lá, durante esse tempo em que ficamos isoladas da família, nunca se soube. Mamãe trancou-se num mutismo e jamais fez qualquer referência a esse período. Quando alguém perguntava, ela desconversava. Só sei, por ouvir dizer, que voltou mais magra, muito triste, com os olhos vermelhos e inchados de tanto chorar. O leite secara, mas eu estava gorduchinha, com um enxoval novo e muitas roupinhas delicadas e caras. No dia do nosso retorno, mamãe, causando estranheza à família, comunicou muito séria a decisão tomada: em agradecimento à acolhida da amiga, havia convidado o casal para me batizar, desfazendo o acordo que fizera com papai de me oferecer como afilhada ao maestro Genaro e sua mulher.

Doidinha, doidinha

Para não faltar com a verdade, devo registrar certos aspectos da minha personalidade. Cedo desenvolvi duas capacidades extraordinárias: a audição e a memória. E uma terceira que só agora revelo: o dom da invisibilidade.

Quer dizer, não é bem assim. É que às vezes eu presenciava fatos e situações estranhas sem que os adultos dessem conta de mim. Eu gravava com facilidade tudo que ouvia. E ouvia tudo, desde o distante rangido do amolador de facas, o triângulo do rapaz do biscoito cavaco chinês, a matraca anunciando a chegada do tabuleiro de quebra-queixos, até o realejo do homem dos pirulitos, que tocava a escala de dó-ré-mi-fá-sol-lá-si de trás para a frente, num fiiuuí-fiiuuí inconfundível.

Mas o que eu mais escutava eram as conversas que os adultos mantinham em segredo pelos cantos das casas. Nas primeiras manifestações ninguém deu fé dessas minhas habilidades, e quando eu afirmava que o amolador de facas estava se aproximando, meus irmãos corriam para a rua deserta e mangavam de mim dizendo que eu era maluquinha. Minutos depois, para a surpresa de todos, o homem aparecia. No começo, eles se assustavam pensando que eu tinha o dom de prever acontecimentos e de ver através das paredes. Eu não via coisas, nem sequer previa acontecimento algum, mas ouvia longe, o que me trouxe problemas.

A situação se complicou no dia em que seu Ari chegou apressado lá em casa e avisou a papai que a polícia estava com uma lista de nomes, entre eles o do próprio papai. Do quarto onde eu brincava com minhas bonecas de pano, ouvi uma referência a outro amigo da família, seu Castelar, que não me saiu mais da cabeça. À noite, de camisola, já pronta para dormir, percebi a apreensão dos adultos. Pulei da cama e me aproximei da mesa onde os amigos de papai estavam reunidos. Como ninguém desse pela minha presença, disse com exatidão e ar compungido, abraçada à minha boneca de pano, a frase que ouvira da boca de seu Ari:

— Castelar tá marcado!

Foi um alvoroço. Papai me chamou num canto e pediu que eu nunca mais repetisse aquilo, porque era muito perigoso. Não entendi, mas concordei. No entanto, toda vez que via seu Castelar, repetia mentalmente a frase cujo significado desconhecia. Olhava para aquele homem simples, buscando em sua pele alguma marca que justificasse a informação.

Foi a partir desse dia que decidi não mais revelar as coisas que ouvia. Não que eu quisesse ouvir, e houve época em que eu tapava os ouvidos para afastar os sons que me perseguiam. Então, como escudo de proteção, desenvolvi uma quarta habilidade, a da abstração. Fixava-me num ponto qualquer e me alheava da realidade. Devido a esse comportamento, convivi com a pecha de doidinha, doidinha. Todavia, para meu desespero, continuei a ouvir coisas que não queria e que não deveria ouvir. Só vovô e titia pareciam me compreender.

Eles moravam à minha direita, em um casebre cercado de um jardim sempre florido, com um enorme terreno nos fundos onde crescia todo tipo de frutas e ervas. No meu primeiro dia de vida, vovô plantou em seu quintal, ao lado do sapotizeiro, a minha jabuticabeira. Foi com ele que colhi os primeiros olhinhos que brotaram no tronco da árvore. E meu primeiro passeio, quando pude sair à rua, foi em seu colo para ver a Casa dos Peixes — o que se transformou em rotina. Todas as tardes, ao voltar do trabalho, ele passava lá em casa e chamava:

— Essa Menina, onde está você? Cadê Essa Menina?

Eu me jogava nos seus braços e saíamos para passear. Foi na calçada do palacete que dei os primeiros passos, incentivada por seu cantarolar enquanto me puxava pela mão:

— Dandá... ganhá tentém... pra comprá doce...
pelo natá.

Em todas essas andanças ele contava as histórias do
dia da inauguração da mansão. O dia em que nasci empelicada, sob uma chuva de fogos coloridos.

Fatias de parida

Eu, Das Dores e Diacuí nascemos na mesma noite. Dona Esmeralda e dona Yacy aguentaram as contrações até o último momento, lá pelas cinco da tarde, quando as fisgadas se tornaram insuportáveis. A parteira, dona Tomásia, ordenou que as grávidas pegassem a reta para suas casas, inclusive mamãe, que fingia sentir apenas um leve incômodo. Todas relutaram, pois queriam ver a festa de perto, mas atenderam à parteira. A vizinhança foi de uma presteza sem par.

Às seis da tarde, minhas amigas começaram a rasgar os ventres das mães. Nessa hora divina, quando a noite começa a abrir sua boca negra, a banda do Corpo de Bombeiros iniciou os acordes da Ave-Maria. Seu Serigy e dona Yacy, índios remanescentes da tribo Kiriri, da lagoa Azeda, estavam tranquilos.

Dona Yacy era de uma serenidade só. Pequenina, magrinha, era senhora absoluta da situação. Ela morava numa casa igualmente singela, que ficava em frente à nossa, em um chão cultivado com mandioca e algumas plantas medicinais. No meio da plantação, seu marido levantou uma construção de palha, conhecida como a Casa do Beiju, onde a família preparava com macaxeira e coco os beijus mais deliciosos do mundo: saroio, malcasado, fino, molhado, sarapó. Trabalhavam muito. Do nascer do sol ao fim do dia.

Era nesse mesmo espaço que o casal traçava os bocapius, cestos e bolsas de palha de pindoba, buriti e ráfia que vendiam na feira. Com as palhas também entrelaçavam diferentes sementes, como mulungus e lágrimas-de-nossa-senhora, criando colares, brincos e pulseiras. Lembro-me de que, aos sete anos, Das Dores pediu a Diacuí que lhe ensinasse a fazer as pulseiras.

A família de índios não era de muita conversa e raramente se envolvia em fofocas, embora fossem todos muito solidários. Uma única certeza entusiasmava seu Serigy: qualquer dia desses voltaria com a família para suas terras, conforme promessa do governo. Promessa, aliás, sempre adiada. Enquanto viveram naquela casa, estivemos sempre muito próximos, como se formássemos uma só família. Falavam baixinho, mas riam muito. Achavam graça em tudo. A índia-mãe acordava cedinho, que nem titia, e trabalhava sem reclamar.

Na hora do nascimento de minha amiga, a índia, de cócoras, sob os olhares abismados das vizinhas, sem um grito, pariu mais uma cunhatã. Magrinha, de cabelo pretinho, pretinho, liso, espetado para o ar, como flechas fincadas pelos ancestrais para que jamais esquecesse suas raízes. A própria Yacy cortou o cordão umbilical e recebeu serena a cunhatã. Minha amiguinha tinha os olhos amendoados da cor de mel e teve por nome Diacuí.

Seu nome era música para mim, não me cansava de repeti-lo. Ela ouvia feliz minha declaração de amizade e ria, e ria linda, linda, linda... Contando com minha amiga, a índia Yacy pariu ao todo nove crias, rebanho pequeno em comparação com as parideiras do bairro Paripiranga. Mas não teve nenhuma complicação, nem perdeu nenhuma das barrigas. Tudo nascia assim, fuuuuuuuu... Num alívio fácil, fácil. Parida a criança, desocupado o útero, a índia, feliz, amamentou a filha. Só depois que Diacuí adormeceu foi que aceitou, de muito bom grado, a canja e as fatias de parida preparadas por Vovó Grande, que a elogiava:

— Parir assim é uma bênção.

Arreda o pé da cova, sá Ramunonato

Parir também não era problema para a negra iorubá batizada Esmeralda, mulher de Chico Pintor, descendente da mesma nação africana. Mãe de seis meninas, ela estava mais preocupada em não perder o melhor da festa. Rangia os dentes e tentava segurar a criança no ventre, encalcando a mão no chamado pé do pente e praguejando:

— Num arredo o pé daqui por nada desse mundo. Num tem filho que me faça perder essa festa.

Pois perdeu. Dona Esmeralda morava do nosso lado esquerdo, num casebre levantado no meio do terreno, onde plantava algumas verduras e legumes para o sustento da família. Alta, forte, a negra invocava seus santos e pediu a ajuda do marido, antes de ir para casa, levada pela parteira:

— Valei-me, minha mãe Iansã, meu são Cosme e são Damião. Acuda, Chico, pelo amor de Deus!

No auge da lerdeza acelerada pelo álcool, Chico permanceceu agarrado à garrafa de cachaça, cercado pelas seis filhas. Sonhando com um filho homem, o negro bebia muito toda vez que a mulher ia ter menino, pois pressentia que só nasceriam meninas. Enquanto durassem os resguardos da iorubá, ele se atolava na bebida. Naquele dia não foi diferente. Fazendo ouvidos de mercador aos apelos da lavadeira, ele não moveu um músculo sequer do rosto e ainda reclamou:

— Que acuda o quê, muié! Eu que não arredo o pé por muié descompetente que só sabe parir muié. Inda mais de penca. Se subesse fazer um menino macho, inté que eu acudia.

E continuou a beber, alheio ao que acontecia. Foi um corre-corre dos diabos. Titia, diante do olhar inerte do homem, levou as crianças para casa, arrancou a pinga de suas mãos, derramou o resto da cachaça no chão e carregou a garrafa para que dona Esmeralda soprasse quando as contrações apertassem.

Acostumada a expelir os filhos com facilidade, aquele parto foi bastante atípico. A chegada da criança estava complicada. Muito grande, ela tentava vir à porta da vida e voltava. Entre um e outro sopro na garrafa vazia, a iorubá suava, fazendo força para expulsar o bebê, enquanto prometia mais uma vez aos santos meninos são Cosme e são Damião um caruru, caso tivesse dois filhos homens.

Desde que se juntara com Chico Pintor, dona Esmeralda sonhava ter filhos homens, de preferência gêmeos. Tinha certeza de que, se vingasse um menino, Chico largaria a bebida. Vivia comendo frutas inconhas, aquelas que nascem coladas em par, na esperança de parir mabaços. Fizera até promessa: enquanto sangue corresse em sua veia, todo ano ofereceria um "caruru dos meninos" para sete crianças.

Caruru completo com pipoca, amendoim, farofa de dendê, cana picadinha, banana-da-terra frita, arroz branco, abará, abóbora, acarajé, milho branco, coco, galinha ao molho pardo, ovo cozido e rapadura. Tudo cortadinho como deve ser a comida infantil. Da primeira barrigada, no entanto, nasceram as gêmeas Cosma e Damiana; na segunda, veio Cosmanilde; depois, duas outras mabaças, Crispina e Crispiniana; e no ano seguinte, Damianilde.

Devota dos santos anargiros, médicos que curavam sem cobrar nada, dona Esmeralda nunca deixou de cumprir a promessa. Para felicidade das crianças, todo 27 de setembro tinha festa na casa da lavadeira. No altar dos santos médicos, no quarto da iorubá, eram depositados três pratinhos, um extra para Doú, com pequenas porções das comidas prometidas. A vizinhança comparecia, mas os primeiros a serem servidos, depois dos santos gêmeos, eram sete meninos entre cinco e oito anos. Enquanto os pequenininhos enchiam a pança, comendo com as mãos, os outros convidados cantavam e dançavam em homenagem aos milagreiros.

Na data dos santos mabaços, na casa de dona Esmeralda não tinha briga. Era o único dia de paz naquela família. As crianças mandavam e desmandavam na iorubá, que era tomada por um espírito infantil. Completamente fora do seu normal, a mulher brincava com todo mundo, ria, corria, rolava no chão e falava uma língua tatibitate, de difícil compreensão, "tomo ti fôte ua tiantinha pitinininha atim ti num tabia fadá dideito".

Em uma dessas festas, lá pelos meus oito anos, descobri o segredo que me intrigava: como os santos desciam do céu para comer suas oferendas? À tarde, enquanto dona Esmeralda dançava e se enroscava no chão com as outras crianças, Das Dores me chamou ao fundo do quintal e me ofereceu um pequeno acarajé, ordenando que eu comesse rápido. Com fome, dei a primeira mordida e perguntei quem lhe dera o bolinho. Ela revelou que roubara de Cosme e Damião. Assustada, cuspi a comida e recriminei sua heresia, recordando os ensinamentos de minha tia e o respeito que deveríamos ter pelas religiões alheias. A resposta veio imediata e com um argumento lógico:

— Santo de barro num come, sua brôca.

Tinha argumento na ponta da língua para tudo. Só se recusava a comentar as marcas brancas em torno dos pulsos enfeitados de pulseiras, dizendo serem sinais de nascença.

Voltando à noite em que minha amiga nasceu, a lavadeira penou, contorcendo-se com as dores do parto. O neném, no entanto, queria mas não queria nascer. Foi quando a parteira descobriu que estava atravessado na barriga. Ela teve que desvirar a criança fazendo fortes massagens no bucho de dona Esmeralda. A coisa estava se encaminhando para o pior quando minha tia sacou de suas tralhas os ingredientes da gororoba "cabeça de galo". Preparou a beberagem à base de ovo cru, pimenta-do-reino, alho, cominho e sal, invocando os santos:

— Valei-me, as sete camisinhas do Menino Jesus. Valei-me, santa Rita de Cássia. Valei-me, Nossa Senhora do Parto. Arreda o pé da cova, são Raimundo Nonato.

Tão logo a massa gosmenta desceu goela abaixo, provocou entojos na lavadeira, que se danou a vomitar e a gritar:

— Arreda o pé da cova, sá Ramunonato.

Nisso, minha amiguinha escapuliu para fora, roxinha, o cordão umbilical enrolado no pescoço. Era um bebê grande. Demorou a chorar, por isso tomou as primeiras palmadas nos instantes iniciais de sua vida. A outra criança, bem menorzinha, veio arrastada, mortinha da silva, enforcada com duas voltas do cordão. Era um menino. Pequenininho, uma titiquinha de nada.

Com muita delicadeza, a parteira anunciou à ansiosa lavadeira a situação do menino e a chegada da sétima menina. A mãe entrou em desespero. Chorava e gritava, arrancando chumaços de cabelo. Batia com tanta força no peito e na cabeça que teve que ser amarrada por dona Tomásia e minha tia.

— Que maldita que eu sô! Se inda fosse um homem só, eu inté que já tinha nome, ia sê Doú, se fosse dois era Cosme e Damião, mas como essa pustema veio pra me contrariar, matando meu filho, a senhora, comadre Tomásia, pegue isso aí como afilhada e bote o nome de seu agrado.

Nem sequer sorriu para a filha que nascera sufocada pela corda da vida e por isso teve na frente o nome de Maria. Titia acrescentou o "Das Dores". Quando o bebê abriu o berreiro, parecia que carregava todo o sofrimento do mundo. Minha tia a ofereceu a Nossa Senhora das Dores como afilhada. Assim nasceu Maria das Dores, uma negrinha forte e comprida, de cabelo encarapinhado, lábios exageradamente carnudos e projetados para a frente como se abrissem passagem. E os olhos? Dois imensos botões negros, boiando num pires branco de leite.

Tudo parecia resolvido quando a parteira se viu doida com outro problema. Deu o frouxo lá na lavadeira, tomada por uma súbita hemorragia. A salvação veio da experiência da aparadeira na arte de partejar, e da reza mágica de minha tia invocando os santos médicos: "São Cosme, são Damião,/ Dei sangue/ Desde cristão".

Estancada a hemorragia, a negra Esmeralda fitava as duas mulheres com o olhar sem viço. Das Dores chorava, revelando no berro a herança da fome atávica. Só parou de se esgoelar quando se atracou ao peito da mãe. Chico, atolado na cachaça, praguejou contra a mulher quando soube o sexo da criança.

O umbigo de minha amiga demorou muito para cair, e sua mãe diariamente raspava o reboco da parede polvilhando cal em sua barriga. Das Dores, no entanto, salvou-se por milagre do mal dos sete dias. Dessa experiência, restou-lhe o umbigão saliente, que não recuou nem com os botões que a parteira colocava e amarrava com uma faixa.

A mãe, mulher incapaz de armazenar ternura no peito, vivia nos azeites e irritava-se com frequência com o choro da menina. De repente, do nada, instalou-se a paz. Todo mundo estranhou a repentina tranquilidade da recém-nascida e sua visível perda de peso, até que a irmã, Damiana, falou para titia que a mãe botava "o gagau do pai" na mamadeira da irmãzinha e na fralda que o bebê cheirava. A vizinhança inteira foi tomar satisfações — uma judiaria com a coitadinha, anjinho inocente, a bichinha não pediu para nascer.

Envergonhada, a mulher deu várias justificativas: o leite era fraco, a criança mamava demais, ela não dormia à noite... Depois de muita conversa, dona Esmeralda confessou que não gostava da filha. Por causa dela perdera o filho homem que tanto desejava.

A negra iorubá pariu vinte e quatro vezes. Perdeu treze filhos. Três fetos foram abortados antes do primeiro mês de gestação, sem que se soubesse o sexo. Uma menina nasceu bicho-mole porque a negra comera carne e peixe num mesmo prato sem dizer as palavras mágicas "Se quiser que o azar lhe deixe, coma carne, depois peixe".

Outra morreu com três dias, vítima de três imprudências da mãe. Primeira: a mulher tomou uma porção de beberagens para abortar. Nenhuma surtiu efeito. Segunda: por ignorância, ela não acolheu os conselhos das mais experientes de que grávidas não podiam usar nada de metal no peito sob o risco de a criança nascer com lábio leporino e andava para cima e para baixo com a chave do armário guardada no califom, para esconder a bebida do marido. Terceira: alegando desejo de grávida, aos nove meses subiu na goiabeira do fundo da casa de minha tia para colher uma fruta do mais alto galho, desprezando as demais que balançavam à altura da mão. Despencou lá de cima e ali mesmo, no chão, como um animal, teve o desgosto de parir uma menina, com a ajuda de minha tia, antes que a parteira acudisse.

A criança nasceu sem o céu da boca e com uma fenda no lábio superior. Todo o leite que ingeria saía pelo nariz. Viveu apenas setenta e duas horas. Nem chorava a bichinha. Morreu pagã. Vagaria no limbo. Outra filha foi vitimada pelo desejo da mãe de comer manga verde com leite em jejum. Teve uma indigestão que a fez parir antes da hora uma menina ainda não pronta. Depois dessa vieram mais quatro mulheres, vitimadas pelo mal dos sete dias, época em que a lavadeira botava borra de café e cal nos umbigos das crianças e amarrava com uma faixa. Resultado: infecção e morte certa.

No riscar das parcelas, a iorubá gerou apenas três filhos homens. O primeiro, mabaço com Das Dores, nasceu morto, e os outros dois, gêmeos, morreram por ocasião de uma surra que ela aplicou em minha amiga. Tirando os noves fora, das vinte e quatro barrigas sobreviveram onze crianças. Todas fêmeas para desespero da mulher, que vivia a amaldiçoar, com inexplicável furor, a sétima menina, Das Dores, sempre alegando que seria melhor que ela tivesse nascido lobisomem.

Nos rompantes de raiva, dona Esmeralda costumava castigar a menina amarrando-a aos pés da mesa, como um cachorro. Trabalhava muito a lavadeira, isso ninguém podia negar. Vivia debruçada no tanque esfregando a roupa da clientela ou manejando o pesado ferro de engomar. Pois foi Das Dores a filha que mais a ajudou, buscando as trouxas de roupa suja, fazendo a entrega das roupas engomadas ou espichando os cabelos das freguesas quando aprendeu o ofício. A mãe nunca reconheceu essa dedicação e, ao contrário do que fazia com as outras filhas, tratava minha amiga com muita rispidez e austeridade. Das Dores, resignada, suspirava fundo, repetindo a frase que se tornou seu bordão:

— Essa Menina, minha vida daria um romance. Se eu te contasse as coisa que acontece comigo...

Eu sentia uma inveja danada, porque quando confrontava as nossas vidas, concordava que a dela era realmente mais exuberante. Das Dores se assemelhava mais a uma protagonista, e eu, a uma espectadora. E eu lhe prometia que se um dia soubesse escrever bonito, como nos livros de história, contaria ao mundo nossas façanhas. Falaria das nossas brincadeiras de roda, dos nossos amigos, das nossas famílias e da Casa dos Peixes, nosso palacete de mentirinha.

A partilha

Durante a minha infância, a Casa dos Peixes reinou imponente em meio aos casebres pobres. E meu avô, um dos mais antigos moradores daquela rua, costumava lembrar o alvoroço que fora a construção do palacete:

— Eu levantei eshta casa com minhas próprias mãos. Dava goshto ver eshte palácio brilhando no meio de tanta miséria. Lembro como se fosse hoje. Um dia, chegaram uns homens de terno e mostraram pra gente uma ruma de papel com as ordens de despejo. Atrás deles vinham o tabelião, o padre, o diretor da chefatura e o prefeitcho. Depois, obrigaram muintcha gente a largar a roça e começar a construção a troco de meia dúzia de patacas. Eu fui dispensado do meu trabalho o tempo que durasse a obra.

Foi desse modo que vovô ficou para sempre ligado àquela casa. Muitas vezes me levantava no colo para que eu apreciasse a arquitetura daquele templo de beleza, e ficávamos, como numa brincadeira de criança, a descobrir novos detalhes. Ele foi o mestre de obras da construção, e toda vez que cruzávamos a calçada, repetia como oração a mesma ladainha que sei de cor. Contra sua vontade, ajudara a derrubar dezenas de sapotizeiros e casebres daquela que fora durante muito tempo a pacata rua dos Sapotis.

Quando o casarão ficou pronto, os donos armaram a maior festança. Serviram bebidas finas acompanhadas de quitutes, canudinhos, empadas e rosas-de-maio recheadas para gente muito importante, gente de posses.

Do lado de fora, junto aos moradores, os operários que construíram a casa, boquiabertos com tanto fausto, começaram a festa mais cedo, comendo tripa frita com farinha e bebendo cachaça do alambique de seu Sizenando. Lá pelas tantas, no fervor da arrebenta-peito, do nada os homens se pegaram a discutir uma insólita partilha iniciada pelo ferreiro Melquisedeque:

— A grade de peixe é minha porque fui eu que fundi cada estaca de ferro com essas mãos calejadas.

O vidraceiro Agamenon se meteu na conversa:

— É... mas as portas de vidro são minhas, eu que desenhei e encaixei na madeira de lei sem quebrar uma lasquinha...

Com a voz engrolada de cachaça, Chico Pintor tentou falar:

— Mas e eu que...

O vidraceiro chegou perto do pintor, com quem alimentava rixa antiga (nunca se soube a causa) e gritou com rispidez:

— Você, Chico, só chegou para pintar no finzinho, quando tudo tava pronto. Pegou no mole...

Como acontece em toda partilha, a discussão acabou em briga. O pintor, com a ideia já turva de tanta esquenta-por--dentro, enfrentou o desafeto:

— Quem foi que pegou no mole, seu bexiguento da peste? Fale se for home, vá...

Seu Agamenon, que não era homem de correr de provocação, comprou a briga:

— Bexiguento da peste é você, perebento...

— Quem que é perebento? Repita, se tiver coragem, cão lazarento.

— Cão lazarento é você, pustema.

— Pustema, eu? Olhe só quem fala... um leprento...

— Sou leprento, é? Sou leprento, é? Pois você vai ver é agora quem é leprento, seu cabrunquento d'uma figa!

— Cabrunquento é você, seu cabra da gota serena...

— Se eu sou da gota serena, você é um cão tinhoso...

— Eu, cão tinhoso? Cão tinhoso é você, furunco! Sai furunco, sai furunco...

— Se eu sou furunco, você é um carnegão!

— Repete quem é carnegão procê ver, seu "canco pôde"...

— "Canco pôde" é você, fio d'uma arrombada.

Foi aí que Chico puxou a peixeira. Mexeu com a mãe dele, mexeu com ele! Cambaleante, saltou para a frente do inimigo:

— Venha, seu cão da mulesta, corra dentro se for home, corra dentro!

— E você lá é home, seu fi' d'uma égua... fi' d'uma rapariga, fi' d'uma quenga...

Pronto. A provocação estava feita: Chico balançava a peixeira na altura da barriga do vidraceiro chamando o homem para o enfrentamento. Seu Agamenon abriu a camisa, provocando o outro. Anuviado pela cachaça, o pintor esticou a faca. Deu-se a quase tragédia. O vidraceiro puxou a lâmina do bêbado com facilidade, mas cortou a mão. O sangue jorrou.

Saindo das sombras, atraído pela gritaria, o soldado Cambito, que buscava um pretexto para prender mais um, aproveitou a confusão e deu voz de prisão a seu Agamenon. Vovô, que a tudo assistia, conseguiu convencer o soldado de que o homem se ferira ao cortar um pedaço de tripa assada. Desconfiado, Cambito voltou ao seu posto de cão de guarda. Vovô, depois de recriminar o vidraceiro pela provocação, deixou-o sob os cuidados da prima Iandara e despachou Chico Pintor:

— Tá doidjo, home? Vá já pra casa cuidar da sua mulher e curar a bebedeira!

Seu Arquimedes, atento a tudo, pediu licença a vovô para falar. Exigiu silêncio para que todos ouvissem os sinos anunciando a hora da Ave-Maria.

— Agora é que vocês vão ver o que é belezura. O trabalho que deu colocar a fiação de luz elétrica pela casa inteira. A maior maravilha do mundo. Tive foi que estudar em muito livro. Espiem só...

O baiano Arquimedes, contratado exclusivamente para cuidar da parte elétrica, era daquele grupo o mais letrado, tendo feito curso de eletricista na Bahia. Foi ele quem, alguns meses depois do meu nascimento, antes do retorno definitivo para a terra natal, fez a instalação elétrica lá em casa, o que possibilitou o primeiro luxo de nossas vidas, presente do professor Genaro: um aparelho de rádio, a quem apelidamos, no final da guerra, de Expedicionário. O rádio vivia ligado o dia inteiro. Graças ao eletricista e ao professor Genaro, a música tomou conta da minha vida.

Após a última badalada do sino, as luzes dos jardins foram acesas, ofuscando a simplicidade daquela pobre gente, estarrecida em ahhs e ohhs diante de tamanha claridade. Até as crianças de dona Esmeralda e de dona Iacy decidiram vir ao mundo bem na hora da iluminação do palacete. O velho pároco, depois de fazer a prece da hora divina, abençoou os jardins e saiu com seu séquito a espargir água-benta por toda a casa. Na rua, os operários continuavam petrificados pela beleza e pelo colorido da construção. Trocavam olhares e, apenas por respeito a vovô, sepultaram a discussão. Mas no terreno livre da mente, cada um guardava para si a certeza de que, naquela partilha, o melhor pedaço da Casa dos Peixes fora de sua autoria.

A Casa dos Peixes

O palacete de esquina era protegido por um muro de pedras. Suas grades eram intercaladas por estruturas de ferro em formato de peixes gordos que se arqueavam para a rua como se mergulhassem numa onda do mar invisível. Os vários jardins de rosas foram geometricamente dispostos em formato octogonal. Às seis horas da tarde, pontualmente, junto com o badalar dos sinos da catedral, as luzes camufladas no alto das colunas gregas iluminavam os jardins.

Cada minijardim tinha uma fonte com iluminação própria, de acordo com o tom das rosas, e no centro, erguidas em pedestais de mármore, devidamente identificadas, havia esculturas de deuses greco-romanos.

No meio desse Éden proibido reinava a casa de dois andares, quatro portas, rodeada por uma ampla varanda sustentada por doze colunas brancas. Quatro escadas em mármore de Carrara subiam do jardim às portas da casa. Na porta principal, voltada para o imenso portão de ferro da entrada, um vitral da Sagrada Família e uma rosácea ao alto. No andar superior, as janelas redondas — sempre fechadas — reproduziam a rosácea. Nos acessos laterais, vitrais de santo Antônio e são José carregando o Menino Jesus ao colo, e no fundo da casa o guardião, são Pedro, e sua chave.

Aos pés da escadaria principal, duas colunas sustentavam os anfitriões do palacete: Apolo e Vênus. Com os músculos bem delineados, Apolo segurava, apesar das mãos cortadas, uma capa heroicamente jogada sobre os ombros. O deus exibia para Vênus, no lado oposto, sua nudez disfarçada por uma folha de parreira. Representante do amor e da beleza, de formas ostensivamente perfeitas, a deusa do amor não era menos bela mesmo com a mutilação dos braços.

Lá no topo da escadaria estavam dois sorridentes Cupidos, nus, com os sexos infantis delicadamente cinzelados. Equilibrando-se na pontinha do pé direito, os arqueiros buscavam seus alvos com pequenas flechas. O Cupido da direita apontava para o coração da mãe, Vênus, e o da esquerda mirava certeiro o deus Apolo.

Eu costumava largar de lado as brincadeiras de roda só para admirar a Casa dos Peixes e, claro, tentar descobrir seu segredo. Escalava o muro e me pendurava nas grades para melhor sentir o aroma das flores.

Segundo seu Manuel, português dono da Casa Lusitana — armazém chique do centro da cidade especializado em produtos estrangeiros —, era o jardineiro mudo quem fazia as compras da família para evitar falatórios da vizinhança. O empregado encomendava mensalmente uma lista de mantimentos da mais alta qualidade, enchendo a burra do comerciante. Assim, o que havia de melhor no armazém era reservado para a Casa dos Peixes.

Quando comecei a tomar tenência das coisas e andar com as próprias pernas, muitas vezes desobedecendo às ordens de papai, que exigia de mim a decência da pobreza, cedi à tentação de bisbilhotar o alheio, furtando suas sobras. Eu, Diacuí e Das Dores revirávamos o lixo da casa, tomando posse de preciosidades: conjuntos usados de maquiagem, restos de batom, latas importadas e vidros vazios de perfumes, que eu enchia de água para aproveitar a essência.

Curiosamente, à exceção do jardineiro, ninguém mais parecia habitar a casa. Apenas vultos e sons. Vultos que apareciam sorrateiros nas janelas, e sons estranhos, uivos de dor e tristeza que começavam à noite, por volta da Ave-Maria, e se estendiam até o amanhecer, misturando-se aos latidos dos cachorros vadios e das cadelas no cio.

Minto, minto, minto. Outra pessoa tinha acesso àquele palacete: o velho médico da cidade, sempre chamado às pressas e, dizem as comadres, pago a peso de ouro sob a condição de nunca, jamais, em tempo algum, revelar o que se passava lá dentro. Assim, aprisionado ao juramento de Hipócrates, ele aconselhava os curiosos a se afastarem do palacete, em respeito à dor alheia. Que dor era essa, nunca nos revelou.

Até que uma tardinha resolvi desvendar o mistério dos uivos. Impulsionada por uma coragem que eu mesma desconhecia, pulei o muro dos peixes e caí bem no meio do roseiral. Levantei-me, sacudi a terra do vestido, limpei os arranhões com cuspe e, qual Teseu, saí a explorar aquele labirinto multicolorido. Aos sete anos, minha curiosidade dispensava fios de Ariadne. Meu coração pulsava forte diante de tanta beleza. Indecisa sobre qual caminho seguir, decidi a sorte no uni-duni--tê. Entrei no jardim de rosas brancas, onde o vetusto Netuno imperava do alto de uma rocha. Com seu tridente apontado para baixo, controlava os esguichos d'água que jorravam do entorno da estátua e formavam pequenas ondas. A água caía com barulho, agitando as piabinhas escorregadias que eu tentava pegar com as mãos. Gotinhas de espuma respingavam em meu rosto. Tirei as sandálias, subi à borda da fonte e, desafiando os sentidos, fechei os olhos e comecei a andar ora de frente, ora de costas, tal uma equilibrista de circo. Ouvia os gritos de uma plateia inexistente, quando, equilibrada em um pé só, fingia cair do alto do arame.

Saltei da borda e segui adiante descalça, topando com um jardim de rosas matizadas. A fonte era formada por uma cascata em semicírculo, com sete quedas-d'água pintadas com as cores do arco-íris. Entrei na água e escalei a cascata com dificuldade. Estava quase chegando ao platô, no alto, quando escorreguei, e me agarrei à estátua do rechonchudo Baco. Pulei em seu colo. Notei que ele se inclinava em direção a uma ninfa indecente, vestida apenas com os imensos cabelos encaracolados, e que o atraía com um cacho de uvas.

Com a boca aberta, Baco deixava à vista a língua que parecia balançar entre os dentes. Buscava ora as uvas, ora o seio oferecido da estátua desavergonhada, que identifiquei depois nos livros de minha tia como "bacante". Na mão direita, o deus elevava aos céus uma taça de vinho. Outra sacerdotisa risonha, com o corpo nu ornamentado com colares de flores, lhe servia uma bebida que descia borbulhante da jarra para a taça e desembocava lá embaixo, na fonte.

Desci ao pequeno lago, atraída pelos guizos e trombetas de anões priápicos. Pareciam dançar frenéticos em torno da terceira bacante. Dos seus falos desmesurados, a água jorrava, formando uma espuma leitosa sob os pés da sacerdotisa do prazer. As expressões dos anões eram assustadoras. Mas, completamente integrada àquela orgia, a virgem sorridente, sentada numa pedra no meio da água, com as pernas entreabertas, estendia as mãos em direção a Baco. Trazia as vestes molhadas e desabotoadas, com as vergonhas insinuadas, o que me causou estranha inquietação. Uma palpitação desconhecida me aqueceu o rosto e o ventre.

Confusa, fugi daquela bacanal como o Diabo foge da Santa Cruz. Suspirei aliviada e entrei em um novo jardim. Cercada de mimosas flores cor-de-rosa, encontrei uma imitação das Três Graças de Botticelli — que eu conhecia dos livros de arte de Abdon — completamente nuas. De mãos dadas numa harmoniosa ciranda, em cima de uma taça de onde escorria água límpida. Embaixo, no lago, esguichos esparsos brincavam de esconde aqui, aparece acolá. A ingenuidade das meninas devolveu a paz à minha pureza conspurcada pelas bacantes.

Embevecida pela simplicidade das Três Graças, dei a volta pelo monumento querendo reter na memória todos os delicados detalhes: os braços finos, as mãos entrelaçadas, a posição do dedo mindinho, a ponta dos pés, o sorriso, os cachos esvoaçantes, os pequenos seios, a sutil sugestão da concha feminina. Pareciam contar histórias de carochinha e riam em alegre cumplicidade como eu fazia com Das Dores e Diacuí. Fechei os olhos e sorri, imaginando que as estátuas eram as minhas amigas. Comecei a marcar no pé uma ciranda e senti as mãos de Diacuí e Das Dores segurando as minhas. Ríamos em absoluta felicidade, concessão exclusiva do mundo da fantasia, e comecei a cantarolar nossa cantiga preferida: "Ô areia, meu bem, areia, areia,/ Ô areia de Maruim, areia,/ Ô quem não gosta de areia, areia,/ Também não gosta de mim, areia,/ Minha mãe tá me chamando, areia,/ Diga a ela que já vou, areia,/ Tô na praia conversando, areia,/ Com o moreno que chegou, areia".

E lá ficamos nós três a tirar versos e a dançar cada vez mais rápido, até eu cair no chão. Diacuí e Das Dores voltaram então à imobilidade do mármore, não sem antes piscarem para mim. Fui me afastando de costas, sem medo de virar o Diabo, que é quem anda para trás. Cheguei ao jardim de rosas encarnadas, onde o longilíneo Pan, com olhar atento, soprava com alegria sua lendária flauta. Daquele roseiral colhi um botão entreaberto e deitei-me na borda da fonte. Perdi a noção das horas aspirando o doce perfume da rosa e admirando o céu pingado de estrelas. O lago de Pan sugeria um caldeirão fervente de poções mágicas.

O silêncio foi invadido pelas distantes badaladas do sino, que lembravam a sagrada hora da Ave-Maria. Eram seis horas. De repente, um farfalhar vindo do roseiral. Pareceu-me que a estátua de Pan movia os olhos. Levantei-me assustada. Alguém abria caminho entre as flores. Meus olhos se arregalaram de medo. De pânico. Então vi a figura horrenda: era da minha altura, tinha uma cabeça descomunal, olhos esbugalhados e movimentos desordenados. Como um leviatã, arrastava com dificuldade as correntes que prendiam seus pés. Envergava nas costas uma corcunda saliente. Estendeu as mãos acorrentadas, ostentando o sorriso dos idiotas. Tinha, porém, um olhar triste e terno de pedinte e, infantilmente, batia palmas e emitia sons ininteligíveis, enquanto um filete de baba escorria de sua boca. Desembestada, corri para o muro, me ferindo nos espinhos das rosas. Já estava quase subindo pelas grades quando duas mãos fortes me puxaram. Todas as luzes do jardim e da casa se acenderam ao mesmo tempo.

Gritei o mais alto que pude antes de cair no chão. Meu grito se juntou ao gemido da figura estranha que me pegou no colo. Desmaiei de dor, ou de medo. Por um instante me ocorreu que perdera as sandálias e a velha Iandara ia brigar comigo. Em alguma parte do jardim eu deixara a prova da minha invasão.

Quando dei por mim, estava deitada em um sofá. Senti o braço enfaixado e dores fortes. Vultos se moviam ao meu redor, sussurrando palavras incompreensíveis, entrecortadas por uivos de tristeza vindos de longe. Uma mulher jovem aproximou o rosto do meu e me fez um carinho. Cheguei a sentir seu perfume. Ela chorava e era linda, o rosto emoldurado por cachos dourados que lhes desciam pelos ombros. Em meio à dor, um único pensamento me ocorreu: "Ela comeu muito cabelouro".

Outro rosto se aproximou. Idêntico. Era um rapaz louro de cabelos curtos, também cacheados. Seus rostos idênticos se fundiram. Perdi a consciência e quando acordei já estava em casa, na cama de mamãe, com o médico ao meu lado dando as últimas recomendações a papai. Mamãe, ainda no resguardo de minha irmã recém-nascida, chorava. O médico contou que, por acaso, estava passando de carro pela rua quando me viu desmaiada na calçada.

— Ela pisou em falso, caiu e desmentiu o braço, deslocou o osso, só isso.

Confirmei que tropeçara no meio-fio. Não expliquei as marcas dos espinhos, o sumiço da sandália, nem ninguém me perguntou. Quando melhorei e pude sair à rua, corri à Casa dos Peixes. Tudo estava no mais absoluto silêncio. Durante vários dias rondei o palacete que permanecia imerso em completa escuridão. Com o tempo, o mato cresceu ao redor, obscurecendo a beleza do roseiral. Heras se apossaram das estátuas, o limo se espalhou pelas fontes e os musgos turvaram suas águas.

Nunca mais a casa foi habitada. Pela cidade principiou o boato de que era mal-assombrada, dominada por fantasmas que arrastavam correntes e por lobisomens que uivavam em noites de lua cheia. Mas o que as comadres comentavam entre cochichos maldisfarçados e eu ouvia entre as portas era que a casa abrigava o pecado. Um rapaz e uma moça, gêmeos, filhos de uma influente família, haviam se apaixonado e se esconderam naquela mansão para viver em paz o amor ilícito.

Pois desse amor amaldiçoado nascera o fruto proibido, uma criança demente e deformada, acorrentada dia e noite por conta de sua força descomunal. Contavam ainda as comadres futriqueiras que numa noite de lua cheia o monstro se soltara e tentara assassinar os próprios pais. Afirmavam até que a tal criatura tinha sido morta pelo jardineiro e enterrada no quintal da casa. Por isso a família teve que se mudar às pressas na calada da noite. E lá saíram eles mundo afora, fadados a viver eternamente nas sombras.

O que há de verdade e o que foi traçado pela maledicência da vizinhança jamais se saberá. Durante muito tempo vivi a rondar a calçada da Casa dos Peixes, em busca de um sinal de vida. Muitos anos depois, voltei à minha terra e corri para aquele endereço. A cidade mudara muito. Quase nada ali lembrava a minha infância. A rua, agora alargada, trocara de nome: avenida Desembargador Sei Lá das Quantas. O palacete estava totalmente desfigurado. O imenso jardim sumira, dando lugar a uma exígua calçada.

Há quem afirme que os trabalhadores que construíram a casa um dia decidiram invadi-la para resgatar cada um o seu dividendo na partilha. Arrancaram ferros, portas, vitrais, estátuas, postes de mármore, tudo o que pudesse ser carregado. E correu o boato de que, em alguma rua da cidade, um pequeno grupo de operários teria reconstruído um palacete igual àquele, com o material roubado. Isso eu não posso atestar, porque ninguém jamais indicou o local com exatidão. Mas em minha memória, ela permanece viva, a Casa dos Peixes.

Cante, minha sabiá, vá!

"Eitcha", costumava dizer vovô, antes de cada frase. E quanto mais pressionado pelas emoções, mais carregava no "eeeeeitcha", que tanto podia ser uma advertência, uma reprovação, uma aprovação, como uma incredulidade. Ele falava oitcho, biscoitcho, deitchar, prefeitchura.

Foi com ele que aprendi a andar, a mergulhar no rio, a caçar passarinhos, a subir em árvores, a desbravar o mundo. Com vovô descobri o espetáculo do nascer do dia. Quando eu acordava de madrugada, ele me levava para a beira da calçada, onde sentávamos para receber no rosto, de olhos fechados, os primeiros raios do sol. Acompanhando seu dedo, distingui a lua pela primeira vez, imensa e cheia, e adormecia ao som de sua voz doce e grave:

> *Lua, luar, toma teu andar,*
> *Leve Essa Menina e me ajude a criar,*
> *Depois de criada, torne a me dar,*
> *Lua, luar, toma teu andar.*

Eu vivia com medo de que ela atendesse ao seu pedido e me levasse de verdade. Apesar disso, tornei-me uma apaixonada pela lua, e juntos nós assistimos a exuberantes espetáculos lunares. Logo cedo aprendi a distinguir as fases do satélite. E vovô fez uma demonstração que jamais esqueci: cortou minhas unhas e colocou duas lascas no chão. Se o formato fosse uma letra C, com a barriguinha para a esquerda, a lua era crescente e viraria uma lua cheia, grande, gorda, quando estivesse toda iluminada; se parecesse um D, de diminuída, com a barriguinha para a direita, era minguante (que eu chamava desminlinguante). A próxima seria a lua nova, uma bolinha branca. Depois disso, reconhecer o Cruzeiro do Sul, as Três Marias e a Estrela-d'Alva foi fácil.

À noite, distraía-me varando os olhos pelo céu em busca de estrelas cadentes despencando da imensidão negra para fazer os mais esdrúxulos pedidos. Agora, apontar as estrelas, eu jamais apontei com medo de que nascessem verrugas nos dedos. Nem quando eu declamava o poema de Martins d'Alvarez: "Vejo, à noite, uma estrelinha, no céu, piscando, piscando.../ Mamãe diz que ela, de longe, pisca, pisca, me chamando.../ Quando eu crescer e papai me comprar um avião,/ Vou te buscar, estrelinha, na palma da minha mão".

Se a noite fosse de lua cheia, a alegria de vovô era me ouvir cantar a música que havia me ensinado: "A bença, mamãe lua, me dê pão com farinha,/ Pra dar à minha pintinha que está presa na cozinha/ É de rin-fan-fão, é da cor de limão/ É de Nossa Senhora da Conceição".

Uma das melhores lembranças daquela época é o doce de estrelinhas, o meu preferido. Eu insistia que ele me contasse de onde minha tia tirava as estrelinhas e ouvia a explicação:

— Quando você dorme de noitche, eu saio voando pro céu e cato as estrelinhas mais lindinhas e entrego tudo pra sua tia. No dia seguinte, quando você acorda, ela já fez o doce. Especialmente pra você.

Eu o imaginava flutuando no céu, dando cambalhotas, escondendo-se atrás da lua, brincando de manja (como chamávamos o jogo de esconde-esconde) com as estrelinhas e escolhendo cada uma a dedo. Quando pedia para ir junto, ele prometia que me levaria na próxima vez, se eu estivesse acordada.

Uma noite, meu sono foi embalado por um odor adocicado. Sonhei que estávamos dando cambalhotas no céu. Recolhíamos estrelinhas para o doce e as colocávamos no bocapiu, uma grande sacola de palha que ele levava atravessada no peito. Foi um sonho bom e colorido. Brincamos muito no céu, e eu até escorreguei no arco-íris e caí num pote cheio de doces de estrelinhas. Acordei com um cheiro caramelado.

Vovô já havia saído para o trabalho. No fogão, o doce de carambolas *chinguava* em borbulhas.

Contei o sonho à minha tia e perguntei-lhe, intrigada, como foi que lhe entregamos o bocapiu cheio de estrelinhas. Ela sorriu e respondeu que eu teria que perguntar a ele; afinal, ela não estava no sonho. À tardinha, ele explicou que eu adormecera, cansada de tanto brincar, e por isso não vira nada. Eu voltara do sonho dormindo em seu colo. Para mim, era perfeitamente lógico que tivesse acontecido assim.

Era tanta ternura à minha volta que no dia em que flagrei minha tia cortando as carambolas para fazer o doce, em vez de desapontamento, senti que meu amor por eles aumentava. Naquela noite, olhando o céu cheio de estrelas, chorei emocionada, fazendo jus à pecha de "manteiga derretida". Percebi que só mesmo as pessoas com o estofo do carinho seriam capazes de transformar o ato prosaico de cortar carambolas em um conto de fadas, preenchendo com fantasia os espaços vazios da minha cabecinha.

Pois era nos braços de vovô que eu adormecia quase todas as noites. Ele ia sempre até a calçada da Casa dos Peixes, onde se demorava dando voltas e mais voltas, cantando cantigas de ninar. Aconchegava-me à caixa dos peitos e eu ouvia sua voz grave ressonar na titela magra, no peito ossudo:

— Doorme, doorme, meu Jesus, Deus da luz, dorme, dorme, meu Jesus...

Era doce o seu cantar entoando:

— Tururu, neném calu, papa de leitche e pirão de aratu,/ Dorme neném, cabeça de mandu, aqui tem um bichinho chamado carrapatuuu...

Ele compreendia como ninguém meu choro de manha e puxava da memória uma cantiga engraçada:

— Não chore que seus ólho dói/ Cria remela e o mosquito rói.

Ouvindo sua voz, meu choro cessava rapidinho. Um dia, ele chegou lá em casa e minhas irmãs estavam no maior alvoroço para me exibir falando francês. E me mandavam repetir:

— *À la nuit tous les chats sont gris. Je suis un enfant très joli. Je t'aime*, vovô.

Ele ficou encantado:

— Eitcha, que Essa Menina, com esse olhinho jabuticaboso, já fala até francês.

Outra de suas manias era me comparar a animais. Quando aprendi a subir no sapotizeiro, vendo-me insegura, me incentivou:

— Vai, meu calanguinho, vai mais alto, que eu tô aqui embaixo esperando.

Na hora das refeições, à mesa, vovô ria com minha voracidade para devorar a comida e dizia:

— Eitcha, que Essa Menina mais parece um leãozinho com fome.

Quando, anos depois, ele decidiu transferir a nossa "casinha" do fundo do quintal para um cômodo interno — um banheiro de verdade, com vaso sanitário, pia e chuveiro, que ganhara das sobras da Casa dos Peixes —, participei da reforma carregando pequenas pedras. Nesses momentos, ele fingia espantar-se com minha força:

— Eitcha, que Essa Menina é forte que nem um touro. Se você fosse nascida inhantes, bem que ia me ajudar a construir a Casa dos Peixes.

A cada roupa nova, corria para me exibir diante dele na certeza de muitos elogios. Dependendo da cor do vestido, ele me comparava às frutas: "Oi, meu abacatezinho, venha cá", "Eitcha, que Essa Menina tá é garbosa, vestida de manga rosa", "Óia só quem chegou: meu cajazinho", "Venha, vá, minha goiabinha".

Mas as melhores comparações, que até hoje me enternecem, são associadas a dois vestidos de festa: o azul e o amarelo. O azul foi no Natal, quando mamãe me enfiou uma armação de tule. A roupa era bonita, mas o tecido, em contato com a pele, pinicava todo meu corpo e eu caminhava de braços abertos, chorando. Quando vovô me viu, cobriu-me de beijos e afagos:

— Ah, meu pedacinho de céu, você está tão linda de azul.

Interessada em seus elogios, suspendi o choro e suportei o incômodo do malfadado vestido azul de tule. E por muito tempo ele só me chamou de "meu pedacinho de céu". Aí veio o São-João e eu ganhei dele um vestido caipira, amarelo, cheio de babados, para dançar a quadrilha. Mal experimentei a roupa de tabaroa, gritei vaidosa:

— Vovô, cabeu ni mim!

Ele me rodou no ar, fazendo o vestido armar, e cochichou no meu ouvido que eu era a razão da sua alegria, seu raiozinho de sol. Eu me sentia nas nuvens, abençoada por ter um avô tão cheio de afeto.

Antes de entrar em nossa casa, vovô vinha assoviando baixinho. Por isso eu corria até ele antes que aparecesse na porta.

— Vovô, um chêlo, um chêlo...

Mamãe comentava que eu parecia adivinhar quando ele chegava, sem saber que o que eu ouvia era seu assovio imitando a sabiá. Nem sequer atentavam quando eu insistia:

— Eu ouvo vovô chegar.

Parte da minha vida passei entre a minha casa e a dele. Lá havia uma parede onde ele escrevia os apelidos dos netos, ordenados por data de nascimento. A cada mês anotava o quanto cada um havia crescido. Comparava quem crescia mais, quem crescia menos, quem precisava comer mais, quem precisava tomar remédio contra vermes. Quando pintava as paredes da casa, aquele espaço era sempre preservado. Um dia, eu peguei uma birra danada, porque descobri papai chamando vovô de... pai. Não aceitei essa relação de parentesco e reagi:

— Não! Vovô é meu. Não é seu pai. É meu vovô. Só meu.

Arrancando risos de todos, puxei vovô para perto de mim. Na minha cabeça, não concebia que papai, um homem grande, tivesse um pai também, como eu. Eu renegava essa ideia estapafúrdia. Minha visão infantil só concedia às crianças o direito de possuir pai e mãe. Não conseguia imaginar papai, daquele tamanho, nos braços de vovô sendo embalado à noite na calçada da Casa dos Peixes. Envaidecido, vovô concordava comigo, tomava-me em seus braços e me cobria de beijos.

Vivíamos tempos difíceis e um dos meus maiores sonhos era ter um sapato colorido. Na época, isso era um luxo que ninguém lá em casa ainda tivera. Os calçados novos tinham que ser obrigatoriamente pretos, para que pudéssemos usá-los também na escola. Esgotados os argumentos para convencer papai, confidenciei a vovô que eu renunciaria a qualquer coisa na vida só para ter aquele mimo. Venci, apesar das recriminações da velha Iandara. E vovô cometeu a extravagância de me presentear com um sapato laranja. Eu era mesmo a garota mais "sortiosa" do mundo.

Aquele foi um dos Natais mais felizes da minha vida. No Dia de Reis, abri a dança das Pastorinhas carregando o estandarte enfeitado de fitas encarnadas. Mamãe fez um vestido da mesma cor, mas tenho certeza de que fui escolhida por causa do sapato laranja. Por onde eu passava, chamava a atenção pela excentricidade dos pés. Apesar das bolhas no calcanhar, participei com empolgação do Reisado, cantando a plenos pulmões: "Cruzeiro do Norte, Cruzeiro Sagrado,/ Vamos dar um viva ao Cordão Encarnado".

Mas os dias que se seguiram foram de martírio e me encheram de culpa. Eu andava pra cima e pra baixo com o sapato laranja e a velha Iandara me perseguia aonde quer que eu fosse, me acusando de exploradora da bondade de vovô. A euforia deu lugar ao choro. Ela tanto me azucrinou que, pouco antes de começarem as aulas, eu voltei a pedir ajuda a vovô, dessa vez para pintar o sapato de preto e usá-lo na escola. Embora percebesse meus olhos vermelhos de tanto chorar, ele elogiou minha sensatez. Sua sensibilidade para captar minhas emoções era tamanha que me custava crer que um dia ele tivesse sido tão severo com titia.

Vovô tinha muitas manias, como a de criar passarinhos. Era bom acordar em sua casa com a sinfonia de assobios maravilhosos, e vê-lo imitar os gorjeios dos pássaros. Ele acreditava que se comunicava com as aves. Todo fim de semana carregava algumas gaiolas envoltas em panos brancos para a praça, onde encontrava outros criadores de pássaros. Faziam concurso de cantos e ele quase sempre vencia, ganhando mais um passarinho para sua coleção. Só se recusava a engaiolar beija-flores. O bailado do pássaro em torno das flores era para ser admirado, insistia, impondo a regra entre os amigos.

Vovô dizia que eu era seu passarinho preferido. E me chamava de minha cambaxirra, meu rouxinol, meu canarinho, meu colibri, meu bem-te-vi. Principalmente de minha sabiá. Vivia me pedindo para cantar "Cante, Minha Sabiá, pra alegrar o coração desse véio, cante, Minha Sabiá, vá".

Carnaval

Na minha infância, as coisas todas se revestiam de um mistério que teimava em se inculcar em meu pensamento. Não era só a Casa dos Peixes que me intrigava. Por exemplo: o Carnaval. Desde criança uma imagem muito estranha me vinha à mente quando alguém pronunciava esta palavra. Como na tela de um pintor ensandecido, o que se pincelava na minha memória era uma visão insólita: um conjunto de telhados irregulares vistos do alto, marrons, alguns exibindo como adereços solitários as pequenas plantas brotadas das rachaduras. O quadro ganhava movimento, e em flashes cinematográficos eu assistia a crianças nuas, barrigudas, umbigos estufados, pegando parelha com o bonde. Corriam pela calçada acenando para o alto e exibindo risos de alegria que contrastavam com a pobreza do cenário. Essa foi a impressão primeira que eu tive do Carnaval, menina ainda.

Mas a cada ano, assim como vinha, essa triste imagem se diluía, e durante os quinze dias que antecediam a folia momesca a palavra Carnaval se revestia de outros significados. Por essa época, entre risos e marchinhas cantaroladas, mamãe se entregava em algazarra, junto com as vizinhas, à confecção das nossas fantasias: bailarina, cigana, pirata, portuguesa, holandesa, espanhola, odalisca, pierrô, colombina, arlequim… E a de Carmen Miranda, a mais vistosa de todas. A preferida de mamãe. Anos a fio, ela, fã da cantora, me fantasiou com roupas compridas, balangandãs e torsos coloridos na cabeça.

Pelos cômodos da casa ficavam espalhados paetês, vidrilhos, contas, canutilhos, franjas, purpurinas, argolas, colares e pulseiras. E muitos cortes de tecidos. Mamãe recebia muitas encomendas, e minhas amigas, ansiosas para experimentar suas fantasias, não saíam lá de casa. Reunidas ao redor do rádio, eu e Das Dores éramos as mais animadas, cantando as marchinhas e os frevos.

Um dia, nos divertíamos ao som de "O que é que a baiana tem?" e não percebemos o olhar pidão de Diacuí, afastada, num canto. Foi mamãe quem notou seu retraimento e perguntou por que ela não dançava conosco. Cabisbaixa, a indiazinha se entregou: "Num shei danchar... ninguém me enshina...". Sábia, mamãe detectou em seu olhar uma ponta de ciúme por nos ver, a mim e a Das Dores, num entrosamento tão perfeito. Sob o pretexto de lhe ensinar a marchinha "Mamãe eu quero", puxou-a pela mão e a trouxe para a nossa brincadeira. Ficamos ali a tarde inteira, dançando e ouvindo no rádio as cantigas do momento.

Uma das minhas brincadeiras prediletas era me esconder embaixo dos retalhos espalhados pela casa e pedir a mamãe para me achar. Entre uma costura e outra, ela perguntava:

— Por onde será que anda Essa Menina?

Eu saltava do monte de tecidos e ela fingia se assustar. Teve um ano, eu devia ter uns cinco anos, que mamãe preparou uma roupa de bailarina para mim, com sapatilha e tudo. Colocou-a na cama junto às demais fantasias. Encantada, eu calcei logo o sapatinho rosa e saí pela casa dançando. A velha Iandara me alcançou e descalçou meus pés reclamando que aquele sapato era só para o dia da festa. Insistiu que eu o perderia e que ele teria que ficar embaixo da cama, enfatizando: "É pra quando eu procurar, achar". Na minha lógica infantil, eu discordei. Ora, se o sapato era meu, eu tinha todo o direito de usá-lo. E aproveitei sua distração para calçá-lo novamente. Ao vê-la se aproximando com a mão fechada, pronta para me dar um cocorote, corri para me proteger perto de mamãe. A velha saiu resmungando. Naquela agitação dos preparativos, as horas voaram e logo chegou o momento de vestirmos as fantasias. Todos já estavam prontos e ninguém achava minha sapatilha. Mamãe ficou nervosa, eu chorava, até que a velha Iandara, revolvendo os pedaços de tecidos amontoados ao lado da máquina, descobriu o calçado.

Saímos felizes, sem imaginar a angústia que eu ainda viveria ao entardecer. Tão assustadora quanto a guerra que acontecia na Alemanha e que a gente tentava esquecer com o Carnaval. Do sucedido, pouco se falou, e de quase nada me lembro, com exceção de algumas imagens que de vez em quando perturbavam meu sono.

Sei que estava vestida de bailarina, perdida, no meio da praça. Era fim de festa, a noite caíra. No meio da multidão, eu chorava chamando por papai. Pernas, pernas, pernas... Era só o que minha vista alcançava. De repente, uns braços peludos me agarraram pelas costas e me levantaram. Eu tentava virar o rosto, mas não conseguia identificar a pessoa que me apertava e me levava em direção a uma rua escura.

Minha desconfiança de ter sido raptada pelo lobisomem se confirmou quando senti a respiração quente no meu pescoço, a barba roçando minha pele. Tentei gritar, mas o lobisomem tapou minha boca. A praça estava cada vez mais distante. Aí, do nada, um vulto apareceu e o derrubou com um soco. Foi tudo tão rápido que eu caí na calçada, rasgando a saia de pompons e ferindo o joelho. Do chão, eu via o bicho de braços peludos tomando muitos murros no rosto... O lobisomem conseguiu fugir... Outros homens foram atrás dele... E minha saia rasgada, minha meia furada... A velha Iandara ia brigar comigo...

Papai me pegou no colo, me abraçou e disse que estava tudo bem, que não acontecera nada. Seu Ari voltou com a mão toda machucada. Disse que o tarado sumira no meio do povo, mas ele lhe quebrara todos os dentes. E prometeu procurar pela cidade todos os homens desdentados e de braços peludos. Ao chegar à nossa casa, com a fantasia rasgada, eu tremia de medo da velha Iandara. Estranhamente, ela pareceu nada perceber. Antes de dormir, eu insisti em guardar a sapatilha embaixo do travesseiro e expliquei a mamãe:

— É pra quando achar, procurar.

Ela sorriu e concordou. No dia seguinte, meu irmão desmanchou-se em cuidados comigo e até me emprestou sua coleção de estampas Eucalol. Explicou-me, pacientemente, o significado de cada figurinha. Além desse episódio (que acabou caindo no esquecimento, graças a tantos mimos e dengos recebidos), três outros carnavais ficaram marcados na antologia da família. Um pode ser registrado como o caso do óleo Singer. Aproveitando um descuido de mamãe, que fora olhar a comida no fogo, eu peguei a garrafinha de óleo de máquina e bebi tudo.

Quando ela chegou, eu tinha uma mancha de óleo escorrendo pelo queixo. Foi um alvoroço danado. Titia me fez engolir uma beberagem horrível para provocar vômito. Todos foram para a praça e eu fiquei em casa sob seus cuidados. Houve outro Carnaval em que eu deixei a família toda em polvorosa, por, supostamente, engolir um alfinete. Sempre que mamãe costurava, eu a observava com atenção. Achava lindo quando ela trincava os dentes e falava com a boca cheia de alfinetes presos nos cantos da boca, fazendo ajustes nos vestidos das clientes. No instante em que ela se distraiu, eu enchi a boca de alfinetes e... gritei desesperada:

— Engoli um alfinete!

Fui levada por papai ao posto de saúde, onde, na falta de médico, o enfermeiro simplesmente pegou uma colher de sopa e pressionou minha língua para baixo, quase provocando vômitos. A seguir, tranquilo, tranquilo, nos mandou para casa, com a recomendação de que remexessem todo dia nas minhas fezes em busca do tal alfinete. Acalmou papai afirmando que minha garganta não estava arranhada, o que indicava que eu engolira o alfinete de cabeça para baixo. Para minha tristeza, também perdi esse Carnaval. Os dias que se seguiram foram de humilhação. Por onde eu andava perguntavam:

— E aí, Essa Menina, já botou o alfinete?

O terceiro episódio foi quando decidi imitar a concentração de mamãe diante da máquina de costura. Certifiquei-me de que não havia ninguém olhando e acionei a manivela. A máquina começou a bater e eu, com o indicador, empurrei o tecido para costurá-lo. Só que me esqueci de retirar o dedo de perto da agulha. Ela veio e o prendeu na placa de metal. A dor foi do tamanho do meu grito. Mais correrias dentro de casa. Mamãe desmaiou ao ver o sangue jorrando.

Foi a velha Iandara quem teve a iniciativa de pressionar meu dedo contra a placa e levantar a agulha. Felizmente mamãe não havia enfiado a linha, senão... Nem posso lembrar que me dá uma gastura na barriga. O dedo inchou e titia o enrolou com seus unguentos. Mais um Carnaval perdido. Como se não bastasse a dor, ainda tive que ouvir da velha Iandara que eu devia ter outra por dentro, porque só vivia aprontando malfeitos.

Quando papai, na sexta-feira, trazia as caixas de confete, serpentina, mamãe-sacode e lança-perfume, o cheiro do Carnaval se espalhava no ar. Ele enchia os saquinhos de tule azul com confetes, serpentinas e uma garrafinha dourada do lança-perfume Rodouro. No domingo, nos levava para pular na praça. Na segunda, saía sozinho com mamãe para ver os blocos de rua. Mas na terça... na terça-feira gorda ele pegava seu pandeiro e sumia com os amigos para pular no bloco dos piratas, só de homens.

Nesse dia havia choro de mamãe, enxergando sempre algum rabo de saia a ameaçar seu casamento. Trocava de mal com ele que, indiferente, saía cantarolando a marchinha da moda. Só voltava na manhã da quarta-feira de cinzas. Reclamava com titia por nos ter levado à missa das Cinzas e, cansado, dormia o dia todo, surdo à ladainha de reclamações que mamãe insistia em desfiar. Despertava à noite, brincalhão, minimizando o ocorrido. Para compensar sua ausência, nos reunia e entoava o repertório romântico de mamãe.

Desse modo, pelo poder da música, a harmonia voltava, as queixas ficavam sepultadas... Até o Carnaval seguinte. Todo domingo de Carnaval, minutos antes de sairmos para a festa, mamãe reforçava as recomendações de sempre: não jogue lança-perfume nos olhos dos amiguinhos, só nas pernas, no cangote e na barriga; não aceite balas nem presentes de desconhecidos; não vá no colo de estranhos; não corra, não solte a minha mão. Se isso acontecesse, deveríamos procurar um guarda para nos levar ao palanque onde o locutor interrompia a festa a cada meia hora para anunciar as crianças perdidas e chamar os responsáveis pelo alto-falante.

Com tantas recomendações, o Carnaval mais uma vez trocava de fantasia e, apesar dos risos e do colorido, o fantasma do medo se apoderava de mim. À noite, eu sonhava que uma careta me roubava da roda e me colocava numa roda só de caretinhas, cercada de caretonas. Aí, uma caveira me agarrava e me botava numa roda só de caveirinhas, cercada de caveironas. Eu chorava e alguém me pegava no colo. Quando eu olhava, era um diabo vermelho que me jogava no meio de uma roda de diabinhos, cercada de diabões que me cutucavam com seus tridentes vermelhos. Então o boi da cara preta abria espaço na roda e investia contra mim. Eu chorava, gritava, esperneava. Ninguém me ouvia.

Nesse momento desesperador, eu acordava ensopada de xixi e descobria que tudo não passara de mais um pesadelo. Levantava-me encabulada, escondia os lençóis embaixo da cama, na esperança de que ninguém percebesse. Era inútil. Meus irmãos me aterrorizavam, ameaçando amarrar uma trempe em minha cabeça e me soltar na rua para pedir esmolas entoando o mote perverso: "Uma esmola para a menina da trempe,/ Que mija na cama e não sente". Eles me perseguiam o dia todo com a cantilena malvada. Eu imaginava a cena com pavor: me via andando pelas ruas, maltrapilha, pedindo esmolas.

Só no domingo à tarde eu voltava a fitar a face colorida do Carnaval. Mamãe, depois de nos fantasiar, amarrava em nosso pulso esquerdo a mamãe-sacode e no direito, o saquinho de tule azul, repleto de confetes, serpentinas e lança-perfumes. O último adereço, já na hora de sairmos, era o presente de vovô: óculos de plástico azul, cujo elástico era sempre tão apertado que dava um nó no juízo e nos deixava com dores de cabeça. Além de embaçar a vista.

Íamos de bonde até o centro da cidade. A viagem era longa, passando por bairros pobres e, não fosse uma ou outra criança fantasiada no ponto do bonde, o Carnaval seria uma sequência de ruas desertas e meninos descalços e barrigudos apostando corrida com o bonde, cujo condutor os saudava agitando freneticamente o sino. De vez em quando víamos uma caveira, um diabo de chifre, um boi da cara preta perseguindo crianças assustadas pelas ruas. A todo instante eu perguntava, com impaciência:

— Falta muito?

E ouvia a mesma resposta:

— Já estamos chegando.

O motorneiro batia o sino e o bonde seguia rangendo nos trilhos. Sonolenta, eu olhava para fora e os telhados marrons obscureciam minha vista. Cansada, dormia no colo de mamãe e, ao acordar, já estávamos na praça do Palácio do Governo, cheia de gente. Um cheiro inebriante de lança-perfume pairava no ar, mesclado aos suores dos adultos. Sentada no cangote de papai, eu via a praça do alto, com seus postes enfeitados com máscaras alegres.

Por mim passavam crianças vestidas de palhaços, havaianas, índios, piratas, melindrosas, holandesas, tirolesas, baianas num colorido que me encantava. Várias rodas de crianças se formavam, protegidas por rodas maiores de adultos. Do alto do coreto, fantasiados de soldadinhos de chumbo, os músicos da banda de música do Corpo de Bombeiro executavam as marchinhas de Carnaval.

Nos intervalos, o alto-falante dizia os nomes dos patrocinadores, agradecia à prefeitura, ao governo, ao sabonete Eucalol, ao regulador Gesteira, ao Biotônico Fontoura, à Emulsão Scott, ao Óleo de Rícino, ao refrigerante Jade, ao guaraná Fratelli Vita... Era a hora do lanche. Mamãe tirava da sacola refrescos de jenipapo, pão com goiabada, balas de alfenins, e papai ia comprar pipocas rosadas e cachorro-quente. Sentávamos no meio-fio e fazíamos a farra.

Enquanto os músicos descansavam, o alto-falante tocava os discos com as marchinhas mais conhecidas. Depois do intervalo, os músicos retornavam ao coreto. A festa recomeçava, papai nos organizava de mãos dadas e saíamos em busca de uma das muitas rodas. No chão, cercada por um cenário de pernas e saias dos adultos, via outras crianças passarem por mim com o mesmo ar amedrontado. Algumas choravam de medo, de cansaço, de raiva, de sono, de fome, de sede, de vontade de fazer xixi, de fazer cocô.

Papai escolhia a maior roda para brincarmos o Carnaval, e lá ia eu de mãos dadas com um tirolês aborrecido, que puxava uma havaiana feliz, que arrastava um palhaço sonolento, que segurava uma baiana enfezada, que se recusava a dar a mão ao arlequim medroso, que chorava chamando a mãe, que insistia que ele abraçasse a espanhola alegre, que sorria para o pirata encrenqueiro, que tentava acertar os olhos dos amiguinhos com lança-perfume e ainda dava a língua para a bailarina sorridente, que beijava a holandesa triste, que empurrava o pierrô suado, que apertava a mão da melindrosa que rebolava encantada com as franjas do próprio vestido e se negava a dar a mão à colombina implicante, que empurrava a cigana magoada, que revidava e soltava a mão da jardineira, que, indiferente, segurava a mão da odalisca, que, prestimosa, tentava ajudar a grega a amarrar a sandália... Arre! Todo mundo já cansado, em meio a confetes, serpentinas e o cheiro entorpecente do lança-perfume.

De vez em quando um adulto empurrava uma das crianças para o centro da roda. Algumas se empolgavam e dançavam, mas a maioria chorava de medo, à procura da mãe. A roda das crianças girava em sentido oposto à dos adultos, que sorriam e gritavam os nomes de seus filhos quando passavam por eles. Assustados, nós, os filhos, olhávamos para o alto procurando nossos pais e eles riam, felizes, e mexiam em nossa cabeça gritando "Estou aqui", e aí já não estavam mais, puxados pela euforia do Carnaval. Dez minutos antes das seis horas, o alto-falante agradecia ao público e se despedia, marcando encontro na mesma praça, no próximo Carnaval.

Exaustos, voltávamos para casa. Carnaval era isso para mim. O bonde, o motorneiro, o sino... Meninos barrigudos pegando parelha com a máquina... E plantas nos telhados marrons que fugiam da minha vista embaçada pelos óculos azuis de plástico, presente de vovô.

O canto agourento da rasga-mortalha

Um dia senti vovô muito triste, os olhos avermelhados. De manhã cedinho, ele me acordara para libertar seus pássaros. Foi na época de uma das viagens mais longas de papai. Ouvindo aqui e ali, descobri parte do segredo da família: papai e alguns amigos estavam presos e comentava-se que estavam todos sendo torturados. Eu só não entendia os motivos. Durante várias noites, para desespero de vovô e de titia, a coruja rasga-mortalha entoou seu canto agourento, anunciando que a morte rondava a casa. As notícias correram na perna de vento e de madrugada nossa família foi avisada de que a situação era grave.

Eu estava dormindo quando uns homens estranhos chegaram lá em casa e disseram que papai só sairia da solitária por força da morte ou de um milagre. Titia não pensou duas vezes. Acordou-me e me levou, ainda sonolenta, para o seu oratório, onde fez, em meu nome, uma promessa a santa Rita de Cássia dos Impossíveis: em troca do retorno de papai vivo, jurou que eu criaria o cabelo durante catorze anos, o tempo que durou o martírio da santa.

Findo esse prazo, eu faria uma trança e a depositaria na sala dos ex-votos de alguma igreja onde houvesse uma imagem da mártir, se possível em Cássia, na Itália. Foi assim que eu me vi desde os três anos atada a uma promessa que não fizera, mas que se renovava em cada cacho dos meus cabelos.

Enquanto papai esteve preso, nossa família se revezou em vigílias na entrada da penitenciária, exigindo provas de que ele estivesse vivo. Uma vez por semana a porta da prisão se abria e ele, apoiado por dois guardas, aparecia. Vovô me levantava bem alto para que ele pudesse me ver. Ele sorria e acenava com as mãos amarradas. E só. A porta se fechava logo. No dia seguinte, lá estávamos nós de novo, exigindo sua libertação.

Assim, desfez-se o mistério sobre suas ausências. Até então, quando eu perguntava por ele, os adultos respondiam que estava viajando, que fora comprar tecido na Bahia para o patrão, seu Isaac, e desviavam a conversa. Naquela vez, porém, foi diferente, porque me levaram até o portão da prisão e titia me explicou que papai estava trabalhando lá. A penitenciária passou para o meu imaginário como a casa das grades, onde ele trabalhava. Mas a tristeza de vovô dava dó. Uma noite ele adormeceu na rede, nos meus braços, embalado pela minha voz. Foi assim que eu descobri seus cabelos brancos, sua pele seca, suas rugas. E suas veias grossas saltando das mãos magras como cobrinhas azuis.

Lembro-me de que na tarde anterior, quando todos haviam saído à rua em busca de notícias dos prisioneiros, eu entrei em casa. O ar soturno, sem risos, sem alegria, me entristeceu. O violão de papai encostado na parede do quarto, seu pandeiro no alto do camiseiro. Mas a inocência me distanciava da dramaticidade da situação e eu, saltitante, chamei por meus irmãos. Percorri todos os cômodos sem encontrar ninguém. Apenas o barulho da panela fervendo na cozinha. Parei em frente ao fogão e pensei: "A comida tá *chinguando*. Vai derramar".

Gritei por mamãe e o silêncio respondeu alto. Angustiada, sentei ali mesmo no chão. O medo montou no meu coração e disparou numa cavalgada louca. Ele riscava as esporas no meu peito e deixava a tristeza, a rédeas soltas, repenicar na goela. Ela, a tristeza, dava cada coice que me fazia estremecer de susto. Eu estava prestes a chorar quando a velha Iandara entrou na casa com minha irmã adormecida no colo. Disse que todos haviam saído e exigiu que eu ficasse quieta em meu canto. Juro que tentei obedecê-la, mas, desacostumada ao silêncio, não me contive e, segundos depois, soltei alto meu desabafo:

— Que casa calada!

A velha me deu um cascudo na moleira que me deixou atordoada e me deixou de castigo ali mesmo. Horas depois, meu irmão me encontrou chorando. Eu lhe implorei que ficasse de castigo no meu lugar. Ele aceitou e a velha, na confusão, nem percebeu. Na manhã seguinte, dia da libertação de papai, vovô me acordou bem cedinho. Havia prometido soltar seus passarinhos em troca da liberdade do filho. Fomos para a varanda, abrimos as gaiolas, uma por uma, e com carinho nos despedimos dos bichinhos. O mais estranho foi que alguns se recusavam a abandonar a prisão. Vovô os enxotava, eles saíam tímidos, davam meia-volta e retornavam para o interior da gaiola. Vovô os pegava na palma da mão, fazia carinho em suas cabeças e os impulsionava de novo para o céu.

Após algum tempo, todos bateram asas para a liberdade, ou para a morte. Menos o canário-belga, que se aninhou na soleira da porta e danou-se a cantar um canto desesperado que mais parecia um pedido de socorro. Cantou, cantou, até cair morto. Pela primeira vez vi vovô chorar. Por papai e pelos "papalinhos".

Horas depois, quando papai chegou, a alegria foi tanta que não perguntei o que havia acontecido. Ele silenciou sobre os maus-tratos a que fora submetido, preservando minha infância dos detalhes. Veio no carro de meu padrinho, que me ignorou e nem sequer desceu do automóvel. Lembro-me de ver o motorista Xavier, todo uniformizado, abrir a porta, e tio Bé saltar para ajudar papai a pôr os pés enfaixados no chão. Ouvi comentários de que durante a prisão ele fora obrigado a caminhar descalço sobre carvão em brasa. Mamãe, ao vê-lo cambalear, caiu no choro. Mas foi confortada por tio Bé com a frase que costumava repetir:

— Pior é na guerra, que a gente morre e não se enterra.

Meu padrinho apressou as despedidas ali mesmo na calçada, alegando que já se expusera demais. Papai, apoiado pelos amigos, tentava se manter em pé. Foi quando vovô afastou todo mundo e o pegou no colo. Levou-o à cama e o cobriu de beijos. Ali eu vi vovô chorar pela segunda vez. Ficou horas abraçado ao filho, soluçando, acalentando-o, limpando-lhe os ferimentos com a poção preparada por titia. Eram visíveis as escoriações no rosto, nos braços, na cabeça. Papai respirava com dificuldade. Todos se afastaram do quarto, deixando-os a sós. Apenas eu, pequenina, espremida entre o camiseiro e a penteadeira, continuei observando a cena. Vovô soluçava e repetia:

— Meu filho, meu filho, por que fizeram isso com você?

— Não chore, pai, não chore! Já passou, já passou.

Foi a primeira vez que eu vi vovô beijar meu pai. Compreendi que aquele era um momento doloroso para ambos e, embora estranhasse aqueles dois adultos se tratando como pai e filho, não tive coragem de interferir. Fiquei ali, aturdida, invisível. Nunca entendi por que as almas do destino me faziam ficar invisível ouvindo coisas que eu não queria ouvir, e que me marcariam para o resto da vida.

E lá estavam os dois, bem na minha frente, abraçados, soluçando como dois bebês. Aquela cena deixou meu coração desorientado, desprotegido. Chorei abafadinho para não assustá-los, até que o sono chegou, eu me aconcheguei à parede e dormi sentada no chão. Não me lembro do que aconteceu depois, mas tenho certeza de que foi vovô quem me resgatou daquele cenário. Só sei que desse dia em diante ele nunca mais criou passarinhos. A velha Iandara pela primeira vez concordou quando Vovó Grande disse, sem conseguir disfarçar a mágoa:

— Era mesmo uma maldade manter os bichinhos presos nas gaiolas só para ouvi-los cantar. Coisa de quem não tem coração.

Bença, vó!

Cedo percebi que Vovó Grande e a velha Iandara não se bicavam. Foi juntando comentários soltos que descobri o motivo da discórdia. As duas, solteiras ainda, tinham sido até amigas e confidentes. Mas corriam rumores de que a Iandara adolescente demonstrava uma queda pelo primo. A desavença se deu numa festa de São-João, quando vovô foi ofuscado pela entrada intempestiva de Vovó Grande no terreiro, vestida de noiva de quadrilha. Sua risada o cativou. Eram muito jovens, e a paixão foi inevitável. A índia teria, a partir de então, guardado grande ressentimento por se ver preterida pela amiga. No dia seguinte à festa, dizem, ela se vestiu de preto e pôs em prática um costume que era próprio dos mais velhos: costurou a própria mortalha e a guardou no baú do seu quarto.

Meus avós, apesar dos gênios diferentes, viveram um amor intenso. Tanto que, depois de separados, nunca mais se casaram. Vovó Grande era branca e bonita, apesar das rugas. Com uma fina penugem, herança do gene português, seu lábio superior fazia um franzido engraçado, como as saias rodadas que mamãe costurava. Do seu queixo brotavam uns fios espaçados de barba. Voluntariosa, foi por sua iniciativa que se deu a separação, quando papai ainda era pequenininho, época em que repartiram os únicos bens do casal: os filhos. Papai foi morar com vovô em um bairro próximo, e minha tia ficou com vovô. Justa partilha.

Vovó Grande sempre alardeou que a separação acontecera porque vovô, índio desconfiado, era muito ciumento e a mantinha trancada em casa, como fazia com os passarinhos. Quando saía para o trabalho, levava a chave no bolso. Indomada, ela arrebentava a fechadura, pulava a cerca do jardim com os filhos e saía para a rua. Quando vovô a encontrava, ela gritava para todo mundo ouvir:

— Eu nasci livre e livre vou morrer. Ninguém me tranca numa jaula. Eu não sou bicho. Eu não sou um dos seus passarinhos!

Apaixonado, ele implorava seu perdão. Voltavam para casa aos beijos, trocando juras de amor. Ele prometendo não mais prendê-la, ela prometendo não mais fugir.

Já Iandara era extremamente recatada. Sua casa, construída por vovô, vivia de portas abertas, mas ninguém ousava entrar sem seu consentimento. No quarto, ela guardava um baú onde cabiam seus pertences: uma pataca de ouro, a mortalha, alguns vestidos de seda, objetos que ela exibia de vez em quando, e o segredo que só foi descoberto muitos anos depois, no dia de sua morte.

Vaidosa, extrovertida, Vovó adorava ser fotografada e nos divertíamos folheando seu álbum de fotos amareladas. Chamava-me a atenção a foto de casamento, rasgada ao meio num dia de discussão e colada num dia de arrependimento. A índia jamais se deixou fotografar, com medo de ter a alma aprisionada. Diferentes também eram as personalidades das duas mulheres. Vovó era amorosa, adorava fazer carinhos e vivia nos abraçando. A índia era discreta, calada, não demonstrava seus afetos. Quando as duas se encontravam lá em casa, trocavam rápidos cumprimentos e uma se sentava distante da outra. A índia pouco falava, quase nunca ria, trajava preto e trazia no olhar a dureza do sofrimento. Já Vovó Grande usava vestidos floridos, decotados, para provocar a macheza de vovô, dizia ela, sem falsos pudores. Desbocada, falava muitos palavrões. Corno, marica e rapariga eram seus preferidos.

E o olhar delas? Meu Deus, quanta diferença. Os olhos de Vovó eram grandes, esverdeados, vivos. Eram olhos espaçosos. Os olhos de Iandara eram miúdos, duas continhas que se desviavam, irritadiças, da vida, buscando defeito em tudo e em todos. Eram o outono, quiçá, o triste inverno. Eram impeditivos, uma barreira à aventura.

Ao longo de minha infância, colhi comentários sussurrados pelos adultos sobre a vida da índia: a família de Iandara vivia nas terras de seus antepassados, os boimés. Sua mãe se chamava Iraé, que em tupi-guarani quer dizer "aquela que tem gosto de mel". Um dia apareceu um fazendeiro rico. Disse que era o dono daquela região e exigiu que os índios abandonassem suas terras. O marido de Iraé resistiu. O homem, entre as muitas maldades que cometeu, ordenou que seus capangas espancassem o índio, abusou de Iraé, ali mesmo, na frente do marido. O nome do coronel: Aprígio. Com o passar do tempo, juntando uma informação aqui, outra ali, é que fui trançando minhas conclusões sobre a prima de vovô. Iandara carregava o sofrimento na alma. Diziam que quando tomou corpo de mulher revelou uma beleza exótica: cabelos negros e lisos, pele telúrica da cor do barro avermelhado e olhos lindos, que teimava em esconder. No entanto, quando menina, vivera coisas tão terríveis que "fazia até mal criança ficar sabendo", dizia Vovó. Eu só não encontrava explicação para a dureza com que Iandara me tratava.

Vovó Grande nunca levantou a mão para me bater. Já a prima de vovô me castigava até pelo que eu não fazia, para que eu aprendesse com os erros alheios, dizia ela. Por causa desses castigos, causei muitos desentendimentos entre as duas. A índia muitas vezes me deixava presa no quarto de mamãe. Apagava a luz e trancava a porta. Vovó Grande, como se não soubesse de nada, me pegava no colo e me arrastava para fora da clausura. Brincávamos, ríamos, ela me contava contos de carochinha, histórias de trancoso, e quando Iandara se aproximava arrastando os chinelos, corríamos, cúmplices, de volta ao local da punição. Lá, Vovó Grande me ensinou a não temer as trevas, a ver a beleza da vida através do fio mágico da imaginação.

No quartinho escuro eu sonhei que era uma princesa acorrentada por uma rainha má. No quartinho escuro adormeci na esperança de um príncipe me acordar com beijos. No quartinho escuro chorei, lutei para dominar meus medos e enfrentar meus demônios. No quartinho escuro odiei a velha

Iandara com toda a força de minha alma de criança. No quartinho escuro aprendi com Vovó Grande a respeitar a índia, a aceitar seus castigos como se eles fossem uma lição de vida.

— Você nasceu recheada de esperança, por isso jamais cultive o ódio. Se você der corda ao ódio, ele se entranha tanto em seu peito que rouba o que de melhor existe em você: sua alegria.

Vovó Grande me ensinou ainda a amar a prima de vovô do único jeito que ela permitia: com temor, à distância, cordata, sem nada exigir em troca. Despertou em meu peito a compaixão por aquela mulher parcimoniosa em tudo, fechada para o amor, para a alegria.

Enquanto Iandara exigia que eu não perturbasse o mundo, Vovó Grande me instigava a retraçar o rumo de minha vida, caso eu não estivesse satisfeita. Ensinou-me a buscar caminhos vicinais, ora um atalho, ora uma estrada longa e pedregosa, caso a felicidade não estivesse à mão na rua principal. Com ela aprendi a encarar o medo, a cavalgar no desafio para buscar o amor, sem esquecer que ele nasce, morre e renasce sempre. Eu deveria ser capaz de perceber essa mutação para não me enterrar viva, aprisionada às más lembranças, fechada para o mundo, como fazia Iandara.

De Vovó Grande eu costumava ouvir que éramos as netas mais lindas do mundo, e ela sussurrava ao meu ouvido que eu era a mais bela de todas, pedindo segredo para que as outras não ficassem com ciúme. Iandara sibilava:

— É mentira!

Cabelouro, me põe bonita!

Era verdade. Eu sabia que era feia porque vovô sempre me chamava assim: "Menina feia, ô menina feia".

Eu atendia com o maior sorriso, feliz da vida. Portanto, não via necessidade de comer cabelouro, aqueles pedaços borrachudos de tendão de boi, a única parte da comida que eu desprezava no prato. Mas minha tia insistiu tantas vezes, que eu sucumbi aos seus argumentos e acreditei que era melhor ser bonita que feia. Num piscar de olhos dormiria feia e acordaria linda — cabelos louros e lisos, olhos verdes. Era só seguir seus conselhos e comer cabelouro atrás da porta da sala dizendo três vezes: "Cabelouro, me põe bonita, cabelouro, me põe bonita, cabelouro, me põe bonita!".

E assim começou minha obsessão. Raspava o prato e corria para trás da porta da sala, mastigando o pedaço de cabelouro e repetindo a mesma ladainha: "Cabelouro, me põe bonita, cabelouro, me põe bonita, cabelouro, me põe bonita!".

Vendo minha tenacidade, titia afirmava que eu haveria de ser a menina mais bonita da paróquia. Eu vivia tão empenhada que todos os dias, ao acordar, buscava o espelho da sala, na esperança de constatar o milagre. Lancei mão de todos os recursos para mudar minha aparência. Sempre incentivada por titia — "Minha flor, se você achar um trevo de quatro folhas, terá toda a sorte do mundo!" —, palmilhava o jardim em busca da tal planta. E gastava horas infindáveis rastejando inutilmente pelo jardim à procura do talismã da felicidade. Embora exigisse de mim a beleza, minha tia não era bonita e jamais se escondeu atrás da porta pedindo "Cabelouro, me põe bonita, cabelouro, me põe bonita, cabelouro, me põe bonita!".

Agora era tarde demais, Inês era morta, ela não era mais criança e eu, de tanto comer aquela carne borrachuda, ficava com a queixada doendo. Uma das lembranças mais vivas dessa fase envolvia certo menino branquelo, cujo nome eu só soube depois. Estava sentada na varanda da casa de vovô, triste, pedindo em voz alta para me tornar uma princesa, quando ouvi:

— Menina bonita!

Assustei-me e me deparei com aquele garoto descorado rindo para mim. Não, não era um anjo. Anjos, com certeza, não tremelicavam as sobrancelhas daquele jeito. Encabulada por ter sido flagrada em tão íntimo pensamento, chamei-o de chato e corri para dentro de casa batendo a porta. Só ouvi a gargalhada do lado de fora. Minha tia apareceu, perguntou o que era, e limitei-me a dizer que um menino chato estava mexendo comigo. Ela esticou o pescoço para a rua, mas não viu ninguém.

A velha Iandara, ao lado de titia, comentou que não existia menino nenhum, que era pura invencionice da minha parte. Esquecemos o episódio e voltei às minhas preces. Era imperativo que me transformasse em uma princesa de pele clara, olhos verdes e cabelos lisos, finos, longos e louros. Pois não é que na semana seguinte o menino da cor do milho apareceu de novo? Estava distraída, mexendo nas folhas do não-me-toques quando ouvi:

— Oi, menina bonita.

Levantei assustada, estiquei a língua e entrei em casa a tempo de ouvi-lo gritar:

— Menina bonita e bruta!

Fui contida pela velha Iandara, que me acuou contra a parede, exigindo que contasse que arte havia aprontado para fugir assim esbaforida. Com a respiração ofegante, apontei para o menino desbotado que me perseguia. Ela me puxou pela orelha até a rua vazia e de lá me levou ao fundo do quintal, onde fiquei de castigo para aprender a não mentir. Até que numa tarde, como se saísse das sombras, ele surgiu novamente. Perguntei se era fantasma, ele me garantiu que não e falou:

— Bom dia, flor do dia.

— Bom dia!

Aí ele emendou:

— Seus quartos de rã, sua bunda de jia.

Não achei graça nenhuma. Ele me entregou um buquê de roletes de cana e pediu desculpas pela brincadeira. Chamava-se Wescley. Chupamos cana, ficamos amigos e ele ainda me ensinou uma musiquinha linda para cantar para os adultos. Entrei em casa e encontrei a velha Iandara. Falei do menino, mostrei-lhe o buquê de roletes de cana e contei que ele até me ensinara uma música. Ao cantar os versos, notei quando ela arregalou os olhos:

— Que música é essa?

Na minha inocência, não percebi repreensão em sua voz. Certa de que pela primeira vez eu a estava agradando, cantei mais alto:

— Sacana é cana da bandeira americana,/ Quem tem dente chupa cana, quem não tem come banana,/ Da caixinha do bibiu, vá pra puta que o pariu.

Ela insistiu, rangendo os dentes:

— Como é? Repita!

Com medo de desobedecê-la, cantei, já aos prantos, sem entender sua reação. Tampouco atinei que as palavras bibiu e puta que pariu pudessem ser palavrões. Nunca as tinha escutado. Palavrões para mim eram cocô, mulher da vida, mulher-dama, corno, rampeira e marica, que eu ouvia os adultos falarem quando estavam com muita raiva de outras pessoas. Também nunca falei "eitcha peintcha", que Das Dores vivia a repetir. Palavras feias que nunca pronunciei com medo de ser acordada pelo demônio e ter a língua queimada com um tição aceso. Já "merda, bosta, peido e cu", nesta sequência, eu pensava sempre que me encontrava em situações aflitivas.

Sem que comandasse meu pensamento, esses nomes feios pareciam tomar vida e marchavam em minha cabeça, me fazendo pecar por pensamento. Nunca por palavras. Para encurtar conversa, fiquei de castigo, implorando aos santos da minha tia para afastarem de mim todo o sofrimento. E, claro, me fazerem bonita rapidinho.

Fui crescendo, deixando minha alegria atrás das portas. Vivia amuada. Da menina sorridente que tinha sido até então, fui ficando cada vez mais triste, calada, esquiva, à espera do milagre do cabelouro. Mas nada acontecia. Continuava magrinha e feinha. Perguntava a titia se algum dia eu seria bonita e ela, sem perceber minha ansiedade, respondia meio distraída:

— Se Deus quiser, e as almas do coité.

Coité era um tipo de cabaça que ela plantava no fundo do quintal. As cuias nasciam, amadureciam, nós as colhíamos, mas a transformação mágica não acontecia. Enquanto mastigava atrás das portas, comecei a questionar o artifício perverso de minha tia para me fazer comer aqueles pedaços borrachudos.

Na escola, na rua, nas festas, quando brigava, sempre me chamavam de feia. A descoberta me fez prisioneira do silêncio. Encarcerada num inexplicável mutismo, voltei a dormir na posição fetal, a chupar o dedo e a fazer xixi na cama, atitudes que, segundo titia, me tornavam ainda mais feia. Foi por essa época que começaram a cair meus dentes da frente, e eu tive ainda que enfrentar os apelidos de Banguela, Cancela e Janela. Pensei que ia morrer de tanta vergonha. Minha tia veio em meu socorro e me ensinou a adivinhação para o dente crescer depressa: levantar cedinho, antes de todo mundo, correr para o quintal e jogar o dente no telhado da casa rezando três vezes: "Mourão, Mourão, Mourão, tome seu dente podre e me dê meu dente são".

Mas eu duvidava da eficiência do duende Mourão tanto quanto questionava o cabelouro. Desmanchava-me em lágrimas sempre que tentava assobiar. A preocupação com o nascimento dos novos dentes passou a ser a prioridade da minha existência. Foi assim até que, de repente, me esqueci de querer ser bonita, com pele alva, olhos verdes e cabelos louros. Voltei a participar das brincadeiras de roda, dos dramas, dos folguedos de São-João, e apaguei o cabelouro definitivamente da minha vida e da minha alimentação. Minha tia parou de me obrigar a comer tendão de boi e o desejo de ser bonita foi ocupado pela alegria de ser criança.

Dies Irae

Um dia caí doente e perdi a fome. Tudo quanto engolia o estômago rejeitava, e foi titia quem, mais uma vez, cuidou de mim. Com carinho, vendo-me fraquinha, pedia:

— Minha flor, coma, pelo amor de santa Rita!

E preparava sopas ralas enquanto me fazia recitar os versos que ela aprendera e que a cada dia aperfeiçoava, acrescentando uma nova rima. Fingíamos que ela era minha mãe e eu, sua filha, cheia de manhas. Juntas, nos divertíamos com a história da menina luxenta:

— Menina luxenta, você quer pudim?

— Não, mamãezinha, tá muito ruim.

— Menina luxenta, você quer feijão?

— Não, mamãezinha, eu não gosto, não.

— Menina luxenta, quer bolo de carne?

— Não, mamãezinha, eu como mais tarde.

— Menina luxenta, coma esta goiabada.

Não, mamãezinha, parece bichada.

— Menina luxenta, você não quer nada? Pois tome palmada.

Caíamos na gargalhada e ela, enquanto rimava maçã com amanhã, arroz com depois, melancia com outro dia, torrada com queimada, me enfiava goela abaixo colheradas de sopas, de pudins, de banana machucada com mel. Cansada, eu logo dormia e, ao acordar, ficava intrigada com uma baba branca ressecada que me descia pelos cantos da boca. Titia explicava que era o "mingau das almas". Como eu não me alimentava direito, as almas boas vinham enquanto eu dormia e, com paciência, revezavam-se, alimentando-me com pequenas colheradas do mingau que preparavam no céu para que eu não morresse. Eram almas do bem, não carecia ter medo.

Também era titia quem fazia massagens em minhas pernas finas quando eu acordava no meio da noite chorando de dor. Pacientemente, esfregava um óleo de ervas em minhas canelas e explicava: era à noite que as crianças cresciam, e como eu era muito comprida, meus ossos se esticavam mais do que meu corpo permitia. De manhã, quando me levantava, já havia esquecido o sofrimento noturno. Certo dia, após uma dessas noites insones, vendo-me correr e brincar sem reclamações, a velha Iandara me perguntou sobre o terror noturno e eu respondi:

— Era dor de crescimento.

O quintal da casa de minha tia era uma floresta de tão grande. Tinha abacateiro, goiabeira, mangueira, romãzeira... Todas as frutas. Comíamos sempre engolindo um pedaço da casca para não dar indigestão. A dez passos da soleira da cozinha estavam, lado a lado, o sapotizeiro de vovô e a minha jabuticabeira. Ali aprendi a reconhecer quando uma fruta estava peca, abortada pela natureza, medrada pela ação das intempéries, seca ainda no crescimento.

O canto direito do quintal era reservado para a horta. Lá no fundo balançavam os pés de milho, entre a bananeira e o coqueiro. Em outra parte do quintal ficavam as ervas medicinais, aromáticas e os temperos de cozinha como alfavaca, cânfora, sambacaetá, quebra-pedra, sabugueiro... Minha tia possuía uma caderneta onde registrava, em latim, com a letra bordada, os nomes das plantas de A a Z e o poder de cura de cada uma:

Anis — *anisu ou pimpinella anisum*, para alívio de gases, normalizar a circulação sanguínea e o sistema respiratório, com efeito diurético também.

Boldo — *peumus boldus*, para dores estomacais e intestinais, ânsias de vômitos.

Catuaba — *anemopaegma glaucum*, para estimular o sistema nervoso e o apetite sexual, melhorar a concentração e eliminar o cansaço.

Cidreira — *cymbopogon citratus*, para controle dos gases gastrointestinais, tem efeito diurético, é calmante e analgésico.

Hortelã — *mentha piperita*, para indigestão, vômitos, diarreia, dor de cabeça, mau hálito.

Ganhei de presente essa caderneta quando viajei para o exterior, e guardo até hoje. Em toda a minha vida, só em seu quintal encontrei mudas de mirra que Baltasar, o Rei Mago negro, ofereceu ao Deus-Menino na manjedoura.

Sem ter jamais angariado fama de somítica, titia economizava todo o lixo doméstico. Não era coisa de pão-duro, mas desperdício não encontrava abrigo em sua casa. As latas de manteiga eram lavadas e reutilizadas para armazenar mantimentos; as cascas de ovos eram trituradas, sendo uma parte misturada na farinha de mandioca, como complemento de nossa alimentação, e a outra jogada na terra para, junto com estrume de boi, servir de adubo. A esse adubo ela adicionava a borra do café e as cascas de legumes e de frutas.

Escovar os dentes só com uma caneca. Para o banho, bastava um balde cheio. Entrávamos numa tina de madeira e usávamos duas canecas de água para molhar o corpo e três para retirar o sabão. De outra tina menor retirávamos para o enxágue duas canecas de água já perfumada com folhas de alfazema. A água suja do banho ainda era recolhida para molhar as plantas ou derramar no vaso sanitário.

Minha tia vivia sempre com um livro à mão, escondendo a frustração por não ter se formado na Escola Normal. Na realidade, um acontecimento prosaico enterrou seu futuro na virada de uma esquina. No terceiro ano, já prestes a colar grau, minha tia voltava da escola com sua colega, Açucena, na época namorada do tio Bé. Caminhava orgulhosa, dentro da farda de normalista, quando foi abordada por um rapazote que lhe perguntou as horas. Sem perceber a sombra de uma mulher na esquina oposta, ela olhou para o céu, depois para o chão e, sorridente, deu a informação exata. Na porta de casa, despediu-se da amiga.

Ao entrar, foi surpreendida por vovô e pela velha Iandara, que contara ao primo ter visto titia namorando na rua. De nada valeram suas súplicas ou o fato de nem sequer saber o nome do rapaz que lhe pedira uma informação tão banal. Foi quando lhe ocorreu a ideia de chamar a colega para esclarecer a confusão. Convocada, a amiga confirmou que titia realmente falara com um rapaz, mas tirou o corpo da pendenga, alegando que não ouvira o que os dois conversaram. E tratou de dar o fora. Titia, decepcionada com a amiga de infância, nunca mais lhe dirigiu a palavra.

Conclusão: vovô, descontrolado, arrancou a farda da filha, deixando-a só com as roupas íntimas. Constrangida, ela tentou cobrir-se com as mãos. Ele pegou a tesoura e cortou a farda em pedacinhos, jogando tudo no chão. Por fim, proibiu titia de participar da colação de grau e de receber o diploma. Apesar das lágrimas, ela obedeceu e daquela fase guardou apenas uma foto sorridente, vestida de normalista. Só na véspera da minha formatura na Escola Normal foi que mamãe me contou em sigilo esse fato. De titia eu costumava ouvir um único lamento, quando tirava água do porrão:

— Pobre de mim, que não tenho porrão, nem pote, nem pilão.

Esses eram os presentes que os pais ou padrinhos costumavam dar às noivas no dia do casamento. Toda casa tinha seu pilão, seu pote e seu porrão, este último enterrado na areia do quintal para manter a água fresca. À parte essa lamúria, ela preenchia a vida buscando conhecimento. De tanto ler e reler os livros do colégio, especialmente a coleção Ludus (Primus, Secundus, Tertius etc.), acabou decorando todo seu conteúdo. Foi de sua boca que ouvi pela primeira vez a palavra *catilinária*. Estávamos na feira quando apareceu Abdon, já prisioneiro da loucura, falando sozinho.

— Coitado do Abdon, lá vem ele com sua catilinária.

Perguntei-lhe o que era isso e ela respondeu simplesmente que era os *quousque tandem* lá dele. Alguns anos depois, ela me apresentou ao livrinho *As catilinárias*. Ela era um *vade mecum* em carne e osso, que trazia na ponta da língua qualquer assunto. Em um dia de raiva, ouvi-a referir-se aos colegas de trabalho de tia Suça como "*et caterva*". Pelo tom de ira, deduzi que não eram palavras boas. Mas adorava a expressão "Foi para as calendas", que ela soltava quando desistia de encontrar algum objeto. Vivia me corrigindo a cada cacófato:

— "Ela tinha" é uma lata pequenininha. Melhor dizer "ela possuía". "Como ela" é uma parte da galinha. "Vi ela" é um beco sem cancela.

E foi assim, para ocupar o tempo, que titia dedicou sua vida a estudar as regras gramaticais, o latim e, principalmente, a pesquisar o uso das ervas medicinais. Uma cerca viva, entrelaçada de maxixões e cabaças, separava seu quintal da nossa casa e da casa da velha Iandara. As cabaças, nós as arrancávamos em diferentes tamanhos para fazer colheres, cuias, garrafas. Os maxixões secos serviriam de buchas para banhos ou para arear utensílios domésticos.

O seu jardim era outra preciosidade. Ali aprendi a ver a beleza das flores. Com os dedos eu tocava no dorme-dorme só para ver a sensibilidade das folhas que se fechavam ao primeiro contato e ouvia mais uma aula:

— Esta é a *mimosa pudica*, que chamam também de não-me-toques, dormideira ou dorme-dorme.

Uma dessas plantas merecia minha admiração: o pé de lágrimas-de-nossa-senhora, cujas contas colhíamos para fazer colares e pulseiras. Assim ela explicava a origem da planta:

— No dia da crucificação do Arquiteto do Universo, sua Mãe, Nossa Senhora da Piedade, implorava aos algozes que soltassem seu Amado Filho, clamando por piedade. Enquanto seguia a via-crúcis, ela chorava. Suas lágrimas foram caindo e fazendo brotar da terra uma plantinha cujas contas tinham o exato formato das lágrimas santas, por isso que se chamam lágrimas de Nossa Senhora.

Titia sabia mesmo de tudo. Do jardim, por exemplo, ela extraía pétalas e raízes para fazer perfumes. Deixava a mistura com álcool dentro de um vidro escuro, maturando até chegar a hora certa de ser usado. Sabia ler o tempo só de olhar para o céu e nunca falhou ao prever frio ou calor: "Não tem erro: céu pedrento ou é chuva ou é vento". Os avisos de tempestades eram assim previstos: "Olhe pro céu. Vê nuvem pesada? Pode apostar, lá vem trovoada".

Conversava com as plantas com a mesma naturalidade com que tratava os seres humanos. Sabugo, maná, sena e viola não faltavam em sua plantação. Cada vez que arrancava uma folha, uma raiz de alguma planta, pedia desculpas, acariciava e benzia o pé, explicando a exata serventia dos ramos roubados da mãe natureza. Comunicava a um invisível interlocutor quem seria curado de fogo-selvagem, má digestão, prisão de ventre, caganeira, pedra nos rins, impotência, espinhela caída, lombriga, sapinho, furúnculos... Eliminava qualquer dor. Azia, por exemplo, ela curava rezando três ave-marias e recitando três vezes: "Santa Iria tem três filhas. Uma cose, outra fia... e outra cura mal de azia". Suspendia os soluços dos recém-nascidos colando na testa da criança uma fita vermelha embebida na saliva. De preferência, a saliva da mãe do bebê.

Todo mês titia enchia um bocapiu com frutas, legumes, verduras e ervas medicinais e levava para o leprosário. Certa vez eu a acompanhei à distante gafaria, palavra que a ouvi pronunciar muitas vezes. Ela me manteve afastada, à sombra de uma mangueira, foi até o portão de ferro, onde deixou a sacola e tocou o sino. Uma freira apareceu, entregou-lhe a lista de encomendas e conversaram por poucos segundos. Na volta, paramos em frente à casa de uma conhecida dela, cujo filho, da minha idade, era surdo-mudo. Enquanto ela conversava com a mulher, o menino apareceu e começou a fazer sinais que eu não entendia. Titia veio em meu socorro e explicou que ele nascera surdo. Fiquei bastante intrigada e em casa comentei:

— Papai, hoje eu fui à casa de um menino que não tem palavra.

Ao tomar conhecimento da visita ao leprosário, ele discutiu com a irmã e me proibiu de acompanhá-la. Chegada a uma superstição, minha tia exigia que mantivéssemos os armários fechados, para não atrair espíritos. Corria a desvirar qualquer chinelo, porque afastava a sorte. Em dias de tempestade, a primeira providência era cobrir o espelho da penteadeira. Evitava pronunciar o oposto da palavra sorte. Passar embaixo de escada, nem pensar. Se um gato preto cruzasse seu caminho, fazia o sinal da cruz. Às refeições, não permitia que se passasse o sal levantando-o no ar. Teria que ser arrastado pela mesa, para evitar que fosse derramado, e explicava: "Onde se entorna o sal, estéril fica o local".

Para identificar e afastar os invejosos, mantinha em dois caqueirinhos um comigo-ninguém-pode e um pé de pimenta braba, à entrada da casa. Se a planta murchasse após alguma visita, ela se apressava a identificar a invejosa com a pecha de "olhar de seca-pimenteira". Se tivesse que costurar roupas no corpo das pessoas, pronunciava em voz alta a oração, três vezes: "Fulana, coso teu vestido, mas não coso tua sorte. Coso-te na vida, mas não te coso na morte".

Acreditava que quem costurasse roupa no corpo de alguém vivo teria obrigatoriamente que lhe fazer a mortalha. Vivia com um galhinho atrás da orelha. Engasgo, espinha entravada na garganta? Era só engolir farinha seca, levantar as mãos para o céu e titia batia nas costas três vezes, dizendo: "São Brás, são Brás, são Brás".

Não dispensava os três pulinhos e três gritinhos para são Longuinho, sempre que achava alguma coisa perdida. Pendurados na parede de sua sala reinavam três símbolos da minha infância: a palmatória, o calendário do Sagrado Coração de Jesus e uma casinha azul com cerca branquinha. Da palmatória nunca a vi fazendo uso, embora ameaçasse, sempre que se irritava conosco. A folhinha do Sagrado Coração de Jesus me assustava, porque o Filho de Deus aparava na mão o próprio coração que soltara do peito. O terceiro símbolo, meu xodó, era a casinha do tempo. Eu a vigiava, principalmente em dias de chuva, na inútil esperança de flagrar o momento mágico da troca dos bonecos. Quando chovia, a porta se abria e aparecia uma bruxa feia vestida de preto, que ficava rodando e agitando a vassoura para cima e para baixo. Se fizesse sol, três crianças giravam de mãos dadas em ciranda. No alto da casa, o versinho: "Quando a velha bruxa sai, certamente a chuva cai./ Quando as crianças vão fora, o tempo logo melhora!".

A casa de titia estava sempre de portas abertas e a toda hora alguém gritava "Ô de casa" do portão e ia entrando sem cerimônia, antes mesmo de ouvir o "Ô de fora!". Era um entra e sai de benzedeiras, a maioria viúva, de luto fechado, com uma rodilha na cabeça, equilibrando cestos e potes. Vinham comprar as ervas milagrosas, bater um dedinho de prosa, trazer as novidades da cidade, quem pariu, quem nasceu, quem matou, quem morreu, quem foi preso, quem foi solto, quem casou, quem separou, quem enviuvou, quem se amasiou, quem se perdeu, quem se achou, quem traiu, quem chorou. Também tiravam dúvidas sobre rezas, jaculatórias, responsórios, como organizar novenas e trezenas. E titia explicava tudinho, tudinho, tim-tim por tim-tim, sem esconder nenhuma informação.

O xarope "lambedor" que ela preparava para curar os males da garganta — desde uma simples tosse até a temida tuberculose — era conhecido em toda a redondeza. Tinha vários tipos, porém o mais procurado era o de sete ervas, uma mistura de romã, mastruz, eucalipto, hortelã, agrião, angico e aroeira adoçados com mel. Conhecia rezas e simpatias para todos os sofrimentos da alma, a cura do mal de amor, o caminho da riqueza, a porta do sucesso, o deslanchar da inteligência, o afastamento do mau-olhado, da prostração, a proteção contra invejosos...

Mulheres elegantes costumavam bater à sua porta em busca de óleos afrodisíacos, na tentativa de prender em casa seus homens, cujos olhos e sexos saltitavam compulsivamente para ancas mais fornidas. Sutis, cheias de pundonor, as senhoras chegavam dentro de carros pretos. Por serem poucos na cidade, os veículos contrariavam as discrições de seus ocupantes e revelavam, na primeira buzinada, a identidade dos donos. As damas da sociedade nem sequer desciam dos carros onde recebiam de titia as encomendas dos óleos milagrosos.

Proibida de importuná-las, sentada no muro do jardim, do alto dos meus seis anos, eu acompanhava aquele movimento e sonhava um dia ser também uma daquelas belíssimas mulheres de pescoços finos e longos como garças, olhos verdes e mãos delicadas escondidas dentro de luvas de pelica e com cabelos louros como o milho protegidos por chapéus. Muitas dessas respeitáveis damas, cheias de nove-horas, jamais pagaram suas dívidas, trazendo sempre nos lábios rosados a vã promessa: "Na próxima vez nós acertamos as contas".

Nomes e valores eram devidamente registrados no caderninho preto de minha tia, que jamais cobrou a dívida enquanto viveu. Mas, como uma Cassandra, profetizava a maldição de Caronte com uma ira que me surpreendia:

— Ai de vocês, almas penadas! Se não me pagam aqui na terra, hão de prestar contas ao barqueiro do rio Aqueronte, elo do mundo dos mortos. As moedas que me negam servirão para pagar a travessia para a cidade das trevas. Lá serão hóspedes de Cérbero. Cão de três cabeças e olhos vermelhos, Cérbero avançará arreganhando suas três bocas imensas, queimando-as, suas condenadas, com sua baba ácida. E quando vocês, ilustres damas, forçarem a porta do Paraíso, de lá serão enxotadas para as profundezas dos infernos, onde arderão nuas em caldeirões ferventes de óleos afrodisíacos, rasgando-se em desejos não saciados.

Eu ouvia e não entendia nada desses resmungos. Outro tipo de clientela frequentava sua casa. Eram mulheres exóticas, que recorriam aos truques de maquiagem para parecerem bonitas com seus cabelos mal pintados de cores extravagantes. Os lábios exibiam sorrisos de carmim barato vendido nas calçadas das feiras. Muitas vezes fiquei de castigo porque pintava meus lábios com amoras maduras ou sementes de urucum, colava nas orelhas pequenas flores conhecidas como dois-amores, cujo caule soltava um látex. Ficava imitando as caras e bocas dessas mulheres, o jeito audacioso de jogarem as ancas para um lado e outro, em movimentos serpenteados, sedutores.

Um dia, a mais novinha se aproximou de mim. Eu estava brincando de boneca e a convidei para sentar comigo. Ela aceitou e por alguns minutos voltou a ser a criança que realmente era e brincamos muito. Presenteou-me com um toco de batom já usado e juntou-se às colegas que se despediam. Comecei a esfregar o batom nos lábios, quando minha tia percebeu e perguntou a origem do presente. Um diabinho passeou pela minha cabeça e eu, sem encará-la, disse que papai me dera. Com seriedade, ela levantou meu queixo e falou, olhando-me nos olhos:

— Não minta para mim, Minha Flor. Se você mentir, vão nascer manchinhas brancas em suas unhas e eu vou descobrir.

Contei a verdade e perdi o presente que ela zuniu bem longe, pois estava cheio de "doença feia". Com a barra da saia retirou o batom e lavou minha boca com sabão. Após esse episódio, fui proibida de conversar também com as mulheres-damas. Desse dia em diante, passei a observá-las por entre as frestas das portas. Ouvia suas conversas picantes. Elas chegavam em grupos, a pé, sempre à noitinha, em feliz algazarra, contando, sem pudor, detalhes íntimos de suas vidas. Revelavam os segredos do baixo meretrício, as fantasias sexuais, as taras e perversões dos clientes, entre eles o velho padre.

O santo sacerdote, a pretexto de resgatar as ovelhas perdidas, atraía apenas as novinhas à sacristia. Com elas se misturava, se enroscava, prostrava-se ajoelhado, lambendo-lhes desde a ponta do pé ao fio do cabelo, em explícito pecado de luxúria, pecado sempre condenado na missa seguinte com a maior desfaçatez. Padre que as Filhas de Maria afirmavam ser um primor de decência e abstinência, homem de hábitos de limpeza exacerbados, com uma estranha mania de lavar as mãos a todo minuto. Mas nunca esteve na boate Petipuá, afirmavam as raparigas.

Devo dizer em defesa das mulheres-damas que, ao contrário das senhoras motorizadas, elas sempre honraram seus compromissos e traziam para titia o dinheiro contadinho, sem faltar um tostão, amassado na mão ou escondido no decote do vestido. Doninha, a velha cafetina, dizia com ar de deboche:

— É dinheiro honrado, ganho com o suor do corpo.

Minha tia agradecia a pontualidade do pagamento, muitas vezes o recusando. Generosa na entrega das encomendas, oferecia de quebra algumas folhinhas extras para curar doenças da vida, prevenir gravidez, coisas assim. E quando eu lhe fazia perguntas sobre essas visitas, ela mudava de assunto e dizia que elas eram feias porque não comeram cabelouro.

Estatura baixa, magrinha, ela não alimentava vaidades vãs. Também não revelava a idade, e sempre que se insistia, a resposta vinha em redondilha maior após um longo suspiro: "Tenho a idade da tristeza,/ Vivo o tempo da esperança,/ Se hoje eu acordo velha,/ Amanhã durmo criança".

Movendo-se em passos curtos e ligeiros, parecia levitar de tão frágil e, na minha fantasia, às vezes ela tomava a forma de uma feiticeira quando vagava à noite pela penumbra da casa, resmungando palavras incompreensíveis. Outras vezes parecia uma fada, porque num passe de mágica curava minhas feridas com seus unguentos milagrosos, liberando-me para as brincadeiras de roda.

Cresci e fui viver no estrangeiro. Um dia, após décadas de encantos e desencantos marcados no pergaminho da pele, voltei à casa vazia, à jabuticabeira onde titia enterrara meu umbigo. Como papai, meus avós e a velha Iandara, minha tia também já virara um pontinho brilhante, bailando no ar. Minha família se mudara para uma casa melhor e vendera para uma construtora os três terrenos, onde seria erguido um arranha-céu. E lá estava eu, sozinha, me despedindo de um pedaço de mim.

Empurrei o portão, que cedeu após um rangido. Só então me dei conta de que aquela era a primeira vez que eu encontrava a casa fechada. Fui tomada por uma estranha inquietação. Girei a chave devagar e vislumbrei na penumbra, atrás da porta, encostada no mesmo cantinho onde eu me escondia, uma linda menina, de cócoras, suplicando: "Cabelouro me põe bonita, cabelouro me põe bonita, cabelouro me põe bonita".

Chorei. Agachei-me ao seu lado. Ela me abraçou, chorando também, e repetiu meu gesto afastando as próprias lágrimas com as costas da mão direita. Por alguns segundos resgatei a ingenuidade deixada lá na curva do passado e me abracei com força a ela. Com saudade me lembrei da magia da minha infância, das fantásticas histórias de fada que eu sonhei viver quando ficasse bonita, branca, loura, de olhos verdes, do menino desbotado dizendo que eu era bonita.

Caminhei até o quarto de minha tia. Estava escuro, vazio, sem móveis. Pareceu-me o buraco do mundo. Foi ali, em sua cama, que lhe revelei um dia meus grandes temores e lhe fiz as perguntas que me atormentavam: por que a gente morre, onde começa e onde termina o céu, qual o dia do aniversário de Deus e quando Ele morreu? Todas essas lembranças me trouxeram de novo o medo, a insegurança. Só que agora eu era adulta e sozinha.

Saí dali ofegante, percorri os demais cômodos e cheguei à porta da cozinha. De olhos fechados, como fazia quando era criança, dei dez passinhos em linha reta, na direção da minha jabuticabeira e do sapotizeiro do vovô. Minhas mãos tatearam e toparam com dois tocos, um pequeno e um maiorzinho. O vento pareceu balançar as folhagens do quintal e ouvi alguém me chamar em meio ao cacarejar das galinhas: "Essa Menina, ô Essa Menina...".

Abri os olhos molhados e sentei no que restou da minha jabuticabeira. Vi pela última vez a mesma menininha jogando os dentes no telhado da casa. Ela exibiu o sorriso sem dentes, acenou para mim e correu para o fundo do quintal. Linda, linda, linda.

Busquei o pomar, a horta. Nada. Até parecia que haviam jogado sal no chão. Só então percebi que as paredes da casa tinham sido derrubadas e só restavam as marcas da planta baixa. Para onde fora tudo? Onde estão as plantas medicinais, as ervas aromáticas, os frutos que saciaram minha fome? Nada, nada, nada. Apenas escombros e um quintal cimentado, tão pequeno que me deixou a certeza de que minha tia era mesmo um ser mágico com capacidade de transformar aquele ínfimo pedaço de chão num espaço imenso capaz de abrigar a minha fantasia.

O Anjo da Boca Mole

Eu me transformei em uma menina cheia de medos. Um dia, em ato impensado de desobediência, fui malcriada com mamãe e fiquei de castigo. Titia sentou-se à minha frente e exigiu que eu pedisse perdão a Deus e a mamãe, senão, quando morresse, minha língua ficaria para fora do caixão.

Foi dela também que recebi a orientação de não comer alimentos do chão sem antes lavá-los. Uma vez, testemunhando minha desobediência, apresentou-me um ardil incontestável:

— Nunca apanhe comida do chão, Minha Flor, porque o cão já lambeu. Precisa lavar antes.

Escutei a bizarra explicação de que o cão a que aludia era o Diabo, o Satanás, o Inominável, o Maquiavélico. A partir desse momento, envolvi-me em uma disputa estéril com o demônio para ver quem pegava primeiro as guloseimas que escapavam de minhas mãos descuidadas. Nessa peleja, ensinava titia, eu dificilmente sairia vencedora, portanto, a melhor arma para combater o Invisível era ignorá-lo, não aceitar suas provocações e sempre lavar as frutas e doces. Quando ela me flagrava apanhando algum alimento do chão, eu tentava convencê-la com o frouxo argumento:

— Eu peguei primeiro, tia!

Para minha tristeza, ela recolhia a comida suja de poeira e pontificava:

— Ninguém é mais rápido do que o Satanás, Minha Flor! Só os muito puros de espírito, os santificados.

Foi por essa época que ela me falou da existência do Anjo da Boca Mole. Esse anjo, explicou-me, era o enviado de Deus que vivia a percorrer o mundo dizendo sem parar "Amém! Amém! Amém!". Ele não comia nem dormia e podia passar voando pelas cabeças das pessoas a qualquer momento e realizar suas aspirações mais íntimas. E ela me orientou com ar muito sisudo:

— Cuide bastante do que vai pensar, ocupe sua cabecinha somente com coisas boas, viu? Sorte sua se o Anjo da Boca Mole passar quando você estiver com um bom desejo em sua mente, porque se for um pensamento ruim, Minha Flor, ai, ai, ai...

Durante toda a minha infância segui atenta o conselho, num esforço diário para ter o pensamento positivo como guia. Ajoelhava-me em frente aos santos e implorava ao tal anjo para não passar perto de mim quando eu estivesse pensando besteira. As rezas, em vez de me acalmar, desenvolveram em mim outro medo. Demorei muito para revelar a titia que a ideia da existência de Deus me assustava. Sim, Ele mesmo, com D maiúsculo. Claro que eu sabia que Ele era bom, caridoso, justo, dono das nossas vontades. Mas, se era assim, por que deixava a gente fazer besteiras, por que sumia com os anjinhos inocentes, e, principalmente, por que nos deixava ficar doentes e até morrer? Quando expus esse medo para titia, ela, com paciência, explicou que a morte era uma coisa necessária, boa até, porque só os mortos viam a face de Deus. Ouvindo isso, o medo de Deus ficou mais forte. E eu pedia todos os dias ao Anjo da Boca Mole para Ele não me levar, nem levar meus pais, nem meus parentes, nem meus amigos:

— A gente não quer ver você, Deus. Fique bem longe da gente!

Ela então me flagrou trocando de mal com Deus e brigou comigo, proibindo-me a repetição de tamanha blasfêmia. Garantiu-me que Deus via e ouvia tudo que eu falava, tudo que eu fazia, tudo que eu pensava e que podia me castigar. O precário funcionamento do meu cérebro foi atingido no dia em que ela apareceu com uma imagem côncava do rosto de Jesus, em cuja base havia a inscrição: MEU OLHAR VOS ACOMPANHA.

O tal quadro operou um efeito desastroso em minha vida. Em vez de me benzer e encarar a imagem, como todos faziam, eu me afastei com medo. Numa reação desmesurada, meu pavor daquele Deus que vigiava todas as minhas atitudes e passeava por dentro de minha cabeça sem pedir licença só aumentou. Pior: quando eu dormia, Ele ainda vinha assuntar tudo o que eu fizera durante o dia e tumultuar meu pensamento. Muitas noites demorei a pegar no sono com medo dos pecados que cometera ao longo do dia.

Uma noite, na cama, depois de rezar e me benzer, encostei minha tia na parede e voltei a exigir respostas definitivas, provas da existência e da eternidade de Deus, e da morte das pessoas. Ela ria e batia, com tranquilidade, nas mesmas teclas. Insistia que todo ser humano precisava acreditar em Deus para as horas de aflição. Aquele que não trazia Deus e Jesus no coração tinha dificuldade para aceitar com serenidade os reveses da vida. Mas eu só queria saber o dia do aniversário e da morte de Deus:

— Deus sempre existiu, por isso não há uma data para Seu aniversário e, como nunca morreu, não há uma data para a Sua morte.

— Quantos anos, então, Ele tem?

— Ele não tem idade. É eterno.

— A senhora já viu Ele?

— Não, só quando eu morrer.

— Mas a senhora disse que Ele era velho, de cabelo branco que nem vovô! Como a senhora sabe disso?

Eu ficava nervosa com a falta de precisão das explicações. Ela cortou meu raciocínio afirmando que Ele vivia na eternidade, um lugar onde o tempo havia parado, e que ninguém jamais O havia visto. Aqueles que O viram foram cegados pela luz resplandecente que saía de Sua figura e morreram na mesma hora. Perguntei-lhe então como é que ela sabia da tal luz, se ninguém O podia ver. Ela só repetia que era Mistério. Eu inquiria onde era o lugar da eternidade, se era perto do Japão, e ouvia que a eternidade era no céu, que por sua vez era infinito. Não, definitivamente, eu não entendia a ideia de que o céu não tivesse início nem fim. Essa foi uma das piores fases da minha infância. Parecia que meu raciocínio havia perdido o rumo e que o mundo todo tinha combinado de me levar à loucura.

Para aumentar meu desespero, meus irmãos mais velhos entraram em fase de provas finais e caminhavam pela casa com os livros nas mãos, decorando as matérias. Usavam-me como aluna e despejavam seus conhecimentos em cima de mim. Fui apresentada muito cedo à Pedra de Roseta e a Champollion. Nunca mais me esqueci das palavras tarso, metatarso e dedo, falange, falanginha e falangeta. Mas a matemática era o meu calcanhar de aquiles. Crivo de Eratóstenes, tábua de logaritmos e o cálculo PI igual a 3,14 não passaram de decoreba. Devido a essa estranheza com os números, era impossível compreender as regras da física. Foi por essa época que soube dos movimentos de rotação e translação do planeta, que a Terra tinha o formato de uma laranja solta no espaço, girando feito uma louca, presa por um fio invisível chamado força de atração. Concluí assustada:

— Vai cair!

Passei a procurar no céu pelo tal fio da gravidade. Corri para a casa da minha tia e ela confirmou que a Terra realmente ficava rodando o tempo todo no universo. Não parava. Quando era dia aqui, lá embaixo, no Japão, era noite. Eu imaginava os japoneses, bonequinhos pequenininhos de cabeça para baixo, lá do outro lado da Terra, e ficava com medo de a Terra girar e chegar a minha vez de ficar pendurada no ar. Demorava a dormir e me agarrava na cama para não cair. Enchia minha tia de perguntas:

— E se a força se distrair, a gente cai?

Ela replicou que essa era uma ideia absolutamente impossível de acontecer.

— E se a força enfraquecer, a gente vai para onde?

A pergunta saiu cortada por soluços e ela me garantiu que a força de atração era um fio invisível que uma legião de anjos, arcanjos e santos se revezavam no céu para segurar.

— E se eles se cansarem e soltarem o fio, quem vai segurar?

— Os homens de boa vontade, aqueles que morreram e foram para o céu. Eles segurarão com firmeza.

— Mas se eles soltarem o fio, aí a gente morre, né? Você vai morrer um dia?

— Vou, Minha Flor. Todo mundo vai morrer um dia.

— E eu vou ficar sozinha?

— Não, minha querida, é que todo mundo um dia morre, entende?

— Mas eu não quero morrer, nem quero ficar sozinha...

Comecei a chorar, e ela, afagando meus cabelos, me deu sua palavra de que eu nunca ficaria sozinha. Nessa noite tive um pesadelo estranho, difícil de explicar. Lembro-me de que estava questionando Deus sobre a morte, mas não chegávamos a um acordo. Não conseguia definir seu aspecto físico, mas ao contrário do que minha tia afirmava, de seu corpo não saía nenhuma luz resplandecente, nem eu fiquei cega. Discutíamos de igual para igual. Eu brigava com Ele, exigindo respostas convincentes. Irritada com suas evasivas, gritei acordando toda a casa. Demorei a voltar à realidade e repetia freneticamente: "Deus, você é muito engraçadinho. Mata todo mundo e Você não morre nunca, né?".

Nossa Senhora Malvada

Por anos a fio, às Quartas-Feiras de Cinzas eu acompanhava titia à primeira missa da catedral, para sermos absolvidas dos pecados do Carnaval. Que pecados seriam esses, eu nunca soube. No entanto, voltávamos da Igreja com a cruz de cinzas que o padre riscava em nossa testa. Nos Domingos de Ramos, antes da Semana Santa, saíamos da catedral agitando as folhagens. Não perdíamos uma missa de Lava-pés, nas Quintas-Feiras de Trevas, o dia da Santa Ceia, quando Jesus foi atraiçoado por Judas Iscariotes e vendido aos soldados por trinta moedas.

Quando chegava a Sexta-feira da Paixão, titia iniciava seu jejum. Das cinco da manhã até o nascer do sol do dia seguinte, cortava todo alimento sólido e ficava à base de água. Jejuava e suspendia todas as atividades domésticas: não cozinhava, não penteava o cabelo, não escovava os dentes, nem banho tomava. E rezava, rezava, rezava. A toda hora mencionava os passos de Jesus em direção à cruz, lembrando que ao meio-dia a Terra toda fora tomada pelas trevas. Às três horas da tarde ela se ajoelhava, persignava-se e chorava pedindo perdão a Jesus Nosso Salvador. Ela me lembrava de que fora nesse exato momento que Cristo entregara sua alma ao Pai, no Calvário. Na igreja, de tanto ouvi-la repetir a caminhada de Cristo em direção ao Monte das Oliveiras, eu sabia identificar nos quadros da parede todas as estações do Martírio.

Foi em uma dessas peregrinações que ela me levou para conferir a história que se espalhara pelas ruas: no morro Aperipê, um homem se deixaria crucificar na Sexta-Feira da Paixão, em pagamento a uma promessa que fizera quando caiu doente, desenganado pelos médicos. Fomos e constatamos o sacrifício do pobre coitado, amarrado na cruz, dizendo-se curado daquela doença cujo nome não se ousava pronunciar. Quando papai soube dessa nossa aventura, brigou feio com titia e a chamou de ignorante por assistir e propagar a estupidez do analfabeto e ainda por cima me carregar com ela:

— Pra isso você não está de jejum, pra bater perna atrás de gente mais ignorante que você. E ainda por cima carregar uma criança inocente.

O dia inteiro ele a recriminou por tentar empurrar na minha cabeça, pela porta do medo, uma religião na qual ele não acreditava. Ela ouvia tudo calada e quando ele se afastava, pedia baixinho:

— Perdoai, Senhor, ele não sabe o que diz.

No Sábado de Aleluia minha tia retomava a rotina e ajudava a preparar a malhação do casal de Judas, um casal de bonecos recheados de pano e estopa. Eram os Judas mais engraçados da cidade porque ela escrevia em versos o testamento da dupla, fazendo gracinhas com toda a vizinhança:

Para Essa Menina, que não tenho o que deixar,
Deixo um boneco de barro para ela poder brincar;
Para Das Dores, que não tenho o que deixar,
Deixo um vestido florido para ela acabar de usar;
Para Diacuí, que não tenho o que deixar,
Deixo colares de contas para ela se enfeitar.

No Domingo da Páscoa íamos à missa em regozijo pelo Salvador ressurrecto. No oratório do seu quarto, com o sofrimento estampado no rosto, estava Cristo, pregado na cruz, o coração à mostra, o sangue escorrendo dos machucados. Havia também são Lázaro, de quem eu morria de pena, todo lanhado de feridas, tendo apenas um cachorrinho magro como companheiro; são Francisco de Assis, rodeado de passarinhos; santa Rita de Cássia, que com um espinho cravado na testa devia morrer de dor de cabeça. A mais bela de todas era santa Teresinha do Menino Jesus. Tão linda, loira de olhos azuis, pele alva como a neve. Ela, sim, comera muito cabelouro quando era criança.

Se questionasse titia sobre os erros de Deus, ela me recriminava e relatava com precisão de detalhes os círculos dantescos que eu percorreria caso insistisse em ofendê-lo:

— Nas profundezas do inferno habitam serpentes de hálitos pestilentos, bestas peçonhentas de língua de fogo. Não se dorme, não há dia nem há noite. Somente dor e sofrimento. Vulcões em erupção eterna expelem de suas entranhas as meninas desobedientes que rasgam o próprio peito em desespero e são sugadas por pântanos lamacentos. A terra é pútrida. Chove granizo grosso nas cabeças dos condenados. As Fúrias seguram os pescoços dos desvalidos, obrigando-os a fitar a temida Medusa, monstro de cabelos de serpente que os transforma em pedra. Legiões de aflitos mergulham nos caldeirões ferventes de piche para fugir aos açoites dos demônios ensandecidos. Chuvas de fogo caem sem parar. Os cães dilaceram os corpos dos condenados cujas partes tateiam na escuridão eterna tentando inutilmente se recompor. Assim é o inferno para os pecadores. Um lugar onde a Morte é a companheira mais solicitada e zomba de todos com estrondosas gargalhadas sem atender a nenhum apelo.

Quando chegavam as sextas-feiras, dia de limpeza do oratório, fazíamos antes uma pequena oração. Depois dividíamos as imagens e eu passava o pano embebido em óleo de peroba nas chagas de são Lázaro, acariciava seu cachorrinho, tirava a poeira entranhada na coroa de Cristo, nos passarinhos pousados no ombro de são Francisco, no carneirinho do menino são João, nas roupas de são Cosme e são Damião.

Um dia, desobedeci à ordem de não tocar nas imagens sem o seu consentimento. Aproveitando sua ausência, tirei os meninos Cosme, Damião e João dos Carneirinhos para brincar comigo e meus dois amigos invisíveis — Zé Manja e Cátchia Fátchia. Surpreendida por titia, não titubeei e acusei meus amigos imaginários. Fora deles a ideia. Ela argumentou que não havia nenhum amigo no quarto. Como eu insistisse em apresentá-los, ela me crivou de perguntas sobre o aspecto físico, o traje, o linguajar deles. Eu respondia a tudo sem pestanejar. Cátchia Fátchia era rica, usava um vestido de festa rodado e calçava sapatos de cor laranja. Já Zé Manja era pobrezinho, vestia um calção surrado e andava descalço. Minha tia passou a me vigiar enquanto eu brincava sozinha e, sem que eu esperasse, surgia ao meu lado e perguntava:

— Essa Menina, me conte... E Zé Manja?

Eu achava ótimo que ela entrasse na brincadeira e inventava uma porção de coisas que Zé Manja e Cátchia Fátchia estariam fazendo. Apontava os dois, dizia que eles estavam pelejando, que ela estava batendo nele, que ele estava chorando... Preocupada, titia correu para contar a papai que eu estava vendo espíritos. Ele não só minimizou o que chamou de "coisa de criança", como pôs em dúvida a sanidade mental da irmã:

— Viu só? É isso que dá você ficar botando minhocas na cabeça da menina. Quem está vendo coisas é você. Parece que bebe!

Voltando ao oratório, havia as figuras que me assustavam. A imagem de Nossa Senhora da Imaculada Conceição era para mim a mais intrigante de todas. Ela até podia ser a Mãe de Jesus, podia até ser minha madrinha, mas parecia mesmo era uma santa malvada. Um dia, minha tia perguntou por que eu a colocava de costas, no fundo do nicho.

— Ela é Nossa Senhora Malvada, que pisa na cabeça das criancinhas.

Titia tentou desfazer a ideia estapafúrdia explicando que a imagem simbolizava a doçura da santa no alto do céu rodeada de anjinhos. Eu tinha lá minhas dúvidas. Confundia Deus com Jesus, com Zeus e até com Tiradentes, o mártir brasileiro. Percebendo meu desnorteio, titia me ensinou a reza para clarear a mente, desanuviar os pensamentos e até desfazer os nós das linhas e cordões — "Por onde Nossa Senhora passou, o laço desembaraçou".

Havia também Nossa Senhora do Desterro, que eu achava muito lindinha. Mas quando espanava o sujo de suas vestes, me lembrava do castigo que ela impusera aos pobrezinhos dos bem-te-vis. E pedia a minha tia para contar de novo a história da fuga do Egito:

— O carpinteiro José, durante o sono, fora aconselhado pelo Anjo do Senhor a esconder sua família do malvado Herodes, que mandara matar todas as criancinhas. Ele então foge, com a mulher, recém-parida, no lombo de um burro, carregando o filho ao colo. Na estrada, eles ouvem os soldados de Herodes interrogando os passantes. Escondem-se embaixo de uma árvore onde passarinhos cantavam maviosamente. Assustado, o Menino Jesus faz xixi no lombo do jumento, deixando para sempre a marca de seu medo. É por isso que todos os jumentos têm aquela mancha escura escorrendo pela barriga. Pois não é que naquela hora um passarinho começou a gritar "bem te vi", "bem te vi", entregando os fugitivos? Então, Nossa Senhora condenou a espécie a viver eternamente repetindo a mesma frase. Nessa exata hora, em todas as árvores, centenas de bem-te-vis começaram a gritar juntos, desorientando os perseguidores, que se dispersaram seguindo pistas falsas.

Quanto mais minha tia contava a história da fuga, mais abalada ficava minha crença na bondade da santa. Quer saber? Achei uma crueldade de Nossa Senhora com os pobres passarinhos! Para me acalmar, titia explicava que a intenção da mãe era apenas proteger o Santo Filho. E seu poder de persuasão era tão forte que eu tentava, com sinceridade, reformular minha tese a respeito da Nossa Senhora Malvada. Por alguns dias ela conseguia me convencer, mas bastava chegar sexta-feira, dia em que comíamos peixe, para minhas dúvidas retornarem com mais vigor. E assim como quem não queria nada, entre um naco e outro de peixe, eu lhe pedia para contar de novo a história do peixe linguado, o aramaçá, que eu chamava de "Maramaçá". Ela atendia ao meu pedido e só reforçava a perversidade da santa.

— Na fuga para o Egito, Nossa Senhora, com o Menino Jesus Cristinho ao colo, queria atravessar um rio com segurança e perguntou ao peixinho: "Aramaçá, aramaçá, a maré enche ou vaza?". O debochado peixinho fez uma careta de mangação, entortou a boca, revirou os olhinhos e arremedou a santa com vozinha fanha: "Árámáçá, árámáçá, á máré enche óu vázá?". E lá ficou ele mangando da Mãe de Jesus e se escondendo embaixo da areia enquanto ela repetia a pergunta sobre o fluxo da maré. Foi quando Nossa Senhora se aborreceu e lhe deu como castigo viver eternamente achatado, com os dois olhos e as duas narinas do mesmo lado e a boca torta, rastejando na areia.

Pronto! Esse era o argumento que me bastava. Aí estava a prova da maldade de Nossa Senhora. Apesar da aparência de boazinha, ela era má e vingativa. Em minha defesa devo confessar que todas as vezes que limpava a Nossa Senhora da Piedade, com Jesus ensanguentado no colo, ficava solidária com sua dor. Era grande seu sofrimento com o Filho Morto no colo. A história era muito triste. Tinha certeza de que, se eu estivesse lá, isso não teria acontecido. Também Nossa Senhora das Dores, com o punhal enfiado no peito e o sangue pingado no lenço branco, era merecedora de minha comiseração. Em vão sugeri várias vezes que arrancássemos o punhal.

Teve uma vez que eu adoeci e a febre não baixava. Em meio a delírios, disse a minha tia que sentia no peito a mesma dor de Nossa Senhora das Dores. Ela enxugou o suor de meu rosto, deu-me uma de suas mezinhas e atendeu ao meu pedido de dormir abraçada à imagem da santa. A noite inteira esteve à cabeceira da cama acariciando meus cabelos e ouvindo meus delírios. Quando acordei no dia seguinte, não me lembrava de nada. Nossa Senhora das Dores havia voltado ao seu posto no oratório e eu estava curada e feliz.

Outra santa que me provocava arrepios era santa Luzia. Apesar de muito bela, aquela mulher de vermelho carregando os olhos num pires para cima e para baixo mais parecia uma história de terror. Que era aquilo? Mas reconheço que era uma santa milagrosa porque, quando eu estava atacada de "dor-d'olhos" e acordava com uma crosta de remela que me impedia de ver o mundo, era a ela a quem minha tia recorria para me salvar. Três vezes por dia titia limpava meus olhos com água de rosas, seguindo o mesmo ritual: enchia um copo com água, colocava dentro as pétalas de rosas brancas colhidas no jardim, cobria-o com um lenço branco virgem, deixava ao relento e, no dia seguinte, molhava o lenço na água milagrosa e passava em meus olhos rezando para santa Luzia: "Santa Luzia passou por aqui, com seu cavalinho comendo capim".

Depois saía para a rua em busca de um cavalo corredor em que pudesse jogar o resto da água. Repetia o ritual até meus olhos sararem. Foi assim que fiquei sabendo da trágica história da santa cujo nome significava "luz". Filha de uma família rica, Luzia era uma moça bonita, de belos olhos. Pretendia servir a Deus, mas foi prometida em casamento pela família. Decidiu, então, distribuir entre os pobres o dote reservado para o futuro marido. Isso causou a ira do noivo, que a entregou aos guardas para que se servissem dela como mulher-dama, mas ninguém conseguia tirá-la do lugar. Centenas de soldados, usando carros de bois, tentaram inutilmente arrastá-la para a zona do prostíbulo. Mas ela parecia presa ao chão. Assediada por um centurião que elogiara a beleza dos seus olhos, a bela Luzia não hesitou em arrancá-los com as próprias mãos e oferecê-los ao homem. Acusada de feitiçaria, cortaram sua garganta com uma espada. E assim virou a santa curadora dos males dos olhos.

Ouvindo relato tão meticuloso, cada vez mais eu respeitava titia e me perguntava de onde ela tirava tantas histórias, tanta sabedoria, tanto conhecimento. E me esmerava na limpeza, para agradá-la. De santa Rita de Cássia, de quem eu não tinha medo, várias vezes tentei apagar o filete de sangue que escorria de sua testa. Preocupada com a ferida incurável, pedia sempre a minha tia para passar um de seus remédios na fronte da santa para curar-lhe o machucado. Ela explicava que isso era impossível. Aquela marca era a prova de sua devoção a Jesus, e repetia a história inacreditável da santa:

— Mulher religiosa, a santa era casada com um homem que a maltratava. Teve filhos igualmente maus. Quando eles morreram, quis entrar para um convento, mas foi impedida por não ser virgem. A prova de sua pureza veio em forma de mistério. Um belo dia, ela apareceu com um dos espinhos da coroa de Cristo cravado na testa. Essa chaga purulenta permaneceu com ela por catorze anos, até sua morte, e ainda hoje seu corpo intacto se encontra em exposição em Cássia, cidade da Itália, onde ainda é visível a marca do espinho. Dizem até que sangra de vez em quando.

Eu não achava justo que uma mulher tão linda fosse condenada a viver com uma chaga na testa e um dia, assim como quem não quer nada, raspei a tinta vermelha com a unha. Devolvi a imagem ao oratório e me esqueci do fato. Mas na semana seguinte, quando peguei a santa, constatei que a ferida estava lá de novo. Olhei assustada para minha tia, que disse: "Mistério...".

Curre-curre? Eu entro!

Minha tia era o centro das festas juninas. Com muitas novenas e trezenas, a preparação dos festejos começava em 19 de março, dia de são José. De manhã cedo nós assistíamos à primeira missa na catedral. Em casa, eu a ajudava no ritual de semeadura do milho no quintal e ouvia suas promessas ao santo carpinteiro para colher com fartança no mês de junho.

Cerca de dois meses depois, em todas as casas onde morassem devotas de santo Antônio, iniciavam-se trezenas em sua homenagem. Vinha gente de longe só para admirar o altar que titia decorava na sala, com lírios brancos. Durante os treze dias de rezas, depois das cantorias e jaculatórias, saíamos para prestigiar as muitas orações que aconteciam pelas redondezas. Eu e Das Dores não perdíamos nenhum desses encontros. Minha amiga, menina sem fé, sussurrava com deboche a cada vez que as carolas puxavam as rezas:

— Oremos.

— Quando o gato corrc, pcgucmo!

Eu a cutucava para que respeitasse o momento sagrado, mas me divertia muito. Embora participasse de todas as adivinhações para desvendar o futuro, Das Dores não escondia que estava ali apenas para saborear as guloseimas.

Durante esse período, as famílias saíam em grupos, parando de casa em casa para rezar, comer, beber quentão, fofocar — uma pequena amostra do que seria verdadeiramente a festa no dia 13. Na véspera, 12 de junho, as solteiras tiravam a sorte nos bozós, buscando previsões sobre o futuro noivo, a data do casamento. As adivinhações mais importantes, sempre feitas à meia-noite, exigiam que se rezasse: "Salve Rainha, Mãe de misericórdia! Vida, doçura, esperança nossa, salve! A vós bradamos os degredados filhos de Eva. A vós suspiramos, gemendo e chorando, nesse vale de lágrimas. Eia, pois, advogada nossa, esses vossos olhos misericordiosos a nós volvei, e depois deste desterro, nos mostrai Jesus, bendito fruto do vosso ventre, ó clemente, ó piedosa, ó sempre doce Virgem Maria. Rogai por nós, Santa Mãe de Deus, para que sejamos dignos das promessas de Cristo. Amém".

As rezas eram interrompidas na frase "nos mostrai...", quando se fazia o pedido para que o santo arranjasse casamento e mostrasse indícios de quem seria o felizardo. Entre as crendices envolvendo santo Antônio, a mais comum era o afogamento de sua imagem. Ela era mergulhada num copo cheio de água, num tanque ou em um porrão, e as moças solteiras prometiam soltar o casamenteiro somente quando fossem atendidas. Outra superstição ensinava a enfiar um facão virgem no tronco de uma bananeira, na véspera da festa, sempre à meia-noite, e no dia seguinte a primeira letra do nome do futuro pretendente apareceria gravada na lâmina. A moça também podia jogar uma moeda na fogueira e, no dia 13, ao acordar, recolhê-la das cinzas e entregá-la ao primeiro mendigo que encontrasse na rua. O nome desse homem seria igual ao do futuro marido. A simpatia da vela consistia em acender uma vela virgem, pingar a cera num prato com água e rezar a salve-rainha até o "nos mostrai...". Era preciso sabedoria para decifrar o amontoado de cera boiando no prato, cujas figuras indicariam o futuro da pretendente.

Havia outra simpatia, mas como exigia papel ofício e caneta-tinteiro, produtos muito caros, era exclusiva das meninas ricas. A interessada deveria abrir uma folha branca em cima de uma mesa e, pressionando a caneta, pingar treze gotas da tinta a partir do meio do papel em várias direções enquanto rezasse a salve-rainha daquela mesma maneira. Feito isso, tinha que dobrar o papel várias vezes para a tinta se espalhar e guardá-lo em local seguro até a manhã seguinte. Ao acordar, bastava abrir o papel já seco e descobrir o desenho que a tinta formara.

Titia era muito requisitada para decifrar as letras do facão da bananeira, as tintas dos papéis e as figuras de pingos de cera; convencia as namoradeiras de que os desenhos ou formavam igrejas, revelando casamentos; ou alianças, indicando noivados próximos; ou navios, anunciando viagens; ou crucifixos, mostrando futuras freiras; ou, por fim, escolas, indicando a profissão de professora. Na véspera do dia de santo Antônio, colhíamos milhos e macaxeiras para os bolos, beijus e mingaus. A colheita do milho verde era um grande acontecimento. Eu me perdia entre os galhos grandes, apontando para titia as espigas maduras. Ela amarrava os atilhos e os distribuía entre os parentes, orgulhosa de sua safra. Em toda casa onde morasse uma devota se acendia uma fogueira na porta, e as famílias se rivalizavam para exibir a maior e a mais encorpada. As ruas ficavam iluminadas, os homens soltavam fogos, rodinhas, bombas caseiras, e bebia-se quentão para suportar o frio. E muito se comia. Os cabras mais corajosos iam para o meio da rua e participavam de disputas dos busca-pés e espadas. Era o maior corre-corre e a toda hora chegava a notícia de que alguém fora atingido pelos fogos e levado às carreiras para o posto de saúde.

Ao lado das fogueiras, as famílias fincavam mastros de bananeiras, coqueiros, aroeiras e enfeitavam as ruas com bandeirolas e balões coloridos. As crianças soltavam pequenas bombinhas conhecidas como traques e peidos de véio e acendiam chuvinhas, quase sempre queimando as pontas dos dedos. Os adolescentes se divertiam colocando bombas embaixo de latas, apostando para ver qual voaria mais alto.

Doces e guloseimas eram expostos em gamelas, num grande banquete ao ar livre, liberado para todo mundo. Quando chegava a hora de dormir, já de madrugada, o ar da cidade era só fumaça das fogueiras. Os adolescentes ficavam acordados até tarde e, em volta do lume, ouviam as histórias contadas pelos adultos. O ponto desagradável da festa era que nós, crianças, não podíamos participar de quase nenhuma dessas folganças tardias. Éramos obrigadas a dormir cedo e só nos inteirávamos dos acontecimentos no outro dia. E o pior de tudo: o fogo era a principal proibição. Os adultos eram severos nesse ponto e viviam repetindo que "criança que brinca com fogo mija na cama".

Nas tardes frias de junho também acontecia o ritual do cozimento das pamonhas e canjicas de milho verde. Aprendi a desfolhar as palhas tenras do milho inteiras e a mergulhá-las em água quente para amaciá-las. A etapa seguinte era ralar o milho e espremer o sumo em uma panela. Depois titia furava o olho do coco, para que eu sugasse a água doce. Só então, com um facão e um golpe certeiro, ela abria a fruta ao meio, retirava a carne madura, ralava e acrescentava o leite ao sumo do milho, já reservado, temperando-o com açúcar e uma pitada de sal. A canjica era cozida e mexida com colher de pau. Comia-se quente, como mingau, ou fria, como pudim, quando endurecia. A massa das pamonhas era colocada em copinhos feitos das folhas mais tenras do milho, inteiras e amarradas com cordões da própria palha. Feitas as trouxinhas, levava-as para cozinhar num caldeirão cheio de água quente.

Depois de cozidas, era só esperar esfriar. O bagaço do coco, em vez de ir para o lixo, era misturado com farinha de mandioca e açúcar, espalhado num tacho e torrado no fogão à lenha, remexendo sempre para não queimar. Assim se fazia a farinha de vovó. Já os milhos secos eram debulhados, pisados no pilão e depois peneirados na urupemba. O xerém, que eram os pedaços mais grossos, era dividido: uma porção alimentava os patos e as galinhas, com a outra se fazia lelê, um pudim com leite de coco. Com os grãos mais finos se preparava tanto a polenta com leite de coco como o cuscuz, cozido em banho-maria na panela de barro. Na parte inferior da panela colocava-se água, pelos furinhos apropriados. A parte superior era forrada com um pedaço de madrasto, o morim, no qual se arrumava a massa temperada com sal e água, tendo-se o cuidado de não apertar muito para não ficar socado. Feito isso, cobria-se a massa com as pontas do tecido e tapava-se a panela, que era levada ao fogo. Para saber se estava pronto era só enfiar uma faca. Se saísse sequinha, estava no ponto. Era adoçado com leite de coco, leite de vaca ou servido com tripa frita. Das

Dores o aceitava de qualquer maneira: com açúcar, com sal, com manteiga, do jeito que viesse.

Já mamãe, nessa época, se debruçava na máquina e criava as mais lindas roupas de tabaréu e tabaroa, os trajes caipiras. Todo mundo botava roupa nova para dançar a quadrilha. Tinha até concurso para a Rainha do Milho. Nos dias dos santos, às seis horas da tarde, corríamos para o meio da rua e dançávamos a quadrilha. Eram três grupos que se apresentavam: o das crianças, o dos jovens e o dos adultos, tudo com muitos ensaios.

Para fazer bonito, bastava prestar atenção aos comandos do marcador de quadrilhas: *anarriê, anavan, anavantu, changê de dama, changê de chevaliê...* Empolgadas com o ritmo das sanfonas, as moças tomavam coragem para dançar o forró e aceitavam os convites dos rapazes. Tudo sob as vistas dos pais, para que não houvesse desrespeito. Encerrado o baile, as famílias sentavam em volta da fogueira, esperando o fogo baixar. Só então seriam assadas na brasa as batatas-doces e algumas espigas para brincarmos de curre-curre. Debulhávamos alguns caroços de milho assado, que oferecíamos na mão fechada para que alguém adivinhasse a quantidade. Quem acertasse, ganharia os caroços. Quem perdesse, pagaria a mesma quantidade. Era na festa de são João que se realizavam os compadrios, selavam-se namoros, noivados e casamentos pulando a fogueira. Eu e Das Dores também firmamos nossas promessas: "São João dormiu, são Pedro acordou,/ Das Dores é minha comadre, que são João mandou".

No dia de são Pedro havia outro grande festejo. Protetor dos tristes, solitários e viúvos, era em sua festa que dançávamos a última quadrilha do ano. A rua se transformava em um imenso salão de baile. Foi numa dessas comemorações que eu, ainda criança, tive um contato mais próximo com o menino desbotado. Ele chegou de mansinho, ximando a comida, e seu olhar pidão amoleceu o coração de titia. Ela sabia que na casa daquela criança nunca havia festa. Seus pais não comemoravam aniversários, não compravam roupas novas para o Natal, não comiam peru recheado, não davam presentes de Papai Noel, nem faziam fogueiras nas festas de são João:

— O pobre coitado só come bagana, a mãe não faz nem merenda para ele levar para a escola.

Vendo-o olhar a nossa festa de longe, ela o convidou a se juntar a nós. A noite parecia de paz quando começamos a brincar de curre-curre. Escolhíamos a vez, cantando a parlenda "Uma pulga na balança,/ Deu um pulo,/ foi à França", que Wescley tratou logo de adulterar para "Deu um peido,/ foi à França!". Eu não via nenhuma graça. Já Das Dores gargalhava o tempo inteiro com as indecências do menino. Pois justamente na minha vez de estender a mão, Wescley antecipou-se para adivinhar e iniciei a brincadeira de pergunta e resposta:

— Curre-curre?

— Eu entro.

— Com quanto?

— Pelo cu do boi adentro!

Tremelicando as sobrancelhas, ele fez vários movimentos rápidos com a pélvis para a frente e para trás, deixando-me envergonhada. Reprovei sua atitude grosseira e busquei apoio nas pessoas em volta, mas ninguém percebeu nada. Horas depois, já esquecida do incidente, começamos o jogo de adivinhações. Disfarçadamente, o moleque sussurrou que tinha uma adivinhação para mim e perguntou:

— Vamo ver se você acerta esta: "Lambeu, lambeu, no cu meteu?".

Comecei a chorar e ele, para evitar chamar a atenção dos outros, disse antes de se afastar:

— É a linha enfiada na agulha, sua boba!

Começou assim, entre nós, uma relação de raiva e provocação. A partir de então, ele dedicou sua vida a estragar os momentos mais prazerosos da minha existência. Passados os feriados das festas juninas, quando as aulas reiniciaram, fui forçada a conviver com ele mais de perto, pois tive a desagradável surpresa de tê-lo como colega de turma. Esse menino só não trouxe mais turbulências à minha existência do que meus padrinhos.

Comadre, me dê Essa Menina pra mim!

Eu não gostava dos meus padrinhos, o que era um pecado grave. Eles nunca tiveram filhos e talvez por isso não soubessem lidar com crianças, tratando-me sempre com muito rigor. O fato é que a presença do casal me enchia de angústia e eu não conseguia disfarçar esse sentimento. Uma vez por mês apareciam lá em casa e me carregavam para passar o dia com eles. Traziam-me muitos presentes caros, mas a alegria de abrir as caixas com vestidos e sapatos novos era fugaz. Minha madrinha já entrava pela porta aberta dando ordens a Iandara para que me banhasse, penteasse e vestisse a roupa nova que me dera. A velha se apressava em obedecê-la enquanto o casal cochichava com mamãe. Eles sempre chegavam num carro preto guiado por Xavier. Muito formal, o chofer tirava o boné ao descer do automóvel e ficava de guarda para que as crianças não tocassem no veículo com suas mãos sujas.

Meus padrinhos eram ricos e bonitos. Amiga de infância de mamãe, minha madrinha vivia, desde os tempos de escola, encomendando vestidos caros. Sempre teve mania de grandeza. Trazia várias revistas de moda, escolhia os modelos e marcava a data da prova. Sabendo que mamãe não podia comprar revistas tão caras, ela as deixava de presente, como se fizesse um grande favor. Virou a melhor freguesa de mamãe, até casar com um homem rico. A partir de então, passou a se vestir exclusivamente com roupas compradas prontas na Bahia e no Rio de Janeiro, para onde viajavam com frequência.

Eram muito elegantes. Ela sempre de saltos altos, meias de seda fina com risca preta atrás, solidéu, não importasse a ocasião, porque rico se veste do jeito que o dinheiro ordena. Meu padrinho usava ternos bem cortados, gravata, chapéu panamá e sapato de duas cores. Cheiravam a uma lavanda, que, apesar de deliciosa, com o tempo passei a odiar. Quando me colocavam no colo, o perfume se entranhava em minha pele e passava até para a roupa e as cobertas.

Minha madrinha tinha a mania de falar francês e tudo para ela era *Comme il faut*. Acabou ganhando dos meus irmãos o apelido de Com Mil Folhas. Apareciam lá em casa sem avisar, coincidentemente, sempre que papai era preso. Roubavam-me das brincadeiras, instalando o medo em meu coração. Mal escutava o barulho do carro, tremia de pavor.

Foi em uma dessas visitas que ouvi a discussão. Era tarde da noite e eu acordei com o choro de mamãe. Fui até a porta do seu quarto e vi a cena assustadora: debruçada na cama, mamãe soluçava. Minha madrinha estava sentada ao seu lado e meu padrinho em pé, segurando o chapéu. Papai estava sendo torturado na penitenciária e, lá em casa, eles torturavam mamãe, tentando arrancar-lhe uma promessa. Destilavam veneno em seus ouvidos. Na agitação, percebi que a saliva de minha madrinha era tanta que se acumulava nos cantos da boca. Ela falava e engolia a gosma com barulho, chupando os dentes. Quanto mais mamãe chorava, mais ela salivava e sibilava. No exercício de sua malvadeza, eu vi a cobra balançar a língua como uma cascavel. Obrigando mamãe a encará-la, a naja sibilava com a palavra impregnada de peçonha:

— Me dê Essa Menina pra mim! Me dê Essa Menina pra mim!

Meu padrinho repetia que eu era um peso, um estorvo, e deu-lhe um ultimato:

— Pense bem, comadre. Amanhã nós voltamos.

E se despediram. O que eu não sabia era que mamãe havia sofrido um aborto logo depois que os homens levaram papai para a penitenciária. E meus padrinhos estavam se aproveitando desse momento de fragilidade para alcançar o objetivo de me afastar de minha família. Desnorteada, fiquei zanzando pela casa, até encontrar meu irmão mais velho no fundo do quintal, chorando. Ele achava que mamãe estava à beira da morte. Como Orfeu, treinava no pequeno realejo as músicas de Carmen Miranda, para reanimá-la, e "Ramona", que ela vivia cantarolando. Combinamos então que ele tocaria e eu cantaria. O que fizemos tão logo o casal saiu. Assim que iniciei os primeiros versos de "Ramona" ela recomeçou a chorar e enxuguei suas lágrimas com a palma de minha mão. Ela nos assegurou que era apenas um argueiro, uma coisinha à toa, e que não estava doente. Estava mesmo era com saudade de papai e muito precisada de canções tão lindas como aquelas. E sorriu. Eu bati palminhas e gritei para meu irmão:

— Ela risou, ela risou!

Nessa noite dormimos as duas abraçadas. No dia seguinte, eu não quis brincar na rua e fiquei na porta do seu quarto como um cão de guarda, fingindo conversar com minha boneca de pano. Meus padrinhos chegaram, ignoraram minha presença e recomeçaram a ladainha. Argumentavam que mamãe era pobre, cheia de filhos, enquanto eles possuíam recursos e me dariam uma educação primorosa, *comme il faut*. A megera apontou para mim:

— Espia só, comadre, é um anjinho inocente, não tem consciência dos desmandos do pai, não sabe do aperreio de vocês.

Eu só queria gritar que era mentira, que eu ouvia tudo, mas me contive. Abracei minha boneca e comecei a responder a minha madrinha para que mamãe pudesse ouvir:

— Não chore, neném, não chore, sua mãe tá aqui, viu?

— Comadre, não seja egoísta, me dê Essa Menina pra mim, de papel passado.

— Não chore, filhinha, não vou deixar você, viu?

— Vai ser melhor pra ela e pra você, comadre. Ela vai aprender francês.

— Eu nunca vou deixar você, viu?

Mamãe soluçava enquanto minha madrinha acenava com a possibilidade de me fazer professora com diploma na parede. E, de sobejo, eu ainda herdaria uma grande fortuna. Meus padrinhos eram proprietários da única fábrica de tecidos da cidade, de uma rede de lojas, e ainda de terras, entre as quais um terreno de umas dezenas de quarteirões onde estavam localizados o cemitério e a igreja. No entanto, nada disso atiçava minha ganância, e meu sono, antes tranquilo, ficou povoado de pesadelos. Nos sonhos eu era perseguida por uma brincadeira infantil. Minha mãe, segurando os filhos pelas mãos, andava de ré, acuada por minha madrinha, que iniciava a cantiga de roda:

> *Eu sou rica, rica, rica de marré, marré, marré,*
> *eu sou rica, rica, rica de marré, deci.*
> *Eu sou pobre, pobre, pobre, de marré, marré, marré,*
> *eu sou pobre, pobre, pobre, de marré, deci.*
> *Dá-me uma de vossas filhas de marré, marré, marré,*
> *dá-me uma de vossas filhas de marré, deci.*
> *Qual é que você quer de marré, marré, marré,*
> *qual é que você quer de marré, deci?*
> *Eu quero Essa Menina de marré, marré, marré,*
> *eu quero Essa Menina de marré, deci.*

Na sequência, minha madrinha me garantia o ofício de professora, mamãe me perguntava ao ouvido se eu aceitava e eu negava, mas ela, ignorando minha vontade, me empurrava para longe. Eu a ouvia com o peito cheio de mágoa: "Ela disse que aceita de marré, maré, marré, marré,/ ela disse que aceita de marré, deci!".

Eu acordava e demorava a tomar consciência da realidade. Gemia encolhida na cama. Mamãe me abraçava, mas eu me recusava a contar o pesadelo. Voltava a dormir e tinha mais pesadelos. Brincávamos à vera de Bom Barqueiro. Mamãe se aproximava cantando, com todos os filhos enfileirados às suas costas:

> *Bom barqueiro, bom barqueiro, deixai-me passar,*
> *carregada de filhinhos para acabar de criar...*
> *Passarás, passarás, mas algum há de ficar,*
> *se não for a de adiante, há de ser a de detrás.*
> *Três, três passarás, derradeira há de ficar.*

Nesse pesadelo, eu era sempre a última. Minha madrinha e o Bom Barqueiro entrelaçavam as mãos para o alto, formando um arco. Eu tentava passar, mas eles baixavam as mãos e me prendiam entre seus braços. Acordava assustada. A velha Iandara dizia que eu estava possuída por espíritos e titia corria para me rezar, providenciando chás calmantes. Tudo em vão.

Era assim minha vida, um inferno. A cada visita, meus padrinhos carregavam mamãe para o quarto, para o fundo do quintal, para a cozinha, e insistiam no mesmo pedido. Às vezes eu sentia mamãe fraquejar, prometendo uma resposta para breve. Graças a Deus, ela sempre negava. Se concordasse, eu só teria a perder, porque tudo era proibido na casa de minha madrinha.

A casa era linda. Tinha luz de lâmpada, cortinas brancas nas janelas e móveis franceses: *buffet* e *étager*. De tão arrumada, mais parecia uma loja, mas eu não podia tocar em nada. Na mesa de jantar, minha madrinha mantinha sempre cheio um baleiro: quatro vidros colados que giravam ao menor toque. Em cada vidro um tipo diferente de biscoito amanteigado, queijadas, brevidades, rosquinhas de queijo, balas de mel, alfenins e as caríssimas castanhas portuguesas com uma cobertura branca açucarada e um leve sabor de erva-doce. Na mesma mesa, uma cremeira de cristal exibia o doce a que chamavam manjar do céu. Era um apetitoso pudim feito com maisena, chocolate e leite de coco, que a empregada montava alternando camadas brancas e as pretas de chocolate e enfeitava com ameixas em calda. Em outra compoteira, doce de banana.

Mas eu só podia olhar. Minha salvação vinha pela mão da empregada, que me oferecia, às escondidas, pedaços das guloseimas, obrigando-me a engolir tudo com rapidez para que os patrões não percebessem. Eu a chamava de Sininho, porque minha madrinha nunca pronunciou seu nome e só a chamava balançando o sininho de prata. Jamais me esqueci de uma conversa que tivemos, no canto da cozinha. Ela me assegurou que também era afilhada de minha madrinha:

— Eu era do seu tamanho quando ela bateu na porta de mãe e me pediu como afilhada. Mãe aceitou porque ela lhe deu dinheiro e prometeu que eu ia estudar e ser uma fessora, mas eu virei mermo foi empregada. Ela disse que eu num tinha cabeça pros estudos. Depois disso, nunca mais vi mãe, nem pai, nem meus irmão. É isso que ela quer fazer com você. Num venha pra cá, não!

Na sala da casa, porta-retratos contavam a biografia do casal: fotos individuais deles crianças, jovens, do noivado, do casamento, das inaugurações das lojas, das viagens. Nada ali parecia fora do lugar. Tudo era perfeito demais. Tinha até um lindo quarto só para mim, pintado de rosa, com uma cama de criança, uma cadeirinha de madeira com meu nome no espaldar, bonecas no alto do armário, roupas de festa, mas eu só tomaria posse daqueles tesouros quando mamãe concordasse com eles.

Apesar de toda a riqueza, aquele ambiente luxuoso me afastava dali. Faltava o principal: crianças correndo pela casa. E sempre que eu chegava, seguíamos o mesmo roteiro. A primeira visita era à cozinha, onde meu padrinho girava os vidros de docinhos dos mais diversos tipos. Como numa roleta, apontava o dedo indicador e aguardava o vidro parar. Tirava um biscoito e o saboreava. Prometia muitas guloseimas na merenda, se eu me comportasse.

A próxima visita era ao "meu" quarto, onde deixavam os novos presentes em exibição. Depois passávamos à sala e ficávamos os três sentados no sofá branco esperando a hora da merenda. Enquanto ele remexia as revistas, ela se entretinha bordando no bastidor. E eu ali parada, olhando a lentidão do tempo nos ponteiros do relógio de parede. Acompanhava o pêndulo tocar com tristeza, uma, duas, três, quatro horas da tarde.

Pois num dia, o último em que estive naquela mansão, de repente o bicho-carpinteiro tanto remexeu que libertou a outra menina que morava dentro de mim. Eu me lembrei da marchinha de Carnaval que dizia "o passarinho do relógio está maluco..." e subi no braço do sofá para ver de perto o instante em que o cuco sairia da casinha. No silêncio da casa, ouvia com clareza a respiração ofegante de meu padrinho, o folhear das revistas, os ruídos da linha sendo repuxada do novelo, da tesoura saindo da caixa e cortando os fios, o farfalhar do tecido, a empregada mexendo nos talheres na cozinha... E o tique-taque do relógio.

Aí aconteceu tudo de uma só vez: o cuco saiu cantando, o relógio deu a primeira badalada, e minha tia, sem tirar a vista do bordado, esticou a mão e agitou o sininho de prata, indicando que era hora de servir a merenda. Todos esses sons juntos soaram para mim como o anúncio do fim do mundo. Estiquei-me da poltrona para calar o cuco e parar as badaladas. Perdi o equilíbrio, gritei e agarrei-me ao pêndulo do relógio, quebrando-o.

Vitória!

De cabeça baixa, ouvi as repreensões dos padrinhos: desobediente, mal-educada, sem princípios, sem educação, sem disciplina, mexeriqueira, intrometida, bisbilhoteira... E insistiam que isso ia ter um fim naquele dia mesmo, porque minha mãe finalmente me daria para eles e eu aprenderia a me comportar com educação. Como castigo, sentei à mesa, mas fui proibida de merendar.

O que eu não podia prever era que as surpresas daquele dia estavam apenas começando. Talvez os fatos não tenham ocorrido com a dureza que eu relato, mas foi assim que captei.

No final da tarde, fomos de carro à igreja para mais uma sessão de tortura. No caminho, meus padrinhos reforçaram as recomendações para que em minhas rezas eu implorasse a Jesus para mamãe me dar para eles, para sempre. Assustada, eu entrei na igreja rezando para que Jesus Menino não atendesse ao pedido deles e sim ao meu. Temia que o Anjo da Boca Mole passasse voando por ali, exatamente na hora em que eles estivessem fazendo o pedido. E minha cabeça martelava uma única prece: "Anjo da Boca Mole atenda ao MEU pedido, MEU pedido, MEU pedido...".

No banco de trás do carro, espremida entre meus padrinhos, ouvi a conversa sobre a quantia que ofereceriam para que mamãe desistisse de mim. Entrei na igreja quase aos prantos. Fiquei sentada no banco do meio, enquanto eles se dirigiram à fila do confessionário. Olhava para o alto tentando flagrar o Anjo da Boca Mole, quando descobri os quadros que reproduziam a via-crúcis de Jesus de Nazaré, que eu conhecia de cor. Fui sugada pelo primeiro quadro e, de repente, lá estava eu, testemunhando os últimos momentos de Jesus. Na Primeira Estação, corri no meio da multidão para assistir à passagem do Salvador, Amantíssimo Filho de Maria, condenado à morte. Eu o vi recebendo a coroa de espinhos e o manto escarlate.

Quando o Redentor dos nossos pecados recebe a pesada cruz de madeira tosca, estou ao seu lado. Abro caminho entre os homens e mulheres vestidos de trapos. Meus padrinhos estão entre eles e gritam raivosos, apontando o dedo na direção do Messias. Na parede, a Quarta Estação: o doloridíssimo encontro. Vendo o Humílimo Redentor exangue, Maria corre em seu auxílio. Impossível descrever a dor da mãe ao se deparar com o filho semidesfalecido e ensanguentado. Meu padrinho se destaca dos homens maus e obriga Simão Cirineu a ajudar O Rei da Galileia, quase exaurido, a carregar o opressivo madeiro. Relembro mentalmente o texto bíblico: "A turba grita histérica. Tem sede de sangue. Oh, crueldade inaudita. Cospem-lhe no rosto. Alguém atira uma pedra que lhe atinge a fronte".

Vencida pelo cansaço, caio do banco da igreja e bato com a cabeça na quina da madeira. Levo a mão à testa e percebo o galo enorme que subiu. Estou no colo da minha madrinha, que pressiona uma faca na minha testa. No quadro da igreja, Jesus segue seu calvário. É tudo confuso. Corro em Sua direção, enxugo Sua face com meu vestido de festa. Cochicho-Lhe que não ouça o pedido de minha madrinha. E o Filho Unigênito de Deus e da Virgem Pura e Imaculada é, finalmente, crucificado. O Rei dos Reis pediu água e meus padrinhos Lhe deram vinagre. Ele trazia as vergonhas cobertas por um ínfimo pedaço de pano branco. Seus olhos verdes (os homens não se decidem sobre a cor dos olhos de Jesus) me buscam e ele canta: "Tô preso, meu bem, tô preso, tô preso nesse cordão,/ Me solte, meu bem, me solte, me prenda no coração".

Eu gesticulo ao som da melodia imaginária: levanto os punhos cruzados para a frente em sua direção, como se estivesse algemada, solto as mãos e, finalmente, faço uma cruz no peito com os braços, girando o corpo para lá e para cá, no ritmo lento da música. Uma pomba flutua no alto da cruz e eu canto baixinho, sempre gesticulando: "Pombinha branca voou, voou,/ caiu no laço e se embaraçou;/ Ai, me dá um abraço que eu desembaraço/ a pombinha que caiu no laço". Ele sorri para mim com tristeza e me consola: "Perdoai-os, Senhor, eles não sabem o que fazem".

Um pelotão de padrinhos ameaçadores marcha em nossa direção. À frente, fazendo acrobacias, vem minha madrinha com um saiote e o uniforme da Escola Normal. Nas mãos maneja com habilidade uma espada, orientando os movimentos rítmicos de todo o pelotão. Ao se aproximar de mim, ergue a espada, ameaçadora. Protejo-me com as mãos, sussurrando:

— Não, eu não fiz nada.

E o Piedosíssimo Jesus, elevando os olhos para o céu, exclama:

— Meu Deus, meu Deus, meu Deus, por que me abandonaste?

E eu vejo Cristo exalar o último suspiro.

O cuco da casa de minha madrinha cantava no meio da igreja, com o pêndulo quebrado. Meu padrinho enfia uma lança no flanco do Redentor, de onde jorra sangue e água. José de Arimateia surgiu do meio da multidão, retirou o corpo de Cristo da cruz e O envolveu num manto alvíssimo, depondo-O cuidadosamente no colo de Sua Mãe.

Eu ardia em febre. As pessoas em volta me abanavam. Minha madrinha me deu um copo com água açucarada. No centro do altar vi a cena mais triste: Nossa Senhora da Piedade embalando o Senhor Morto. Dos olhos maternos rolavam lágrimas de sangue. Com um lenço branco ela limpava a fronte do Filho Amado. Das mãos e pés de Jesus se abriram feridas profundas e o sangue começou a pingar no chão. O sangue descia as escadas do altar e corria pelo meio da capela. O coração do Filho de Maria estava à mostra, batendo.

Entrei em convulsão e desmaiei. Acordei com um lencinho embebido em perfume que alguém roçava no meu nariz. Sentia calafrios, estava pálida, e meus padrinhos resolveram me levar para casa.

Não vi mais nada. No dia seguinte acordei bem-disposta, esquecida de tudo o que acontecera. Ninguém nunca falou comigo sobre o assunto, minha vida voltou à normalidade, e as visitas de meus padrinhos foram rareando, os passeios, suspensos. Quando eu dei fé, eles já haviam desaparecido por completo de minha vida. Nunca mais os vi. Na minha inocência, sempre que aquela tarde vinha à lembrança, eu agradecia ao Anjo da Boca Mole. Foi ele quem me salvou na igreja, ao passar por minha cabeça dizendo amém ao meu pedido.

Fogo-corredor

Outro casal marcou a minha infância: tia Suça e tio Bé. Eu gostava muito dessa dupla bizarra. Tio Bé, primo de mamãe, era militar. Tia Suça estudara na Escola Normal com minha tia, com quem se desentendera tempos atrás. Titia não reatou a amizade nem quando tia Suça passou a frequentar nossa casa, após o casamento de mamãe. Ao contrário da irmã de papai, tia Suça conseguiu tirar o diploma de professora, mas nunca exerceu a profissão. No galope do vento, chegou-me um dia o comentário ácido de titia sobre a ex-amiga:

— Ela é burra, incapaz e medíocre. E só conseguiu um trabalho de meio expediente numa repartição pública por ser noiva de militar. Ganhou um emprego para fazer... nada. A não ser pintar as unhas e redigir aquelas bobagens de amor para o noivo.

Em contrapartida, eu ouvia das vizinhas que minha tia padecia de inveja. Inveja porque a colega alcançara, não importa se sem mérito algum, as três únicas aspirações de titia: um diploma, um emprego e um noivo. Certa vez, no auge da irritação, titia revelou que Suça só se formou porque ela lhe dava cola.

Desavenças à parte, o casal era, aos meus olhos, bastante divertido e alegre. Eram os mensageiros das fofocas da cidade. Papai, avesso a mexericos, torcia a boca sempre que eles apareciam lá em casa, e ironizava:

— Lá vêm os cavaleiros do Apocalipse anunciando novas desgraças.

Mamãe minimizava seu mau humor e lembrava que era tio Bé quem o ajudava em suas muitas prisões. Insistia que o casal era gente do bem e recriminava em papai o desdém com que ele respondia à informação dos tios de que alguém morrera:

— Morreu? Antes ele do que eu.

Os tios fingiam não perceber tanta falta de apreço e, ansiosos por passarem os detalhes, davam a ficha completa dos enterros. Batizados como Açucena e Barnabé, eles formavam a dupla perfeita, o entrosamento era total. Só andavam de mãos dadas, como dois namoradinhos, hábito que mantiveram mesmo depois do casamento. Desde que começaram a namorar, passaram a se tratar de um modo muito particular: Filhinho e Filhinha. Diante do noivo, ela falava com vozinha de menina e se enroscava toda dengosa no braço do sargento. Presenciando essas cenas, minha tia a recriminava:

— Que pouca-vergonha! Uma mulher velha que não se dá ao respeito, miando pra cima e pra baixo. É Filhinho pra cá, Filhinha pra lá. Ridículo!

O que não se podia negar era que tia Suça era puro carinho com o sargento, uma doçura de pessoa que viveu para exaltar o marido. E a prova desse amor eram as declarações que ela pagava para sair no alto-falante da rua. Tudo era pretexto para reafirmar sua paixão. E o locutor impostava a voz para anunciar:

— Mensagem da professora Açucena para o sargento Barnabé. Abre aspas: Para o meu amor, no dia do seu aniversário. Que esta data se reproduza por muitos e muitos anos. Com todo amor do mundo. Assinado, Sua Eterna Namorada, Açucena. Fecha aspas.

Pretextos não faltavam para os textos. A noiva comemorava o dia em que conheceu tio Bé, o dia em que noivou, o dia do aniversário dele, o Dia dos Namorados. Aproveitava as datas festivas do Natal, do Ano-Novo, as festas juninas. Todos os anos, em junho, ela participava com o noivo das trezenas em homenagem a santo Antônio. E aproveitava para soltar ao vento mais uma mensagem de amor, reafirmando o compromisso assumido há muitos anos. Tio Bé, aparentemente muito formal, saía à rua envaidecido com as declarações de amor. Recebia os cumprimentos dos vizinhos com orgulho, sem notar os risos de escárnio:

— Tá abafando, hein, sargento?

O casal frequentava todos os eventos sociais da cidade. Com ou sem convite. Para isso, percorriam semanalmente as igrejas para montar uma agenda de compromissos, que cumpriam à risca. Nos casamentos, na maior cara de pau, entravam nas festas com o pretexto de cumprimentar os nubentes. Comiam, bebiam e participavam das rodas de conversa com naturalidade, elogiando a festa, os noivos, as famílias, como se fossem amigos íntimos. Levavam até pequenos presentes retirados do fundo do baú de tia Suça. Presentes que ela recebera ao longo dos anos (a maioria eram caixas de sabonetes) e repassava sem nem sequer se dar ao trabalho de apagar as dedicatórias dos remetentes.

Um dia ouvi comentários de que tia Suça havia presenteado uma amiga com a mesma caixa de sabonete que desta recebera, ainda com o cartão de cumprimentos. Trocaram de mal. Alheio aos boatos, após cada evento o casal se municiava com os detalhes que acaloravam as discussões na vizinhança. "Corria a coxia", perambulava, de casa em casa, revelando se o vestido da noiva era novo ou emprestado, se era rico ou pobre, qual o tamanho do véu, qual o grau de importância dos padrinhos, quais foram os presentes recebidos, a qualidade do banquete servido aos convidados, o local da lua de mel.

O principal lazer do casal, no entanto, era assistir a enterros e missas de sétimo dia. Essa mórbida atração vinha desde os tempos de namoro e se estendeu pelo longo noivado de dez anos. Muita gente esperava que após o casamento tudo mudasse de figura. No entanto, nem a novidade do matrimônio alterou essa rotina. Sem filhos, a vida continuou preenchida pela excitação dos funerais. Sempre que tio Bé passava, apressadinho, com o caderno preto nas mãos, as comadres indagavam irônicas:

— Para onde vai, sargento, assim, todo legorne? Para onde vai, correndo assim, todo tranchã? Que pressa é essa? Quem morreu?

Papai não perdia oportunidade de relembrar um fato que punha em dúvida a coragem de tio Bé. Uma noite, no velório de um desconhecido, o casal fora o primeiro a aparecer. Desconsolada, a viúva começou a chorar, e tia Suça, para acalmá-la, levou-a ao quintal da casa para que respirasse ar puro. Tio Bé ficou sozinho, fazendo quarto ao defunto no caixão. Depois de rezar e rezar e rezar, começou a se impacientar com a demora de tia Suça. Nem as carpideiras haviam chegado para chorar o morto humilde, prestes a se tornar celebridade. Tio Bé sentou, levantou, rodeou o caixão, até que resolveu ajeitar a gravata torta do cadáver.

Foi aí que o defunto arrotou, remexendo-se no féretro. O tio saiu desembestado a gritar pela rua e só parou a uma prudente distância do "ressuscitado". Tia Suça o alcançou ainda pálido, ofegante, arrodeado de vizinhos, e ouviu a explicação esdrúxula de que o morto estava vivo. Esse foi o único enterro a que ele não assistiu. Veio gente dos quatro cantos da cidade para conferir o arroto do morto. Até o médico, que não acudira o homem em vida, apareceu rapidinho, de estetoscópio no pescoço e maleta na mão. Depois de examinar cuidadosamente o cadáver, na vista dos curiosos, acabou dando-o como morto mesmo. O caso espalhou-se, e os moleques gritavam escondidos quando tio Bé passava todo empertigado:

— Defunto arrota, sargento?

O tio fingia que não era com ele e seguia adiante. O tempo passou, a guerra chegou e tio Bé se alistou, tapando a boca dos que o tinham na condição de covarde. Ao voltar da guerra, foi para a reserva e recebeu a patente de subtenente, mas continuou a ser tratado como sargento. Tia Suça abandonou o emprego público para realizar seu sonho: virou dona de casa. Com disponibilidade de tempo, sem patrões para regrar horários, podiam sair a qualquer hora do dia ou da noite para velar os mortos. Enquanto tia Suça, com diligência, cuidava da casa, tio Bé ouvia rádio o dia inteiro. Ao primeiro toque das notas fúnebres, o sargento chamava:

— Filhinha, vem cá ouvir quem morreu!

Ela largava o que estivesse fazendo e corria para o lado do marido. No caderninho, junto ao rádio, o homem anotava o nome do morto, o local do velório, a causa mortis. Circunspecto, repetia sua frase preferida, com um suspiro de resignação:

— Pior é na guerra, em que a gente morre e não se enterra.

Tia Suça concordava, corria para o quarto, abria o camiseiro e escolhia, entre muitas roupas de luto, uma adequada para o evento, de acordo com a posição social da família enlutada. O cheiro de naftalina se espalhava pelo ar. Precavida, abastecia sua bolsa preta com fósforos e algumas velas, para o caso de faltar iluminação para a passagem da alma do infeliz.

Enquanto se arrumavam, faziam conjecturas sobre o defunto, se sofreu, se a família iria chorar, se deixou dinheiro, se deixou dívidas, por que cometera suicídio, por que fora assassinado e o principal: que lanche seria oferecido aos presentes durante o velório? Preenchiam o vazio de suas vidas com a lacuna que a morte deixava nas vidas alheias.

Meus irmãos tinham medo deles. Eu não. E ao casal, eu só fazia uma restrição: quando falavam mal de minha amiga Das Dores. Diziam que ela era uma pessoa descrente, ateia, fadada a arder no fogo dos infernos. Das Dores também mantinha distância dos meus tios. Não por medo, mas por discordar de tanto apego à morte. E pontificava:

— Quem vive da morte ou é coveiro ou dono de funerária ou então é doente da cabeça, como sua tia.

Se eu a recriminasse, ela aproveitava a oportunidade para me lembrar do presente de mau gosto que eles me prometeram quando completei cinco anos. O fato aconteceu num domingo de sol. Meus tios chegaram e pediram a mamãe para me levar a um passeio. Tia Suça atiçou meu interesse me prometendo uma coisa muito linda se eu a acompanhasse. No caminho, paramos para comprar flores. Perguntei se era esse o meu presente, ela respondeu que não. Era uma coisa mais bonita ainda.

Até que chegamos ao muro recém-pintado do... cemitério. O cheiro de cal era forte e espirrei várias vezes. Ao nos ver, o velho coveiro entregou aos meus tios uma pequena pá, um espanador e um regador com água. Ali mesmo, encostada no portão de ferro, ela apoiou a mão em meu ombro e disse sorridente que estávamos perto do meu presente. Sim, eles eram excêntricos, mas me soava bastante inusitado o local escolhido para me presentear com uma coisa bonita, principalmente porque não era meu aniversário, nem Natal.

Uma inquietação começou a remexer em meu peito. No entanto, a esperança de receber uma coisa linda afastava qualquer fantasma. Entramos na casa dos mortos. Ali, bem na minha frente, logo na primeira ala, na parte dos ricos, paramos diante de uma casinha branca, com um teto sustentado por quatro colunas ligadas por três pesadas correntes de mármore, deixando livre a entrada principal. Um anjo branco, feições suaves de mulher com vestes esvoaçantes, entre dois túmulos, se curvava para abraçá-los. Na mão direita segurava um ramo de flores e na esquerda apertava uma imagem de Cristo Crucificado. Tudo em mármore branco.

— Não é linda?

Como eu não respondesse, ela repetiu a pergunta algumas vezes. Eu concordei com a cabeça, mas estava mesmo era ansiosa para receber a grande surpresa. Tio Bé ajeitou o paletó, deu o braço a tia Suça e me levou pela mão até o centro da casinha. Lá dentro ele me colocou no colo e leu com voz impostada as inscrições nas lápides com seus próprios nomes e as datas de nascimento. Eu perguntei curiosa:

— Vocês já morreram?

Tia Suça riu, mostrando os dentes brancos. Ajeitou faceira a mantilha e explicou-me:

— Não, querida, ainda não morremos, mas já preparamos a nossa última morada.

Não entendi nada, só percebi que os dois estavam muito felizes. Perguntei pelo meu presente e ela me pediu calma. Enquanto tio Bé regava e revolvia a terra das jardineiras, tia Suça espanava a poeira de toda a casinha. Depois pediram que eu prestasse bastante atenção no próximo passo e se puseram a arrumar as flores nas jarras. Uma tarefa trivial que realizavam com uma alegria extravagante. Sorriam entre eles e se permitiam pequenos afagos, "Filhinha isso", "Filhinho aquilo...". Tia Suça puxou-me pela mão para admirarmos o mausoléu do lado de fora e perguntou:

— Então, querida, gostou da minha surpresa? A nossa casa não é a coisa mais linda do mundo?

Olhei em volta, atenta aos detalhes dos demais túmulos com suas flores murchas, anjos empoeirados, lápides quebradas, e ouvi para meu desapontamento:

— Seu presente é esta casinha branca. Ela é sua também. Quando você morrer, *já tem onde descansar.*

Em sua euforia, ela não percebeu minha decepção e, ajoelhando-se, agarrou-me as mãos e me fez o desconcertante pedido:

— Promete que quando eu e seu tio morrermos você vem limpar nossa casinha todo domingo, como eu lhe ensinei hoje? Por favor, prometa.

Assenti com a cabeça. Ela repetiu o pedido, insistindo que eu beijasse os dedos em cruz. Acuada, estava a ponto de fechar o acordo quando fui salva pelo coveiro, que veio com a novidade: o fogo-corredor aparecera na noite anterior. Da janela do seu quarto ele vira o clarão dando voltas e mais voltas, crepitando, subindo, descendo até que a bola de fogo mergulhou de volta para sua cova.

O fogo-corredor, eles me explicaram, era a alma de uma defunta que cometera pecado em vida porque se casara com o próprio compadre. Aí, quando morreu, perdeu o sossego. Transformou-se em uma bola de fogo e vive hoje condenada a vagar pelo cemitério. A própria tia Suça já presenciara mais de uma vez o aparecimento dessa assombração.

Seguimos nosso passeio. Tio Bé apontou para uma placa em mármore preto, com inscrições douradas. Estávamos diante do túmulo do afogado, cuja mãe visitava o cemitério todos os dias, informou o coveiro:

— A coitada vem conversar com o filho aqui. Desde que o menino desencarnou, ela não faltou um só dia. Faça chuva ou faça sol, ela está aqui trocando as flores, tirando a poeira, enquanto conversa com seu menino.

E contou a história do rapaz de quinze anos que num domingo saíra para nadar desobedecendo ao conselho da mãe. Seu corpo foi encontrado comido pelos peixes na praia dos Siris. A pobre senhora encomendou um enorme anjo branco em mármore, com as asas abertas, segurando o mármore escuro com letras douradas, onde tio Bé leu alto e com voz empostada a despedida da inconsolável mãe: DAS ÁGUAS TRAIÇOEIRAS PARA OS BRAÇOS DO SENHOR.

O anjo me provocava arrepios. Agora, medo mesmo me dava o túmulo do vampiro. O coveiro nos contou que a família do morto era de fora, pouco se sabia dela. O enterro fora muito bonito, coisa de rico, muitas flores, um caixão de madeira de lei sem janelinha de vidro e missa de corpo presente na capelinha, embora ninguém tivesse visto o corpo. Só não teve choro. As mulheres vieram com véus negros cobrindo o rosto, os homens, de preto. Mas ninguém chorou. Só as carpideiras, que foram proibidas de se aproximar e ficaram do lado de fora, afastadas do caixão, derramando suas lágrimas de encomenda.

Num dia de vento forte, a cruz tombou. O coveiro saiu correndo para ver o que estava acontecendo e se deparou com um braço da cruz enterrado no meio do túmulo, onde se abrira uma cratera. O outro braço apontava tragicamente para o céu. Detalhe: o túmulo estava vazio e a família do morto nunca foi localizada. Daí nasceu a lenda de que se tratava da casa do vampiro. Dessa cova eu não ousei me aproximar e de longe me benzi para afastar o mal.

Ao voltar para casa, tive muitas histórias para contar aos meus irmãos. Na hora de dormir, ninguém conseguiu pregar os olhos. Papai chegou e, ao ouvir a lenda da aparição do fogo-corredor, tratou logo de nos esclarecer:

— Não existe nenhum fogo-corredor, nem maldição contra mulher que casa com compadre. O que existe comprovado pela ciência é o que chamam de fogo-fátuo, gás queimado naturalmente das sepulturas e dos pântanos. Combustão do gás que sai dos corpos apodrecidos. Só pessoas ignorantes como seu tio Bé e sua tia Suça acreditam que se trata da alma de mulher que casou com compadre. Tudo mentira para enganar os bobos. E vocês não são bobos. Agora vão dormir.

Tampouco entendi essa história de combustão, gás de corpos apodrecidos. Fomos todos dormir e nunca mais tive medo do fogo-corredor. Das Dores adorava repetir o causo com insinuações de que os tios não eram muito bons da cabeça:

— Passear em cemitério? Dar cova de presente? Quem já viu uma coisa dessa? É coisa de doido, Essa Menina. Fique longe deles.

A partir desse dia, sempre que passava por um cemitério à noite, aguçava a vista em busca da bola de fogo que vagava pelas sepulturas. Nunca a vi.

Lá vem a morte!

A morte, esta sim, eu vi de perto. Quase a toquei e ela era linda. Era um anjinho cor-de-rosa com as faces avermelhadas e me seduziu com um rosário de balas de mel.

Foi numa tarde quente de sol grande, daqueles que parecem de mentirinha. Estava na calçada de minha casa com Diacuí, Das Dores e meus irmãos brincando de lá-vem-a-Morte. Até então, palavras como ataúde, caixão, campa, condolências, cova, enterro, exéquias, falecimento, féretro, fúnebre, funerária, luto, pêsames e velório não tinham para mim o menor significado. A Morte era apenas uma brincadeira infantil em que minha irmã mais velha fazia sempre o papel principal. Enfrentá-la sem medo era a regra do jogo. Com voz cavernosa, a boca tragicamente arqueada, os olhos arregalados e as mãos crispadas, ela começou, naquela tarde, a me inquirir. E eu a encarei, corajosa, quando anunciou:

— Lá vem a Moooorte!

— Pra quê?

— Pra te mataaaar!

— Com quê?

— Com um facãááão! Pôôôu!

Com um movimento brusco, os olhos fincados nos meus olhos, minha irmã fingiu decepar minha cabeça. E eu, para dar mais veracidade à cena, enfrentei a Morte com a bravura do almirante Adrian Pater na invasão de Pernambuco, respondendo com a frase que tantas vezes ouvira meus irmãos decorando para as sabatinas:

— O oceano é o único túmulo digno de um almirante batavo.

Eu nem sabia o que significava batavo, mas caí no chão com uma careta de dor. Prendi a respiração por alguns segundos e lá fiquei imóvel, de olhos abertos para o nada, encarando o infinito sem piscar. Abstraí-me da brincadeira descobrindo os pontinhos brilhantes que dançavam no ar. As estrelinhas do dia que me intrigavam. Do ponto de vista do meu irmão, eram pessoas que já morreram e que Das Dores chamava de almas do Destino.

No calor da brincadeira, enquanto eu me distraía com as estrelinhas dançantes, uma epifania desceu na minha cabeça e eu desenvolvi uma complexa tese sobre a vida: aqueles pontinhos brilhantes que tanto me intrigavam eram almas ansiosas que pairavam no ar à espera da oportunidade certa, do momento exato de encontrar a mãe do seu agrado, uma barriga acolhedora para se enrodilhar lá dentro, e então se fazer gente de verdade. Queriam deixar de ser uma alma, deixar de ser um pensamento voando pelo ar, para vir brincar aqui na Terra, ser nosso amigo ou nosso irmão. E, à medida que cresci, essa tese se encorpou.

Várias vezes tentei explicar essa intrincada cadeia de ideias, mas não sabia ponderar com clareza e me perdia nos labirintos desconexos do pensamento. Pois foi durante aquela brincadeira que eu, mergulhada no infinito da imaginação, ouvi bem longe uma voz que saía do buraco do tempo:

— Essa Menina, ô Essa Menina, cadê você, sua pestinha?

Eu nada via ao meu redor, envolvida que estava em um círculo abismático povoado pelas minúsculas partículas prateadas, quando fui bruscamente puxada dos meus pensamentos e levada pela orelha. Era a segunda vez, naquele dia, que a velha puxava minhas orelhas. Logo cedo mamãe me pedira para chamá-la em sua casa. Da porta eu gritei seu nome. Ela não atendeu e eu entrei em seu quarto. Seu baú estava aberto, com algumas roupas reviradas. O bicho-carpinteiro que habitava em mim levou-me até ele e eu estava já com a mão na botija, prestes a remexer em seus pertences. A índia me surpreendeu e me pôs para fora pela orelha. Agora, mais irritada ainda, ela me arrastou para dentro de casa, deu-me um rápido banho gelado, enfiou-me o vestido branco de festa e fez os cachinhos em meus cabelos:

— Eu aqui a gritar feito doida e você fazendo ouvido de mercador, menina andeja. Se avie, que já tamo atrasada.

Na pressa, ela até se esqueceu de dar meu almoço. Eu e meus irmãos, depois de arrumados, cada um com um raminho branco de rosa-menina na mão direita e uma pedrinha branca na esquerda, seguimos em direção à casa de dona Candinha, cuja filhinha Nosso Senhor tinha levado para o céu. Morrera.

Em verdade, todo aquele alvoroço tinha mesmo era cheiro de festa. O vestido branco, as flores. Também foi assim quando fui daminha de honra da filha de seu Castelar. Caminhando em direção ao altar, eu carregava as alianças numa cestinha de cetim quando as deixei cair ao tropeçar no tapete vermelho. Arrastei-me no chão para procurá-las e amarrotei meu vestido novo, que era igualzinho ao da noiva. Fiquei de castigo o resto da festa, sem poder falar com ninguém. Nada comi, nada bebi, perseguida pelos olhos da velha Iandara, que me obrigava a recusar as guloseimas oferecidas.

Um mês depois, foi com esse mesmo vestido que abri a procissão do Senhor Morto, na Sexta-Feira da Paixão. Descalça, vestida de anjo, desfilava seguida de menininhos vestidos de frade, meninas de azul e branco ou de freiras, pagando promessas a santo Antônio, são Francisco, Nossa Senhora e santa Rita de Cássia dos Impossíveis. As Filhas de Maria prenderam nas minhas costas uma incômoda armação de ferro, coberta de madrasto e penas de galinha tingidas de branco, para fingir que eram asas. Fediam. Um arame preso atrás da armação levantava ao alto outra coroa de arminho, a título de auréola angelical, que oscilava a cada movimento meu. Tive que percorrer descalça as ruas da cidade, sob uma chuva de pétalas de rosas.

No meio da procissão, pisei num caco de vidro. Cansada e com os pés machucados, sangrando, eu chorava e estendia os braços para alguém me botar no colo. Uma mulher se aproximou chorando, beijou a ponta dos meus dedos e me tocou na testa. Outras mulheres com suas mantilhas e fitas de Maria penduradas no peito, igualmente emocionadas, estendiam lençóis alvíssimos aos meus pés e recolhiam as pegadas de sangue como relicários. A partir daí, com pena dos anjinhos de asas de galinha, as beatas pegaram a mania de cobrir os caminhos das procissões com toalhas bordadas com motivos religiosos.

Odiei a procissão. Quando finalmente, já na sacristia da igreja, mamãe me pegou no colo e minha tia lavou meus pés com seus unguentos, eu sentenciei em voz alta:

— O Diabo é que sai mais de anjo...

Eu me lembrava desse episódio enquanto seguia para a casa de dona Candinha. Distraída, cantava e batia palmas, marcando a cadência nos pés:

Uma velha, muito velha,
Mais velha do que meu pai,
Me dera, me dera,
Me dera muitas pancadas
Pancadas, pancadas,
Pancadas de arrepio,
Arrepio, arrepio, arrepio...

Um safanão me atirou para a frente. Atordoada, tentando buscar o equilíbrio, ouvi mais uma repreensão:

— Endemoniada, até parece que tem parte com o Diabo, onde já se viu ir pra enterro cantando?

Engoli o choro, mas as lágrimas se libertaram silenciosas. Desejei naquele momento que o Menino Jesus, que era tão bom e dizia "Vinde a mim as criancinhas", se lembrasse de mim e me levasse só um instantinho para o reino do céu, junto com a filha de dona Candinha, até a velha se acalmar. Lá em cima eu ia poder gritar bem alto. Afinal, Ele era o dono do céu e eu cantaria para Ele:

Você gosta de mim, ô Jesus?
Eu também de você, ô Jesus

Vou pedir a seu pai, ô Jesus,
Para casar com você, ô Jesus.
Se Ele disser que sim, ô Jesus,
tratarei dos papéis, ô Jesus.
Se Ele disser que não, ô Jesus,
eu morrerei de paixão, ô Jesus.
Palma, palma, palma, ô Jesus,
Pé, pé, pé, ô Jesus.
Roda, roda, roda, ô Jesus,
abraçarei quem quiser, ô Jesus.

E eu abraçaria meu Jesus Menino bem forte. E lhe contaria a história de dona Labismina e lhe explicaria por que o mar chora, ruge, esbraveja e se joga na areia fazendo espuma.

Na verdade, eu só queria um instantinho com Jesus, mas a velha Iandara se aproximou de mim novamente e me prometeu um rosário de balinhas de mel se eu segurasse o caixão do anjinho. Chegamos, por fim, à casa de dona Candinha. O lugar estava cheio de menininhas de branco, entre elas Diacuí e Das Dores. No meio da sala, em cima da mesa de jantar, havia uma caixinha forrada de cetim branco. Cachos de rosa-menina enfeitavam a caixinha e desciam em cascata pela mesa. Um verdadeiro arranjo celestial. Atrás da mesa reluzia o Santíssimo. Ladeando o caixão, quatro castiçais com velas iluminavam a sala. Apesar do cheiro enjoativo das flores e da cera queimada, eu sorria de felicidade.

Aproximei-me mais da mesa e vi... Ai, Jesus! Ai, meu Deus, que coisa linda: dentro de uma caixa de presente, uma bonequinha de porcelana cor de leite de faces avermelhadas dormia tranquila entre almofadas de cetim. Para protegê-la das moscas, cobriram-na com um tule branco arrematado por delicado bordado de renda. Era a boneca mais preciosa do mundo!

A toda hora tia Suça molhava um pedacinho de papel crepom vermelho numa cuia d'água e passava nas bochechas da bonequinha, que enrubescia. Junto com as outras carpideiras, ela puxava rezas e chorava ao lado do bibelô. Atrás do Santíssimo, com o semblante de sofrimento contido, tio Bé a tudo acompanhava. Eu sorria fascinada diante do caixão e, num impulso natural, estiquei meu braço para tentar tocar na boneca. Um beliscão me trouxe à realidade. Crispando os dentes, a bruxa velha rosnou:

— Menina malina. Não mexa no anjinho. E pare de sorrir, sua amaldiçoada, senão não vai ganhar bala de mel.

Fugi para a frente da casa, onde encontrei minhas amigas que brincavam de manja. Eu fui a escolhida para descobrir o esconderijo delas. Encostei o rosto na parede tapando os olhos e, quando ouvi o grito "Pode vir", saí correndo. Topei com as pernas da velha, que me puxou pelo braço. Nem tive tempo de chorar. Uma latomia invadiu a casa e nós, crianças de branco, fomos empurradas para a frente da mesa. Eu achava graça nos choros e lamentações que vinham lá do fundo. Carpideiras, em seus vestidos negros de festa, derramavam um vale de lágrimas. E dona Candinha, amparada por tia Suça, implorava com desespero:

— Eu quero a minha bonequinha, me deixe pegar a minha bonequinha uma última vez, ai que dor, minha bonequinha foi-se embora, ai Jisus — ela dizia Jisus —, ai Jisus, que dor no peito...

Rapidamente, o padre fez o sinal da cruz diante da caixinha e ordenou que a fechassem. Chegara a hora. Fui empurrada para a frente da caixinha para segurar a alça dianteira. Atrás, uma procissão de crianças. As meninas carregavam rosas brancas e os meninos, uma vela. Os adultos acompanhavam na calçada levando ramos de mimos-do-céu. E todos seguravam uma pedrinha branca para depositar no túmulo da filha de dona Candinha. Uma beleza de festa.

Eu e Diacuí levantamos as alças da frente. Das Dores e Hudma sustentavam as de trás. A caixa pesava, o sol castigava, minha cabeça rodava e várias estrelinhas prateadas começaram a dançar ao redor de mim. Os vizinhos lançavam pétalas de rosas brancas pelo caminho. Ao dobrar a primeira esquina, minha vista escureceu de vez, o corpo amoleceu e só lembro que deslizei suavemente para o chão, batendo a cabeça numa pedra.

Acordei na casa de uma vizinha que pressionava uma faca no galo que se formara na testa. Depois de limpar meu joelho ralado, a vizinha me ofereceu um copo de leite morno e uns biscoitos caseiros. Não almoçara, estava com fome. Em pé, à minha frente, a velha me fuzilava com um olhar de decepção, e mais uma vez meu coração de menina desajeitada sangrou. Encabulada, chorava com os olhos pregados no chão.

Por minha culpa, minha máxima culpa, na queda, eu levei o caixão ao chão junto com minhas coleguinhas. Tentei falar do peso da caixa, mas fui bruscamente arrastada para fora do casebre, e saímos desembestadas na tentativa de alcançar o enterro. A velha insistia que eu deveria segurar a alça do caixão quando entrasse no cemitério, sob pena de ser a próxima a morrer. Chegamos ao cemitério e fomos direto à cova. O enterro já tinha acabado, mas a velha me obrigou a ajoelhar e rezar em frente ao montinho de pedrinhas brancas onde tinham fincado uma cruz com os dizeres: "Nepomucena, minha bonequinha que Jesus levou para brincar no céu. Saudades eternas de sua mãezinha".

Meu joelho começou a arder. A velha Iandara rezava de olhos fechados. Olhei para o chão. Algumas pedras eram tão pequenininhas que dava até para brincar de pinto/galo. Tão alvinhas... Tão lindinhas... Com dissimulação, assim como quem não quer nada, um olho nas pedrinhas, outro na velha, abaixei-me e escolhi cinco pequeninas. Coloquei-as no bolso do vestido. Ninguém viu. Desconfiada, a velha insistiu que eu rezasse alto e eu comecei a cantar a primeira música que me veio à mente:

— Mãezinha do céu, eu não sei rezar, eu só sei dizer quero te amar...

Irritada, ela puxou minha mão e saímos em direção à capela. Paramos na entrada central. Meus joelhos queimavam como fogo. Sentadas nos primeiros bancos, as crianças aguardavam ansiosas a distribuição das balas de mel.

Mancando, percorri o corredor da capela, meu calvário, minha via-crúcis. Cheguei, afinal, ao banco da primeira fila. Sentei ao lado de Diacuí e de Das Dores e recebi de uma carpideira o prometido rosário de balas. Na verdade, um arremedo de terço: dez balinhas de alfenim amarradas em papel branco com uma bala maior, achatada, no espaço reservado a Nossa Senhora, e um alfenim em forma de cruz. Disfarçadamente, com a expressão angelical dos querubins e serafins, desembrulhei uma bala tentando abafar o barulho do papel. Esperava o momento ideal para saborear o mel quando me deparei com a imagem de Jesus Cristo na cruz, no altar à direita. De suas mãos corria o sangue divino. Olhei para minhas mãos suadas e vi a bala derretendo. Igual às mãos de Cristo. Nesse instante, dona Candinha ajoelhou-se na frente do altar e começou a chorar e a gritar, batendo no peito com o punho fechado:

— Ai, meu Deus, que foi que eu fiz para merecer tamanho castigo, tão grande suplício? Meu Jisus, eu não mereço... Por que eu, por que justo a minha bonequinha, Santa Mãe de Deus? Me acuda, Minha Nossa Senhora das Dores, tende piedade de mim!

Deu um safanão para trás e... Ploft! Caiu apoplética, os olhos esbugalhados, a boca espumando. Deu-se o maior fuzuê na pequenina capela. Foi aí que eu, aproveitando a confusão, num movimento rápido, botei a bala na boca e lá fiquei de olhos fechados, cabeça baixa, saboreando o doce caseiro. Comoção geral e meus dedos colados de mel. Olhei em volta. Uns choravam de cabeça baixa, outros conversavam baixinho com a mão na boca, olhos fixos na desmaiada. As mulheres abanavam dona Candinha e tentavam afrouxar-lhe o califom e a anágua. O padre benzia a todos, tentando trazer a normalidade à capelinha. Ninguém prestava atenção em mim. Instintivamente, juntei as mãos em concha, elevei-a à altura do rosto como se também estivesse rezando e lambi o mel dos dedos com o maior prazer.

Quanto à bonequinha de bochechas rosadas... Tinha certeza de que alguma criança malina, cedendo à tentação do Repelente, a roubara da caixinha branca de cetim, deixando um monte de pedras em seu lugar. Por isso pesava tanto.

Abdon, sentido!

Abdon, artista conceituado de cordel, repentista afamado, fora amigo de infância de papai e de minha tia. Magro, alto, dono de um sorriso encantador, ele e o filho Apolo passavam lá em casa todos os dias, com a carroça cheia de novidades. Em nossos aniversários, Abdon sempre nos presenteava com versos escritos em folhas de papel almaço. Acrósticos contando nossas façanhas, descrevendo nossas características. Contava histórias incríveis e improvisava rimas só de olhar para nós. Derrubava qualquer rival quando abraçava a viola ou a rabeca de onde saía no improviso um martelo agalopado, um galope à beira-mar, uma quadra, emboladas engraçadas. Poucos cantadores ousavam disputar com ele, aceitando apenas participar de seus repentes como simples coadjuvantes.

Pois não é que Abdon era também grande conhecedor da cultura greco-romana e da Bíblia? Era dessas fontes que tirava inspiração para muitos de seus repentes contestadores. Encantava se com a visão mitológica para a criação do mundo e via em Cristo a essência do comunismo, do socialismo, mas discordava em redondilha maior ou menor de várias passagens do Novo e do Velho Testamento e, claro, do governo.

Recolhia livros usados nas casas mais ricas e fazia trocas na banca da feira ou nas casas por onde passava. Foi o primeiro sebo itinerante de que tive conhecimento. Em sua banca tinha de tudo: desde as insuspeitas revistas das Testemunhas de Jeová, *Sentinela* e *Despertai!*, até jornais, livros de cordel, livros raros, barras de sabão da costa e, a coqueluche do momento, os sabonetes Eucalol, cujas estampas eram bastante disputadas pelos colecionadores. Muitos jovens se reuniam na feira em torno de sua barraca para fazer trocas de figurinhas.

Em meio a esses produtos, ele era um dos poucos que ousavam distribuir exemplares do clandestino jornal *Classe Operária*. Tinha como ajudante Apolo, o filho mais velho, também conhecido como Menino Dicionário. Magricelo, comprido, dono de uma memória prodigiosa, o rapaz atraía a atenção de todos e ganhava uns trocados respondendo a perguntas sobre conhecimento geral, tendo o pai como professor. Aprendiz de revolucionário, entre uma pergunta e uma resposta posava de olheiro para avisar ao pai quando o soldado Cambito se aproximava.

Uma noite eles foram presos e levados para local desconhecido. Nunca se soube com exatidão o que aconteceu, apenas que sofreram torturas. Abdon, solto de madrugada, com o corpo cheio de escoriações, todo alquebrado, parte de uma orelha arrancada, tinha calafrios e mais parecia um passarinho assustado. Caminhava com o olhar perdido na loucura, trazendo embaixo do braço a velha Bíblia de capa preta. A partir desse dia passou a pregar a palavra divina e a se benzer diante de qualquer farda, fosse de coronel, fosse de chofer ou mesmo de aluno de escola pública. Muitos estudantes, movidos pela maldade pueril, se perfilavam sempre que o pobre homem despontava na rua, todo esmolambado, e ordenavam em alegre crueldade: "Abdon! Sentido!", só pelo prazer de vê-lo tremer, bater continência, ajoelhar-se, persignar-se e dizer com voz mansa:

— Deixai vir a mim as criancinhas, que delas é o reino do céu.

Na rua, os moleques costumavam atirar pedras nele, para vê-lo enroscar-se no chão chorando, envolto em trapos, protegendo a cabeça com a Bíblia. O pobre coitado viveu assim mais alguns anos depois da prisão. Parecia não reconhecer ninguém, nem a mulher nem os filhos, e gastou o pouco tempo de vida que lhe restou esmolando pelas ruas da cidade, deitado na sarjeta, tendo perdido para sempre a tranquilidade do sono. Tornou-se um pária por imposição da loucura. Abandonou a família e nunca mais levantou a vista nem dirigiu a palavra a alguém. Olhava sempre para o céu ou para o chão.

Tinha medo. Muito medo. Toda vez que passava por nossa porta, minha tia corria em seu socorro e lhe levava um prato de comida, que ele devorava com a cabeça baixa e agradecia com um "Deus lhe pague".

Igual a uma alma penada, Abdon voltava sempre à porta da igreja, onde tivera a entrada proibida e, no horário da missa, do alto das escadarias, lançava o "Evangelho segundo são Mateus", sua pregação preferida, com o olhar perdido nos longes:

— Ai de vocês, doutores da Lei e fariseus hipócritas. Vocês fecham o reino de Deus para os homens...

Tomado de fúria inexplicável, o velho padre, arrastando a batina preta, saía de dentro da igreja e enxotava o homem, que levantava a Bíblia e rebatia com os olhos fixos no nada:

— Fariseu cego! Limpe primeiro o copo por dentro, e assim o lado de fora ficará limpo também... Vocês são como sepulcros caiados: por fora parecem bonitos, mas por dentro estão cheios de ossos de mortos e de podridão!

Atingido no peito pelas palavras cujo significado tão bem conhecia, o representante de Deus trincava os dentes e na missa, na hora da eucaristia, quando limpava o cálice bento depois de beber o sangue de Cristo, tremia ao ver no fundo do copo a imagem do louco a acusá-lo.

Minha tia contava que certa vez, véspera de Natal, o louco subiu ao coreto da praça e, brandindo a Sagrada Escritura, gritou a plenos pulmões, voltado para o palácio:

— Serpentes, raça de cobras venenosas! Não escaparão da condenação do inferno... Desse modo, virá sobre todos vocês o sangue derramado sobre a Terra...

Sua voz invadiu os salões do palácio onde o governador oferecia um banquete à mais ilibada representação da nossa sociedade, todos acompanhados de suas distintas senhoras e de suas filhas casadoiras. Abdon foi brutalmente retirado do coreto por uma escolta armada sem oferecer a mínima resistência. Um trapo humano cabisbaixo.

Um dia apareceu morto nas escadarias da igreja. Teve enterro de indigente, acompanhado apenas do velho padre, da mulher e dos onze filhos. O ministro de Deus, reacionário convicto, apenas pelo dever do ofício aceitou encomendar a alma, e o fez apressadamente, com preces ininteligíveis, dispensando a liturgia que o momento exigia. A mulher do repentista, contrariando as ordens do finado marido, vestiu os filhos de preto, mas respeitou a decisão de Apolo de trajar branco, o único a lembrar das recomendações do pai:

— Quando eu morrer não quero reza, nem padre, nem quero ver meus filhos de luto parecendo um bando de urubus.

Confirmou-se, assim, a sabedoria popular — "Morto não tem querer. Vai para onde a gente levar". Nenhum dos camaradas pôde prestar a última homenagem ao herói comunista, e a viúva, cabisbaixa, compreendeu. Quem viu de longe a triste procissão jamais a esquecerá. Pelas ruas da cidade naquele dia, em silêncio, foi contada uma parte da história do nosso povo e da mitologia grega. Sim, porque os nomes dos filhos Abdon fizera questão de pesquisar no velho dicionário de mitologia.

Durante os quarenta dias em que a mulher ficava de resguardo, Abdon recebia os visitantes, servia a tradicional meladinha e explicava o significado do nome de cada filho, contando a história do herói homenageado. Com orgulho, revelava que seu objetivo era ter muitos filhos, para poder homenagear todas as letras do nosso alfabeto. Até a data de sua prisão havia batizado suas onze crianças, cujos nomes seguiam em ordem as letras do abecedário, por isso o chamavam de Pai do ABC: Apolo, Bóreas, Camilla, Diana, Eurídice, Fedra, Gaia, Hermes, Ícaro, Jason e Khárites. Tinha até separado uma lista de nomes para os próximos filhos, como se já soubesse o sexo: Laio, Midas, Penélope, Orfeu, Narciso, Quimera, Sísifo, Tirésias, Ulisses... E o último seria Zeus. Seu sonho, porém, fora quebrado ao meio pela truculência da polícia. E no dia do seu enterro, através das frestas das janelas, os olhos chorosos dos companheiros acompanharam o cortejo fúnebre.

Já Apolo tivera mais sorte — se é que se pode dizer sorte — por ocasião da prisão. Seu olhar ficou para sempre vagando na escuridão: teve os olhos furados para não identificar jamais seus agressores. Sua alma canora, então, tal como o açum-preto, despertou e alçou voos altos, exibindo com virtuosismo a qualidade do seu canto. Aos sábados, uma multidão se acotovelava na feira para ouvi-lo. Como o pai, Apolo virara repentista e cantava em versos seus lamentos. As mulheres se debulhavam em lágrimas, tamanho era o sofrimento que vazava de sua viola e de sua voz.

No dia do enterro de Abdon, chorei muito, lamentando os versos que não mais receberia em meus aniversários. Uma vez por mês Apolo passava lá em casa para receber um envelope que papai lhe entregava para ajudar no sustento da família. Brincava de nos reconhecer apenas pelos traços fisionômicos, o cabelo, a risada, as passadas. Transformou-se no maior repentista daquelas paragens, só perdendo em genialidade para o pai.

É a guerra, é a guerra...

Meses depois da morte de Abdon, outra tragédia aconteceu na cidade. A história principiou como um boato, de boca em boca alastrou-se como pólvora, e logo as mulheres largaram suas ocupações domésticas e saíram desembestadas, em bandos, para a beira da praia. Precisavam conferir a notícia que tio Bé e tia Suça espalhavam: vários corpos boiavam na orla junto com malas, sapatos, joias e demais objetos pessoais.

Eu fui com titia conferir o sucedido. Medrosa, evitei chegar muito perto e só de longe vi o amontoado de gente a chorar, rezar e discutir. Soubemos depois que os alemães haviam afundado um navio brasileiro bem na nossa cara. Minha tia afirma que naquele dia flagrou muita gente fina remexendo nas malas e se apossando dos bens dos mortos sem a menor cerimônia. Sempre que falava daquela tragédia, repetia que em tempos de combate o ser humano costuma liberar o aspecto mais sombrio de sua personalidade e fazer coisas de que até o Diabo duvidaria.

— É a guerra... É a guerra... — repetia, suspirando.

Com a chegada do Exército à praia, os curiosos foram afastados. Nós corremos de volta para casa e ligamos o rádio. O *Repórter Esso* interrompeu a programação para anunciar que diante da agressão o Brasil resolvera declarar estado de beligerância. Minha tia, ao tomar conhecimento de que o Brasil entrara na guerra, postou-se diante de seu oratório para fazer contatos com seus santos de proteção. Nos dias seguintes, três assuntos rechearam as rodas de conversa: o episódio dos afogados, a depredação da casa de um italiano — suposto traidor, aliado dos nazistas — e a convocação de tio Bé como integrante da gloriosa expedição militar.

Corajoso, nem por um momento tio Bé titubeou ao saber do ataque alemão. Sim, porque tanto ele quanto nossa população entenderam que a Alemanha inteira havia, intencionalmente, direcionado seus tanques contra nós. E o que se viu foi uma parcela da população apostando que algum espião entre nós orientava, pelo rádio, os torpedeiros alemães. Começou-se a conjecturar quem poderia ser o traidor. Não havia alemães nem japoneses, mas italianos eu me lembro de dois. O professor Genaro, homem de bem, sobre quem não pairava nenhuma dúvida com relação à sua lealdade, sendo ele próprio fugitivo da guerra; e outro que por lá se estabelecera e fizera fortuna. À falta de um raciocínio mais equilibrado, um bando de homens se dirigiu ao endereço do italiano rico e saqueou sua casa, queimando e destruindo tudo o que encontrou pela frente. Titia condenou os atos de vandalismo, culpando a guerra:

— A guerra libera a inconsequência do homem.

Para tio Bé, o importante era defender a cidade e a pátria pelos canais legais. Tomado pelo patriotismo, foi o primeiro pracinha a se alistar. Era seu dever. Destemido ele era. A única indecisão de tio Bé, sabiam todos, era com relação ao sempre adiado casamento. Rendeu-se, porém, à exigência de tia Suça para que oficializassem as bodas antes de sua partida para o campo de batalha. Ela rapidamente retirou do baú o vestido branco, tantas vezes reformado para se ajustar à sua crescente magreza. Fez num piscar de olhos as adaptações necessárias e, no dia anterior ao embarque do pracinha, casou-se na igreja, diante de poucas testemunhas. Assim, foi a guerra que fez de tia Suça mulher.

Sua lua de mel foi a mais curta de que se tem notícia. E na hora da partida, na plataforma da estação de trem, ela aos beijos entregou ao esposo um cachecol cinza que tricotara na madrugada insone, enquanto ele dormia. E lá se foi o pracinha. Partiu para o porto da Bahia, de onde embarcaria rumo à Itália para enfrentar o inimigo e combater no gelo, que só conhecia de oitiva, de ouvir falar.

Deixou plantado no ventre da mulher uma semente que não vingou. E enquanto tio Bé pelejava lá na Europa, aqui o medo tratava de infernizar nossa vida. Tia Suça acendia velas e mais velas em torno do seu oratório repleto de imagens. Em busca de notícias, as pessoas se reuniam em torno do alto-falante da esquina e dos poucos aparelhos de rádio, entre eles o do professor Genaro, o de tia Suça e o de papai. Até o final da guerra, vivemos ansiosos com a chegada de notícias, embora a vida insistisse em correr naturalmente. Minha aflição aumentou no dia em que, por volta das cinco horas da tarde, surgiu o inflável Zeppelin boiando no céu. A velha Iandara foi a primeira a avistá-lo e deu o alarme:

— Se abaixe, se abaixe que lá vem tiro. É a guerra… É a guerra…

Com os olhos arregalados, escondeu-se embaixo da cama, onde vovô tentou acalmá-la explicando que a guerra era longe, na Alemanha. Ela não acreditou. Ouvira os tiros dos alemães atacando a cidade. Dizem que os tiros existiram. Fora um exercício das forças de defesa, treinando a população para uma possível invasão. O pai de Das Dores subiu no telhado e o cobriu com palhas de coqueiro para reforçar a segurança. Surdos aos apelos de vovô de que aquela solução era inócua, muitos vizinhos imitaram Chico Pintor e ainda duplicaram as tramelas das portas e janelas, que viviam escoradas para evitar que a guerra entrasse.

Toda a população seguiu à risca o toque de recolher, anunciado pela sirene do Corpo de Bombeiros, pelo sino da catedral e pela estranha aeronave que sobrevoou a cidade por alguns dias, assustando a população. Por precaução, os moradores foram orientados a apagar as luzes, os pavios dos candeeiros e fifós e a molhar os tições dos fogões à noite para não atrair a atenção do fogo inimigo. Todo mundo se sentia vigiado.

Com medo dos tiros, a velha Iandara nos obrigava a andar abaixados até dentro de casa. Sair ao quintal tornou-se uma aventura perigosa. Ora, se eles conseguiram lá da distante Alemanha dar um tiro e afundar uns navios aqui pertinho da gente, tudo podia acontecer, comentavam os vizinhos com a ignorância forrada de medo. Meu pavor da guerra era abastecido com as histórias que o professor Genaro contava sobre as atrocidades que os alemães praticavam contra os judeus. Medo igual, só de Lampião.

Com o decorrer dos dias, a população compreendeu que a guerra acontecia muito distante dali, embora nos afetasse bastante, trazendo prejuízos para todos. Muita gente teve sua coleção de estampas Eucalol interrompida. As bandeiras da Alemanha, da Itália e do Japão foram tiradas de circulação e substituídas por cartões com a seguinte explicação batida à máquina: "Em virtude da Segundo Guerra Mundial, a bandeira alemã, série 10, número 1, da emissão de 1939, não foi impressa". A mesma explicação preenchia os espaços reservados à Itália e ao Japão. O cartão, assinado pelo responsável e com o carimbo da Perfumaria Myrta, trazia um erro de concordância que só titia percebeu: em vez de "Segunda", escreveram "Segundo". Mas bastou o Zeppelin desaparecer do céu para a vida voltar à normalidade. Retomamos as aulas, as festas juninas, os carnavais, os trabalhos. Só tia Suça, coitada, morria de paixão, suspirando pelos cantos. Não se alimentava direito e emagrecia mais ainda, aguardando com ansiedade qualquer notícia do marido.

Até que recebeu uma carta da Itália. Abriu a correspondência e ali mesmo, na soleira da porta, na frente do carteiro, caiu desfalecida, abortando o fruto peco que — não sabia — trazia no ventre. O pracinha estava no hospital. E nada mais esclarecia a curta mensagem. Tia Suça imaginava os tiros que o marido havia tomado. As poucas informações que chegavam davam conta da lenta recuperação do amado. Quando, finalmente, em agosto de 1945 foi anunciado o fim da guerra pelo rádio, a população correu às ruas, alguns ainda temerosos, mas a maioria eufórica.

Parecia um Carnaval fora de hora. Os mais exaltados comentavam que sem a ajuda dos nossos conterrâneos a guerra ainda se estenderia por muitos e muitos anos. Rebatemos a afronta sofrida com o destemor. Naquela noite, todos os lares se iluminaram, fizemos fogueiras nas ruas e confraternizamos, vitoriosos.

Findo o conflito, derrotado o inimigo, os pracinhas voltaram para o lar, e tio Bé, então primeiro-sargento, foi aclamado herói e alçado à categoria de subtenente. Mais magro, com olheiras profundas, ele exibia nas pernas as marcas dos tiros que tomara. Tiros que na verdade não o alcançaram, pois o pracinha, segundo se comentava à boca pequena, fora hospitalizado assim que chegara ao solo italiano, acometido de uma baita infecção intestinal. Infecção de lata.

Diziam que, ao se deparar com a novidade da comida americana enlatada, caiu de boca no feijão, e o resultado foi uma diarreia que o deixou fora de combate enquanto durou a guerra. Saiu do navio na maca direto para o hospital de campanha em Monte Castelo, e de lá embarcou de volta para casa ao final da guerra. Cheiro de pólvora, só de ouvir dizer. Ele sempre negou o boato. Mas minha amiga Das Dores acreditava piamente na história:

— Foi isso mermo. Ele ainda teve sorte, porque velho só morre de três "ca": caída, catarro ou caganeira.

Apesar das divergências, para mim tio Bé tinha a magnitude de um herói de verdade. Era com muita curiosidade que ouvia suas explicações sobre o "Senta a pua", símbolo e grito de guerra dos aviadores. Com orgulho de ser brasileira, eu cantava com ele: "Nós somos da Força Aérea Brasileira/ O nosso emblema é a águia altaneira/ Que há de ser grande, forte e varonil". Deliciava-me com suas histórias e feitos corajosos para reduzir a nação hostil a pó. Chorava com os versos do hino "Fibra de herói", que eu acreditava ter sido escrito para enaltecê-lo: "Se a pátria querida/ for envolvida pelo perigo/ Na paz ou na guerra defendo a terra contra o inimigo…".

Imaginava tio Bé ferido, numa maca, em meio aos ataques aéreos. Foi imbuída desse nobre sentimento que decorei a "Canção do expedicionário" e jamais esquecerei as estrofes: "Por mais terras que eu percorra,/ Não permita Deus que eu morra/ Sem que volte para lá…".

Por tudo isso, tio Bé mereceu ainda em vida uma estátua na praça, com direito a fuzil, capacete, cantil e tudo. Eu sei, porque vi. Estava em sua casa na hora em que o fotógrafo lambe-lambe bateu seu retrato com o uniforme de guerra, na mesma pose em que está o soldado na praça. A foto foi depois levada ao escultor que faria o monumento à paz. Depois de pronta, a estátua foi inaugurada no centro da cidade. No pedestal, escreveram HOMENAGEM AO SOLDADO DESCONHECIDO, mas eu sabia que esse herói era ele.

Na casa de tio Bé, eu passava horas admirando o quadro na parede com uma cobra pitando um cigarro e a senha em letras garrafais: A COBRA VAI FUMAR. Era o grito de guerra do Exército. Ouvindo suas façanhas, eu empinava o papagaio da imaginação. Meu coração disparava quando o tio subia na cadeira, retirava de cima do camiseiro uma lata retangular com a inscrição LEMBRANÇAS DA SEGUNDA GUERRA e exibia seus pertences usados na batalha. Colocava no meu pescoço a placa de identificação e, muitas vezes emocionada, eu bebi água no cantil amassado. Tesouros guardados à chave. Naqueles objetos, por sua ordem, ninguém botava a mão. Nem depois de sua morte tia Suça ousou desobedecê-lo. Às vezes, no impulso da saudade, ela apanhava a lata e ficava olhando-a, acariciando a chave, mas a lembrança do finado falava mais alto. O receio de violar a vontade do defunto vencia sua curiosidade.

E assim foi até que um dia, dez anos depois da morte do ex-combatente, ela decidiu doar o tesouro ao museu. Eu já morava fora e soube por meus irmãos que se deu o maior rebuliço no quartel. A Associação dos Expedicionários criara o Museu dos Pracinhas e fizera uma reunião solene para receber da viúva Açucena os objetos usados pelo finado subtenente Barnabé em solo italiano. Movimentando-se com lentidão, fragilizada pela idade, a octogenária chegou ao quartel num carro de praça. Com a mão esquerda carregava com dificuldade a pesada sacola e, com a direita, se apoiava em uma bengala. Dispensou a ajuda do tenente Josino, responsável pelo museu. Foi então conduzida à presença do coronel. Instalou-se na poltrona em frente à mesa militar, abriu a sacola e entregou as botas reluzentes e o uniforme de campanha do esposo. Ao tentar abrir a fechadura emperrada, a misteriosa lata escorregou de suas mãos, caindo em seu colo. O tenente Josino correu para segurar a lata e tomou uma bengalada na mão. Finalmente, tia Suça conseguiu abrir o relicário, de onde retirou o cantil amassado, a placa de identificação, o quadro da cobra fumando, a caneca... Com os olhos cheios de lágrimas, encontrou o cachecol que entregara ao marido por ocasião de seu embarque. Ao desembrulhá-lo... Surpresa! Com a mão trêmula, a doce senhorinha exibiu uma granada.

Histeria geral. Gritava o coronel, berrava o tenente, ambos com as armas apontadas para a cabeça da perigosa velhinha, exigindo que ela não se movesse. A porta da sala foi aberta a pontapés e a coitadinha se viu cercada de truculentos soldados armados. Era a guerra... Era a guerra que havia voltado. Tia Suça, acometida de uma crise nervosa, gritava e tremia balançando o petardo. Instalou-se o pavor. Rápido, tenente Josino iniciou a briga do puxa-puxa, tentando arrancar a granada da mão da viúva que, num ato impensado, jogou a bomba para o alto. Graças ao sangue-frio do tenente, o artefato foi recuperado ainda no ar. Desnorteados, os soldados exigiram que a viúva se jogasse ao chão, imobilizando-a. Embaixo da mesa, o coronel se borrara de medo.

Acalmados os ânimos, em meio a goles de água açucarada, chegou-se à conclusão bizarra: em sua mala, tio Bé trouxera da Itália, embrulhada no cachecol cinza, a confirmação de sua luta na Segunda Guerra Mundial — uma granada. Esse segredo ele manteve longe dos olhos de todos, inclusive de sua santa esposa.

Duas semanas depois, o coronel, em pessoa, esteve na casa de tia Suça, apresentou suas desculpas pelo incidente e a convidou para a última homenagem ao finado. Em solenidade de honra, no campo de tiros do quartel e na presença dos pracinhas sobreviventes, ocorreria a detonação da granada enferrujada. Ofendida, relembrando o alvoroço no quartel, tia Suça declinou do convite, encerrando o episódio. Para ela, naquele dia se teve a prova irrefutável de que o marido lutara brava-mente na guerra e derrotara o inimigo. Ele era, portanto, um verdadeiro herói. Eu também nunca tive dúvidas de que tio Bé era um herói da Segunda Guerra. Na escola, eu me vangloria-va de ter um tio expedicionário. Mas havia alguém que nunca perdia a oportunidade de desprezar o valor do ex-pracinha: era o menino albino, Wescley.

O menino albino

Wescley era mestre em me importunar. Não só chamava meu tio de mentiroso como urdia todo tipo de judiaria para me assustar. Foi o que aconteceu no episódio do xixi.

O recreio havia acabado e aguardávamos a professora dentro da sala. Eu estava distraída quando senti alguma coisa caindo no meu colo. Meu grito de pavor varreu a escola. O xixi escorreu. Sacudi várias vezes a saia deixando a calçola à mostra e levantei as pernas enquanto me debatia na cadeira. À minha frente, Wescley fingia surpresa, os olhos fixos em minhas coxas. Acompanhado de Bosco, o gorducho, ele sorria dissimulado, mexendo as sobrancelhas. Os demais colegas, os olhos esbugalhados do susto, afastaram-se de mim.

A professora entrou na sala e veio em minha direção berrando ordens que eu não compreendia, tal o estado de histeria em que me encontrava. Fui contida por vários sacolejos nos ombros e gritos para que me acalmasse. Fiquei paralisada, o coração acelerado. E ele ali, o olhar baixado nas minhas intimidades, tremelicando as sobrancelhas. Trouxeram-me água com açúcar. Não conseguia falar. Irritada, a mestra insistia em saber o motivo da gritaria. Incapaz de proferir uma palavra, chorando, apontei várias vezes para Wescley, que a essa altura já estava no fundo da sala e dava com os ombros, como se nada entendesse.

Tentei mostrar o que estava embaixo da carteira, mas a professora, ao perceber o xixi no chão, proibiu que Das Dores e Diacuí ficassem ao meu lado para me acalmar. Nem sequer viu a causa do meu desespero: os rabos de lagartixa que se retorciam na poça amarelada. Durante o resto do dia, assustada, mantive os pés cruzados no alto e o rosto enfiado na carteira, escondido entre as mãos, evitando olhar para o chão. No final da aula, relutei em sair com medo de encontrar os colegas lá fora. Das Dores, Diacuí, Hedno e Hedna me convenceram de que todos já haviam ido embora. Mostrei-lhes os rabos de lagartixa, agora inertes, que Wescley jogara em cima de mim. Sem nojo, Das Dores pegou os rabinhos na mão e me explicou que, embora parecessem ter vida, eles eram inofensivos, e que o albino só fazia isso comigo porque sabia do meu pavor.

Alheio à minha raiva, o albino continuou a me atormentar e a repetir que um dia eu ainda ia lhe agradecer. Era só esperar. De temperamento agressivo, andava armado de canivete, impondo o terror. Divertia-se matando passarinhos com baleadeiras que ele mesmo fazia com galhos de árvore e elástico. Debochava de todo mundo, distribuía apelidos. Falava muitos nomes feios. Roubava minha merenda e ainda saía mangando de mim:

— Godero disse que goderasse/ Comesse o dos outros/ E o seu guardasse.

Um dia, levei umbus para a escola. Na hora do recreio ele me pediu um e eu neguei. De repente, ele apareceu ao lado de Bosco, batendo um tambor de lata. Toda a escola, praticamente, vinha atrás deles. Fizeram uma roda em torno de mim e ele começou a cantar alto:

— Caga, rabada/ Que é tempo de umbu/ Pá fazer umbuzada/ Pá dona do cu.

Estava vingado. Bosco, com um cinto dividindo a gordura do tronco, tentou repetir a cantiga indecente. Das Dores o enfrentou apontando-lhe o dedo na cara:

— Cala a boca, saco de bosta!

A turma caiu de gozação em cima dele, e a partir desse dia Wescley passou a chamá-lo por esse apelido. Era assim o albino. E se reclamássemos à professora, repetindo o malfeito dele, quem ficava de castigo éramos nós, porque ele era peixinho dela.

Devido à peculiaridade de sua pele, ele só andava pela sombra. Para proteger os olhos do sol forte, vivia com as mãos arqueadas à altura das sobrancelhas e com desfaçatez olhava as pessoas por entre os dedos. Era comum também seu tique de piscar os olhos, principalmente quando estava matutando alguma presepada. Lembro-me do dia em que entrei na escola alardeando o presente que ganhara de vovô: uma presilha de madeira com dois buracos no meio. Era em formato de laço e vinha com uma haste para enfiar entre os cabelos.

A toda hora eu soltava e prendia os cachos, só para exibir a novidade. Wescley passou por mim e falou que eu estava muito bonita. Vencida pela vaidade, sorri. Ele perguntou se eu sabia o nome do objeto. E eu respondi que se chamava presilha. Aí ouvi:

— É pau na lasca! — E saiu gargalhando.

Outro episódio ficou marcado na minha lembrança. Havíamos sido liberados para o recreio, na escola, quando fui surpreendida pela gentileza de Wescley, que insistiu em me dar um presente como desculpa pela grosseria do outro dia. Só abri o saquinho de papel após a interferência de Das Dores. Eram balas de mel. Só isso. Naquela hora não dei muita atenção a um detalhe revelador: as unhas de Wescley eram cheias de pintinhas brancas, sinal de que mentia muito. Minha amiga, sem cerimônia, meteu a mão no saco, tirou algumas e começou a chupá-las. Encabulada por ter duvidado de sua boa intenção, agradeci o presente. Ele riu, eu ri e a harmonia se desfez com o conselho dado aos berros:

— O nome dessa bala é rasga-cu porque dá a maior caganeira.

A característica mais marcante dele era a fixação na palavra "cu". Com raiva, joguei o saco em cima dele. As balas caíram no chão e os colegas correram para apanhá-las. Na disputa, alguns se estapearam chamando a atenção da professora. O mentiroso adiantou-se e, com a maior cara lavada, reclamou com a mestra que me dera as balas de presente e eu jogara tudo na cara dele. Resultado: fiquei de castigo em pé ao lado do quadro. Na saída, quando se aproximou de mim, afastei-o com um chute na canela. O moleque saiu pulando num pé só, gritando:

— Ai, menina bruta!

Se porventura eu tivesse alguma dúvida de que aquele menino viera ao mundo só para me perturbar, a cada dia ele cuidava de desfazer essa minha indecisão. Parecendo ignorar minha rejeição, ele vivia sussurrando ao meu ouvido quando eu o empurrava:

— Menina braba, bruta e bonita. Cê ainda vai me agradecer, viu?

Em outra ocasião, eu estava com uma dor de barriga tão grande que sufoquei o medo e pedi a dona Escolástica a pedra para ir ao banheiro. Ela sempre me negava, mandando eu me aguentar. Naquele momento, respondeu mal-humorada:

— Pois não.

Eu insisti e ela deu a mesma resposta, enfatizando o "não". Voltei para minha carteira suando frio, entendendo a resposta como negação. Mas a barriga, libertina, deu o aviso: soltei um pum. Imediatamente, o branquelo Wescley, que, comentavam, gostava de mostrar a pinta para as meninas, cochichou no meu ouvido uma cantiga de safadeza:

— Essa Menina é do céu não se cria, tem um buraco no cu que assovia. Fiu!

Comecei a chorar e ainda fui advertida pela professora, pois o desarranjo na barriga me fez sujar a roupa e o fedor espalhou-se pela pequena sala. Fui mandada para casa imediatamente sob o olhar de nojo da professora. No dia seguinte, voltei à escola morta de vergonha. Eu queria morrer. Todos os coleguinhas me olhavam rindo, menos Diacuí, Das Dores e os mabaços Hedno e Hedna, que deram alívio à minha aflição. Na saída, Das Dores me entregou um ramo. Era um pedido de desculpas do albino. Não atinei para a trapaça que ele armara e recebi o ramo de dedais de ouro. Percebendo que me abrandara, ele perguntou se eu sabia o nome daquelas flores. Contente por poder demonstrar mais conhecimento, eu lhe ensinei o que havia aprendido com minha tia:

— As pessoas chamam dedal de ouro, mas o nome mesmo é alamanda.

Ele respondeu alto:

— Né, não. O nome dessa flor é Seu Cu, porque tem um buraco no meio.

E saiu correndo às gargalhadas, enquanto eu pisava nas flores. Das Dores tentava me acalmar:

— Deixe de ser brôca, Essa Menina, se você rir na cara dele, como eu faço, ele vai deixar de aborrecer você.

Eu discordava e ainda a recriminava por andar sempre na companhia daquele moleque. Um dia nós trocamos de mal porque ela me revelou, com a maior naturalidade, que vira Wescley sem roupa. Estava na casinha, no fundo do quintal, fazendo xixi, quando ouviu mexerem nas palhas de coqueiro que protegiam o buraco no chão. Olhou de soslaio e percebeu a cara desbotada do colega. Imediatamente abaixou a saia e saiu da casinha a tempo de flagrar o menino curioso. Perguntou o que ele queria, e ele revelou sem pudor que queria ver sua *pepela*. Ela então concordou, desde que ele primeiro mostrasse seu *pepeco*. Dito e feito.

Ele arriou a calça, ela riu, e quando chegou sua vez de levantar a saia, ela o botou para correr ameaçando chamar a mãe. Ouvindo a confissão, fiquei indignada. Passei uns dois dias evitando sua companhia. Até que ela tomou a iniciativa de fazer as pazes comigo, sob o pretexto de me orientar:

— É assim que cê tem que fazer, Essa Menina. Em vez de se aborrecer com o branquelo, cê tem que entrar no jogo dele. Ele faz safadeza? Cê faz também. Cê num sabe o que é sofrimento. Sofrimento é o que eu passo com mãe. Mãe, como diz o branquelo, é carne de cu de cobra. Se eu te contasse… Minha vida daria um romance.

Eu concordei com ela e, daquele dia em diante, juro que tentei conviver com Wescley. Só muitos anos depois compreendi que a agressividade do albino era um escudo de proteção. Sua tática era atacar antes de ser agredido. O que surtia efeito, pois ninguém jamais teve coragem de fazer qualquer alusão à peculiaridade de sua pele, nem de lhe colocar nenhum apelido. Sempre foi chamado pelo nome de batismo: Wescley.

Os irmãos mabaços

Entre as vítimas de Wescley estavam também os irmãos mabaços, Hedno e Hedna. Os gêmeos chegavam ao grupo escolar arrastando as alpercatas de couro cru, de cheiro forte, compradas na feira onde o pai vendia os porcos que criava. Sentavam-se na última carteira no canto da sala, calados, cabisbaixos. Magrinhos, os cabelos sararás denunciavam a miscigenação.

A sintonia entre eles era tamanha que, se um ficasse doente, o outro caía de cama, acometido do mesmo mal. Tinham o mesmo pensamento a respeito das coisas da vida, e quando lhes faziam alguma pergunta, respondiam ao mesmo tempo e com as mesmas palavras. Criados na pobreza, não tinham salamaleques na hora de comer. Desde que não faltasse farinha, tudo era banquete: miolo, buchada, tripa, rim, coração, mocotó, sarapatel. Eram gêmeos iguaizinhos. Dona Escolástica resmungava, rangendo os dentes:

— A cara de um é o focinho do outro.

Frase que Wescley adulterou para "a cara de um é o cu do outro". Quando a professora comentava, em português mais elegante, que Hedno era Hedna "encarnado e esculpido", o albino se apressava em traduzir para sua linguagem chula, provocando as crianças:

— Hedno é Hedna cagado e cuspido.

Fazendo ouvido mouco às piadas do albino, dona Escolástica seguia adjetivando a mim e aos meus amigos. Até ganhar meu primeiro dicionário, eu acreditava piamente que a palavra "simiesca" era um sinônimo de "gêmeos", porque era assim que a professora anunciava a presença dos mabaços:

— Aqui está a dupla simiesca.

E quando entrávamos na escola, sempre juntos, ela nos saudava com um riso torto:

— Chegaram os exemplares asininos!

Eu pensava que "asininos" significava "meninos" e até sorria, feliz.

Os mabaços moravam a cinco casas da minha, e diariamente, junto com Das Dores e Diacuí, saíamos para a escola fugindo de Wescley que, mal avistava os gêmeos, começava a gritar "có-có, có-có, có-có" e agitava os braços imitando galinha. Tudo porque uma vez Hedna inventara a ingênua brincadeira de matar uma galinha, como tantas vezes assistira aos adultos fazerem. Brincadeira da qual participei como plateia. Das Dores, coadjuvante, segurava uma tigela à altura do pescoço de Hedno, que seguia as ordens da irmã:

— Hedno, você deita de lado no chão. Aí eu piso em seus pés e em suas mãos, seguro seus cabelos, e aí quando eu bater no seu pescoço com o facão você grita "có-có", aí eu bato de novo e você grita "có-có, có-có, có-có"…

Hedna parecia pronta para dar o golpe fatal no pescoço de Hedno quando a brincadeira foi interrompida pelos gritos desesperados da velha Iandara. A tigela que Das Dores segurava era para colher o sangue. O grito assustador da velha chamou a atenção de dona Maria do Porco, recém-parida, que ali mesmo no quintal desmaiou. Foi a maior correria na vizinhança. Dona Esmeralda, grávida de oito meses, avisada da quase tragédia, chegou arfante ao quintal dos gêmeos e arrastou Das Dores pela orelha enquanto lhe aplicava socos nas costas, no rosto e na cabeça. Na rua, minha amiga soltou-se da mãe, que ao correr para alcançá-la tropeçou num tronco de árvore e caiu de barriga. Ao ver a mãe no chão, a menina se assustou e ficou paralisada.

Apesar da dor, a mulher ainda conseguiu se levantar e agarrar a filha pelos cabelos. Em casa, absolutamente fora do controle, a lavadeira catou cipó e deu uma surra em minha amiga com tanta violência que os vizinhos correram para acudir. Irritada, a mulher esbravejava, sem perceber que o sangue descia pelo meio de suas pernas e escorria também pelos cortes abertos no corpo da filha. Só foi contida por dona Tomásia, que imobilizou a lavadeira e livrou minha amiga de suas garras. Minha tia carregou Das Dores já desfalecida para casa, enquanto dona Esmeralda vociferava:

— Leve, leve esse demônio daqui e não me traga mais de volta!

Naquela noite, Das Dores dormiu na casa de minha tia, que lhe aplicou uns unguentos, cobriu suas chagas com folhas de bananeira e deu-lhe de beber chá de camomila. Ardia em febre. Diante do oratório, eu pedi a Jesus para curar minha amiga e confidenciei ao Filho de Deus que estava com ódio da lavadeira. Minha tia ouviu e me repreendeu:

— Pois tire esse ódio do peito agorinha mesmo, minha flor. Ódio é melodia para atrair o Satanás. É o jardim preferido do Demo. Não convém cultivá-lo.

Minha amiga gemeu a noite toda, fazendo coro com os gritos da mãe, que naquela madrugada trouxe às trevas dois meninos homens que nasceram mortos. Minha amiga, por ordens de vovô, ficou conosco uma semana até que a mãe destemperada se acalmasse. Mas a raiva da mulher mais se intensificava cada vez que olhava para a menina. Quando me lembro daquela surra, sinto calafrios por todo o corpo.

Hedna e Hedno ficaram de castigo por uma semana. Como se não bastasse todo esse sofrimento, a história da galinha espalhou-se pelas redondezas, acabando com o sossego dos gêmeos que nunca mais foram chamados pelos nomes e passaram a carregar o apelido de Cocó. Dona Escolástica, do alto de seu saber, rebatizou-nos de Energúmenos, e só assim passou a nos dirigir a palavra.

Aos domingos e feriados, os mabaços acordavam de madrugada, vestiam os aventais brancos e seguiam com a família para a feira. Com a cidade dormindo, poucas pessoas assistiam àquela procissão. O pai Simeão (mais conhecido como Sarará) ia à frente, carregando um porco nas costas. Atrás dele vinha Heródoto, o filho mais velho, com a barraca nos ombros; Hipólito, o segundo, com o saco de carvão na cabeça; Hiroíto, o terceiro, equilibrava nos ombros um pedaço de pau onde pendia em cada extremidade um fogareiro de lata; Horácio, o quarto, vinha com os instrumentos de corte: facas, facões, machados, machadinha; Hilda, a quinta, trazia duas panelas grandes; Helena, duas caçarolas; os gêmeos Hedno e Hedna (que ele fez questão de registrar assim mesmo) vinham de mãos dadas repassando em voz alta a tabuada: "Um mais um, dois, um mais dois, três, um mais três, quatro…".

Hermengarda, Hermenegildo e Hermógenes, por serem os menores, eram aliviados de cargas. Um ato de justiça com os pequeninos, que já arrastavam com dificuldade o peso dos próprios nomes. Por último, como a tocar uma boiada, vinha a mãe, fateira conhecida como dona Maria do Porco, porque recolhia diariamente das casas dos ricos restos de comida para fazer a lavagem para os animais. Trazia ao colo o recém-nascido, Hermes.

Na feira, armavam a barraca e, depois de esquartejado o porco, dona Maria recolhia alguns miúdos com os quais preparava o famoso sarapatel, disputado pela freguesia. De vez em quando parava para dar de mamar ao filho recém-nascido. Às sete horas, quando começavam a chegar os primeiros clientes, os irmãos mais velhos se ofereciam para trabalhar de carrego e os menores cochilavam na cama improvisada ao lado da barraca.

Foi nesse ambiente que os mabaços aprenderam desde cedo as quatro operações, equilibrando na balança os pesos de quilo, meio quilo, cem, cinquenta, duzentos, 250 gramas, e fazendo a imediata conversão em dinheiro. Aprenderam também a ler hora, hora e meia, hora e quinze, hora e dez, hora e cinco, hora e um minuto… Por volta das nove horas, quando o movimento aumentava, os irmãos formavam uma meia roda e os gêmeos iniciavam o espetáculo circense: jogavam capoeira, davam cambalhotas virando mariascombonde, faziam estrelas lançando as pernas para o alto. Até caminhavam com as mãos. O momento mais aguardado pela plateia era quando respondiam aos desafios de aritmética. A família faturava um dinheiro extra passando o chapéu entre os presentes.

Dotados de uma memória prodigiosa, eram um sucesso em contas de cabeça, sem precisar usar os dedos. Traziam tudo na ponta da língua. Sabiam até fazer mê-mê-cê e mê-dê-cê. Destrinchavam o chamado carroção, as contas com somas, diminuições, multiplicações, divisões, frações, entre parênteses e colchetes. Compreendiam com muita facilidade a ideia de um dividendo, divisor, cociente, minuendo, subtraendo, diferença, avos, potência e números primos.

Mas a professora implicava com eles, para alegria da turma. E naquele sábado ela estava especialmente má. Era sua última aula. Saíra sua aposentadoria, e dona Graça Eufrosina, sua filha, assumiria a turma. Para comemorar sua despedida, a velha escolhera como alvo os mabaços. E o tema da sabatina, em vez de aritmética, foi o português, lição antiga, do bê-á-bá, o calcanhar de aquiles dos irmãos. Quando dona Escolástica chamou Hedno, Wescley gritou "Cocó!" do fundo da sala. Do outro lado, Bosco respondeu "có-có!", e a sala toda desabou num riso incontrolável, intercalado por mais gritos de "có-có, có-có, có-có!". De pé, Hedno submeteu-se à inquisição:

— Abra a cartilha na segunda página e comece a ler. Vamos ver se já aprendeu…

— Bê, a, bá; bê, é, bé; bê, i, bi; bê, ó, bó; bê, u, bu..

— Prossiga…

— Cê, a, cá; cê, é, qué; cê, i, qui; cê, ó, có; dois pontinhos.

— Agora feche a cartilha e diga de cor as consoantes!

— Bê, cê, dê, fê, guê, agá, i, ji…

Sem disfarçar o sorriso de vitória, a professora se levantou da cadeira agitando a palmatória:

— Errou, errou, falou o "i", falou o "i"…

Franzindo a testa por cima dos óculos, encarou o menino e veio como um touro ensandecido em sua direção. Ele evitava olhá-la diretamente nos olhos e fixou a vista nos sulcos de sua pele seca, açoitada pela idade. As fendas do rosto lembravam o chão batido em tempos de seca braba. Ou um maracujá maduro. Na frente do menino, anunciou a supervisão da higiene. Puxou-lhe as orelhas, examinou os dentes cheios de fiapos de manga e as mãos e braços marcados pelo caldo da fruta saboreada no recreio. Trincou os dentes e, enquanto aplicava as palmadas em suas mãos, xingava o menino, puxando pelos erres:

— Enerrrrgúmeno. Menino sujo, porrrrco. Dez palmadas pelas consoantes erradas e mais dez pela falta de higiene.

Os colegas, incentivados por Wescley, acompanhavam o castigo, entre assobios e gritos.

Terminada a sessão de bolos, Hedno foi para o lado do quadro-negro, onde permaneceu de braços abertos, de frente para a turma, até acabar a aula. Ao final daquele dia, dispensados os alunos, dona Escolástica rodopiou pela sala vazia, feliz. Sentou-se na cadeira, retirou da gaveta o pó de arroz, o *Adoremus* — manual de orações e exercícios piedosos — e a fita das Filhas de Maria que dobrou com cuidado dentro da bolsa. De olhos fechados, deu um suspiro profundo e se levantou. Nisso, uma pedra atravessou a janela aberta e bateu com força em sua testa. Ainda cambaleante, com o sangue escorrendo pelo rosto, ela ouviu uma vozinha infantil, maldisfarçada:

— Fessora, cara de maracujá véio... Cara de cu!

Nunca descobrimos o autor da pedrada, mas dava para desconfiar do albino. No dia seguinte, os mabaços foram proibidos de entrar na escola. Levaram para o pai o bilhete azul com os motivos da expulsão. Após ler a folha, o homem a amassou, e zuniu no monturo argumentando que filho de pobre não precisava mesmo estudar. Precisava trabalhar. Algum tempo depois a família se mudou para longe. Meu contato com os mabaços foi ficando cada vez mais espaçado, até sumir de vez.

Senti muita falta dos meus amigos. E para sempre me lembrarei dos olhos cor de mel dos mabaços. Eram ouro só. Quando brilhavam de alegria, mais pareciam duas tigelas de rapadura mole fervilhando no fogo.

Chupa-osso

Rapadura era a merenda preferida de Das Dores. Minha amiga sonhava com o dia em que teria seu próprio dinheiro para comprar tantas barras de rapadura quantas sua fome exigisse. A oportunidade surgiu quando ela, meninota ainda, ganhou de dona Filomena, cliente da mãe, um pente de ferro para alisar cabelos.

Não que a freguesa fosse boazinha e quisesse fazer uma gentileza à filha da lavadeira. É que a mulher, na ganância de ganhar dinheiro, decidiu abrir um salão no quintal da própria casa. Esperava fazer freguesia atraindo as negras de cabelos encarapitados, que sonhavam com cabelos lisos. Para isso comprou na Bahia o pesado pente de passar ferro nos cabelos.

Acontece que dona Filomena resolveu testar o pente bem na cabeça de minha amiga quando ela, com o cabelo em desalinho, todo ouriçado, entrou em sua casa para entregar a trouxa de roupa lavada. O resultado não se pode dizer que foi ruim. Alisar o cabelo, ela alisou. Ficou que nem cabelo de branco. Só que a desajeitada cabeleireira acabou queimando os próprios dedos e ferindo o couro cabeludo e as orelhas de Das Dores, que chorou muito, ameaçando contar à mãe. Assustada, a mulher, a título de compensação, deu o tal pente de presente à garota.

Minha amiga, que era muito inteligente, prestara atenção a todos os procedimentos: separar o cabelo em pequenas mechas, aquecer o ferro na temperatura certa e pentear mecha por mecha, tendo o cuidado de não se aproximar muito do couro cabeludo. Naquela tarde, ao entrar em casa com os cabelos esticados, encheu de inveja as irmãs e a mãe, e acabou sendo obrigada a alisar os cabelos de todas elas uma vez por semana. Apanhava da mãe, sempre que sua mão deslizava e queimava o couro cabeludo da mulher. Dona Esmeralda dizia que ela ficava remanchando de propósito. E que queimava seu couro, suas orelhas, de ruim que era. Das Dores jurava que era sem querer, mas apanhava mesmo assim e, ainda chorando, terminava de espichar os cabelos da lavadeira.

De tanto treinar e apanhar, acabou aprendendo direitinho o ofício. Agitava as mãos com rapidez, fazendo tilintar as pulseiras e os braceletes. Esse aprendizado lhe trouxe duas coisas boas: pôs fim à praga de piolhos que infestava a família e lhe deu uma ocupação. Com o dinheiro do trabalho de cabeleireira, ajudava a mãe nas despesas. Colocava uma parte no mealheiro de barro que mantinha em um esconderijo secreto, mas deixava sempre uns trocados para comprar rapadura nas bodegas e feiras. Assim, podia matar o desejo de comer o doce sempre que quisesse.

E o beiju molhado que a mãe de Diacuí fazia? Com a voracidade que só a fome traz, minha amiga, com grandes dentadas, engolia a massa adocicada espalhada na folha de bananeira e lambia a palha verde até deixá-la brilhando. Foi por essa época que Diacuí começou a faltar muito às aulas. Tinha que ajudar os pais a vender os produtos que faziam. Saía pelas ruas com os irmãos, montada num burrico com dois caçuás cheios de beijus, mas antes deixava alguns para mim e para Das Dores.

Dos pratos salgados, Das Dores adorava a sopa de mocotó. Dona Esmeralda, sempre que ia à feira, ganhava alguns ossos do dono do talho. Em casa, temperava o mocotó com folhas de manjongome. O caldo forte era servido e minha amiga sempre recolhia as sobras dos pratos dos irmãos. Quando saíamos para brincar, ela carregava os ossos nos bolsos do vestido, e enquanto jogávamos se distraía chupando o tutano. Suava muito, mas suava feliz. Às vezes lhe dava até fraqueza e ela sentava no meio-fio para respirar fundo, mas, tão logo se recuperasse, atracava-se de novo com os pedaços de ossos.

Qualquer comida era bem-vinda ao seu paladar. Tripa, por exemplo, que eu odiava, ela comia de lamber os beiços.

Um dia eu a acompanhei até sua casa, quando a mãe a chamou para o almoço. Fiquei encostada no canto e vi a lavadeira se aproximar com um alguidar repleto de bolinhos de feijão, tripa frita e farinha. A mulher arrumou os filhos em círculo, no chão, colocou o prato no meio da roda e ordenou que comessem. Das Dores foi a primeira a se alimentar. Começou ali mais uma disputa pela comida. Movimentos rápidos: um bolo na boca, um bolo na mão, a outra mão no prato; um bolo na boca, um bolo na mão, a outra mão no prato... A boca sempre cheia. Até que restou o último bolo. Das Dores foi mais rápida e o arrebatou, gritando:

— Esse é meu, Cosma!

Mal levantou a vista, percebeu um cascudo voando em sua direção. Ainda teve tempo de desviar a cabeça e receber o cocorote dos dedos magros da mãe bem no meio da testa. Acarinhando a própria cabeça, engoliu o último bolinho de comida, junto com a recriminação materna:

— Num fale de boca cheia, sua peste. A fessora não te dá educação, não? Sai, sai pra longe de mim.

Puxando-me pela mão, correu para a rua, sorrindo, como se nada tivesse acontecido. Minha amiga era assim: de barriga cheia, aguentava tudo. Adorava comer jaca e fazer competições para ver quem ficava mais tempo com a boca colada do visgo da fruta. Sempre recolhíamos os caroços numa panela grande para titia cozinhar com sal. Minha amiga comia os caroços ainda quentes, irritando a velha Iandara, que a chamava de esgulepada. Eu admirava sua capacidade de driblar a dor, jogando os caroços de uma mão à outra enquanto soprava a mão livre. Fazia o mesmo com as castanhas de caju que minha tia assava.

E quando a comida era galinha? Nossa, ela avançava nos pés e asinhas e pescoço, explicando que, enquanto os irmãos brigavam pelas partes nobres da ave, ela não perdia tempo com frescuras. Depois de comer toda a carne, passava horas mastigando os ossinhos. Era sua distração e pouco se importou quando Wescley a apelidou de Chupa-Osso. Nos dias de calor, quando as formigas voadoras apareciam no céu, ela era a primeira a sair à rua com uma panela. Perseguíamos as formigas pretas de bunda grande cantando "Cai, cai, tanajura, na panela da gordura".

Das Dores dizia que a mãe fritava as formigas na banha de porco e servia à família com farinha. Garantia que era um prato muito saboroso. Wescley até que tentou apelidá-la de Tanajura, em alusão à sua forma calipígia, mas o apelido não pegou porque ela reagiu com deboche, batendo no bumbum:

— Sou Tanajura mesmo, mas essa tanajura aqui não é para o seu bico, não, viu?

Quando corríamos pelas ruas a brincar, ela sumia e minutos depois aparecia com as mãos cheias de oitis, gragerus, maçarandubas, jambos amarelos, carambolas, mangabas, pitombas…

Não sei explicar como, mas Das Dores, apesar de comer tanto, tinha o corpo esbelto, elegante como uma rainha do Congo. Onde escondia tanta fome? Um dia, ainda criança, ela contou um segredo para mim e Diacuí, e pediu que nunca revelássemos para ninguém. Prometemos, cruzamos os dedos e ouvimos sua confissão. Responsável por cuidar da irmã menor, era dela a incumbência de trocar as fraldas sujas, dar banho, pôr para dormir e dar a mamadeira do bebê. Acontece que Das Dores bebia metade do mingau e corria para a bica do quintal, onde completava o frasco com água. Dona Esmeralda nunca descobriu.

Por conta dessa fome descontrolada, minha amiga vivia mastigando. As mangas, por exemplo, tinham uma sobrevida maior em suas mãos. Saboreá-las era um ritual. Primeiro batia a fruta ainda com a casca na parede, até que a polpa virasse um caldo. Depois dava uma mordida na extremidade mais fina e sugava o caldo, com o mesmo prazer com que um bebê sorve o leite materno. Depois de comer a fruta e a casca, passava horas lambendo o caroço até que ele estivesse branquinho, branquinho. À mesa, na hora das refeições, pedia aos irmãos:

— Se não quiser, me dê.

Adorava as festas juninas, quando a comida ficava em exposição nas mesas montadas nas ruas e ela podia comer à vontade. No dia de Natal, esperava ansiosa o convite de mamãe para provar os pratos e ainda levava muitas iguarias para casa. Em Papai Noel, porém, ela não acreditava, porque logo cedo descobriu que o velhinho da praça era Edélzio, motorista do prefeito, que ganhava um dinheirinho extra para usar a barba postiça e a roupa vermelha.

Um dia, aborrecida porque não recebera nenhum brinquedo, pois seu nome nunca estava na lista dos funcionários da prefeitura, resolveu seguir o bom velhinho até a casa dele. Flagrou o mulato, ainda com a fantasia, no exato momento em que lavava o pó branco do rosto. Perplexa, arregalou os olhos, chamou-o de mentiroso e saiu de lá escorraçada pelo homem que lhe prometeu uma surra caso contasse o segredo a alguma criança.

Nunca mais correu atrás do Papai Noel e ainda dava a língua e fazia caretas quando ele desfilava no carro enfeitado. Para ela, bom mesmo era o período de eleições, quando os candidatos faziam farta distribuição de roupas, sapatos, óculos, dentaduras e, principalmente, pratos de comida e doces, muitos doces. Chico Pintor botava a família toda para trabalhar para o candidato que pagasse mais. Das Dores percorria as ruas da cidade distribuindo papéis com os nomes dos candidatos e sorria, feliz:

— Adoro eleição!

Calçolas de madrasto

Tempo de eleição lá em casa também era um acontecimento, mas por outros motivos. A casa toda ficava com cheiro de tinta, deixando-nos num estado de delicioso torpor. Guardávamos embaixo das camas várias latas de tinta de um vermelho fascinante. Os amigos de papai chegavam à noite, sorrateiros, a cabeça baixa protegida por um chapéu, esgueirando-se pelos becos até alcançar nossa porta.

Nós, crianças, ficávamos atentas às três batidas secas na porta, seguidas de duas mais esparsas. Era a senha e corríamos para abrir. Dentro de casa eles se desvencilhavam dos paletós escuros e dos chapéus e nos elevavam no ar entre risos abafados de cumplicidade. Cumplicidade alimentada com nossas guloseimas preferidas: troncos de alfenins, pedaços de quebra-queixo, colares de coco de adicuri e buquês de roletes de cana que guardávamos para a merenda na escola.

Foi quando descobri que papai, seu Castelar, seu Ari e seu Isaac, o dono da loja de tecidos, eram comunistas. As muitas viagens de papai eram, na realidade, disfarces para participar das reuniões do PCB. Desse grupo se destacavam o mestre Genaro e sua *moglie* Giulietta, como ele chamava a esposa. Refugiados da Segunda Guerra, foi com eles que aprendi inglês, francês, italiano e música. De graça.

Foi assim: uma noite, o professor Genaro chegou lá em casa, e eu comecei a me exibir falando francês e cantando *Funiculí, funiculá*. O italiano, entusiasmado com a minha facilidade para decorar, comunicou a papai que me ensinaria italiano, piano, violão e canto orfeônico. Ele dizia que eu possuía memória de elefante. Atenta à sua batuta, incorporei ao meu vocabulário palavras como *aria, adagio, allegro, sostenuto, andante moderato, presto agitato.*

Aluna curiosa, ouvido privilegiado, tinha talento para a música, é verdade, mas me faltava a vocação para seguir carreira, como o tempo revelou. Dona Giulietta completou minha formação com aulas de inglês e de francês. Aulas que não eram suspensas nem quando papai era levado para a prisão, ocasião em que eu fazia o papel de pombo-correio, levando e trazendo mensagens cifradas sobre a situação dos presos. Informações que ele e a mulher se encarregavam de repassar aos demais companheiros.

Durante toda minha infância e adolescência, convivi com soldados batendo à nossa porta. Corríamos para esconder, entre os caibros do telhado, os documentos e livros proibidos. Primeiro foram os exemplares de *Guerra e paz*, de Liev Tolstói, *Humilhados e ofendidos*, de Fiódor Dostoiévski, e *A mãe*, de Maksim Górki, que papai ganhara de presente do professor Genaro. À medida que eu era alfabetizada, tentava decifrar os títulos, fascinada pelas letras e impaciente para descobrir o conteúdo perigoso daqueles volumes. Até papai ser libertado, ficavam empilhados nos caibros *O manifesto comunista*, de Marx e Engels; *Sobre os fundamentos do leninismo* e *Materialismo histórico e materialismo dialético*, de Stálin; *ABC do comunismo*, de Bukhárin. A cada ano surgiam mais livros. *Esquerdismo, doença infantil do comunismo*, de Lênin, além de *Princípios fundamentais do marxismo*, de Plékhanov. Nomes complicados para mim. Depois apareceram dois livros com dedicatórias dos autores a papai: *Vidas secas*, de Graciliano Ramos, e uma edição em espanhol de *O Cavaleiro da Esperança*, de Jorge Amado.

Em busca desses objetos comprometedores, os policiais invadiam nossa casa a qualquer hora do dia ou da noite. Nunca encontraram nada, mas sempre levavam papai preso. Um alvoroço. Angústia e dor. E não podíamos desabafar com ninguém. Histórias sobre prisões, torturas, atrocidades chegavam até nós abafadas, entre lágrimas e muita melancolia. Visitas à penitenciária. Romarias à casa dos juízes para pedir a libertação dos presos. Sofrimento. Minha tia ajoelhada em frente aos seus santos. O tempo ia passando, eu crescendo, a quantidade de livros aumentando e a cena se repetindo.

O professor Genaro, enquanto papai estivesse preso, nos levava semanalmente uma bolsa de mantimentos. Foi ele, com seu sotaque forte, quem nos ensinou a cantar os versos que amenizavam os estragos da chuva no telhado de nossa velha casa:

Cai a chuva na goteira: pingo, pingo, pingo, pingo
Chove o dia e a noite inteira: pingo, pingo, pingo, pingo.
Já molhou a minha esteira. Começa pelo domingo
E acaba na quarta-feira: pingo, pingo, pingo, pingo.

Os companheiros, livres da prisão, voltavam às mesmas atividades clandestinas: faziam reuniões lá em casa, pintavam faixas com palavras de ordem e denúncias à população sobre a real situação do país e dos presos, convocavam o povo a votar nos "nossos" candidatos.

Protegidos pela ingenuidade, vivíamos momentos felizes em meio à apreensão dos adultos. Mas, no melhor da farra, um adulto sempre chegava para acabar com a brincadeira e, em tom solene, nos explicava pela milésima vez a gravidade da situação. Não podíamos falar a ninguém sobre o que se passava lá em casa, quem nos visitava, o que falavam, o que faziam. No começo não entendíamos muito bem, mas acatávamos a ordem com responsabilidade de adulto. Cresci nessa rotina. Minha tia elogiava minha discrição, mas me amedrontava ainda mais:

— Cuidado, Essa Menina, as paredes têm olhos e ouvidos.

Quando, exaustos, nossos corpos de criança se entregavam ao cansaço, caíamos no sono, vigiados pelas três fotos encaixadas no espelho da penteadeira. Cresci ouvindo a triste história da mãe grávida entregue à maldade de Hitler; da avó heroína, que viveu para libertar a criança; do pai aprisionado por Getúlio e do assassinato da mãe em um campo de concentração lá na Alemanha. Odiei a palavra concentração.

Eu não compreendia tanta maldade. Que ameaça poderia representar um ingênuo bebê, que nem sequer sabia falar? Minha cabeça ainda vazia de compreensão entrava em pânico, afinal, aquela menina era do meu tamanho. Igual a mim. E eu temia por minha integridade física. Sei lá, qualquer dia Getúlio podia cismar de me prender também por ser criança. Eram esses os retratos comprometedores que mamãe escondia atrás do quadro da Sagrada Família quando a polícia batia na porta.

Em um pesadelo recorrente eu via imensas orelhas e pupilas dilatadas ganhando vida, desprendendo-se das paredes do quarto e tentando me alcançar. Eu corria e, de vez em quando, arriscava olhar para trás. Enxergava, no meio da escuridão, o crescente pelotão de orelhas e olhos fardados de policiais. Corria, corria, corria, mas não saía do lugar. De repente, a salvação. O vulto de papai envolto em faixas brancas surgia à minha frente carregando uma lata de tinta vermelha em cada mão, evocando a imagem da Justiça. Eu estendia as mãos em sua direção, mas ele passava por mim, indiferente. Quando o alcançava, ele se voltava lentamente, mas não me via nem ouvia. Haviam arrancado seus olhos e cortado suas orelhas. O sangue escorria pelas faixas brancas, deixando um rastro vermelho pelo caminho. Eu gritava, mas o som ficava preso em meu peito. Papai seguia em direção à praia e desaparecia num mar de faixas vermelhas. Eu mergulhava em sua direção e me enroscava nos panos, afogando-me num mar quente de sangue. Ouvia gritos, vultos difusos que tentavam me salvar.

Acordava no chão, me debatendo numa poça de xixi e sufocada pela coberta de madrasto. Mamãe me trazia água com açúcar. Refeita do susto, envergonhada pelo vexame, negava-me a contar o pesadelo dizendo não me lembrar do sonho. No dia seguinte, a caminho do grupo escolar, passávamos pelas faixas pintadas de vermelho estendidas entre os postes e trocávamos olhares de cumplicidade. Na escola, éramos obrigados a ouvir as palestras do noivo da professora, dona Graça Eufrosina.

Um dia, ele iniciou a conversa condenando a quantidade de faixas comunistas espalhadas pela cidade. O sargento discursava caminhando de um lado ao outro da sala. Com pisadas fortes, passeava entre as carteiras, fixando-nos com os belos olhos verdes. Eu o achava um príncipe naquela farda. Ele dava paradinhas, sustentava o corpo na ponta dos pés, batia os calcanhares com força. Sob o olhar embevecido da noiva, alertava-nos do perigo iminente:

— Minhas queridas crianças, o perigo ronda nossos lares! Nossa cidade amanheceu hoje conspurcada pelo terror comunista. Fomos mais uma vez vilipendiados, vítimas de um tríplice atentado, uma grave ofensa a DEUS, à PÁTRIA e à FAMÍLIA. Quem aqui souber de qualquer coisa de algum vizinho, amigo ou mesmo parente, é obrigado por lei a contar para a professora, guardiã da ordem e dos bons costumes, mola mestra da educação, esteio da nação. Essas faixas são um crime de lesa-pátria, ato infame de comunistas que comem criancinhas.

Eu disfarçava a ansiedade e meu peito se dividia entre medo e orgulho.

Na praça dos meus carnavais, assisti a várias manifestações políticas. Uma multidão esteve lá para ouvir o Cavaleiro da Esperança. Dessa não me lembro de quase nada, só dos gritos e dos aplausos do povo. Um grupo não menor de opositores lotou o mesmo espaço para ouvir críticas ao líder comunista, dias depois. Dessa vez, fomos apenas eu e minha tia. Segundo ela, era importante comparecer pelo menos para testemunhar os fatos históricos, afinal, a cidade amanhecera coberta de papéis convidando a população para o comício. Dizendo-se decepcionado com Prestes, o político autor da convocação proferiu a frase que nunca mais saiu da minha cabeça:

— Os homens são como as montanhas. Vistas de longe, são lindas, altaneiras, inexpugnáveis; de perto, que decepção.

Findas as eleições, os companheiros de papai cumpriam um acordo de anos: recolhiam de madrugada tantas faixas quantas pudessem carregar, inclusive as do partido adversário. Traziam aquele tesouro na calada da noite para nossa casa a fim de fazerem a partilha entre as famílias mais necessitadas.

Com a parte que nos cabia, mamãe recortava as letras e enterrava aquele alfabeto colorido no quintal para que ninguém soubesse a procedência do tecido. As sobras eram cortadas em tiras, quadrados e círculos dos mais variados formatos, aproveitando ao máximo o tecido. Uma parte era lavada e alvejada com pedra anil. O restante era tingido com diferentes cores.

Com o ferro em brasa, mamãe alisava e separava os pedaços de pano pelo tamanho. Sob sua coordenação, aprendemos a alinhavar as bordas dos pequeninos círculos e franzir os pedaços de pano para dar forma a várias rodilhas que eram costuradas umas às outras num lindos quebra-cabeças de fuxicos. Lanchávamos colares de pipocas que ela pendurava em nossos pescoços.

As colchas de tacos, as mais difíceis, com tecidos retangulares, eram feitas por minhas irmãs mais velhas. Nos retalhos maiores mamãe debuxava os moldes e criava blusas em decote V, decote redondo, decote quadrado, decote canoa. Ela criava modelos exclusivos para nós. Eram boleros, elegantes vestidos de alcinhas, de mangas curtas, compridas, três quartos, de babados, e a moda do momento: vestidos conhecidos como "Chang Kai-Chek", por serem arremedos das golas e mangas orientais.

Chamávamos a atenção de todos com as saias de prega fêmea, de prega macho, outras plissadas, franzidas, godês, evasês, justas. Ela fazia ainda panos de cuscuz, coadores de café, lenços, paninhos higiênicos e calçolas. Muitas calçolas. Sempre com nossos códigos bordados, para que não as confundíssemos. Nas calçolas especiais, para usar "naqueles dias", os mesmos códigos se repetiam. Com esse recurso, quando as peças estivessem expostas na corda para secar, os estranhos não saberiam quem estava no período menstrual. Durante anos eu insisti em mais explicações sobre esse mistério e a razão de eu não receber os tais "paninhos".

Mamãe não era nada esclarecedora. A decência proibia que se tocasse em assuntos tão íntimos. Enquanto eu vivia cheia de dúvidas a respeito da vida, ela seguia costurando os retalhos de madrasto. Para disfarçar as emendas, fazia todo tipo de bordados, aplicava babados de tule, acabamentos em bico inglês, sianinha, sutache, gorgorão, galão, gripir. As roupas mais bonitas eram feitas com as sobras dos vestidos que fazia por encomenda para as senhoras mais abastadas. Misturava madrasto com algodão, anarruga, tule, cassa bordada, cetim, seda, tafetá, organdi, e aplicava nas emendas vidrilhos, miçangas, paetês, pérolas...

Bordadeira primorosa, ela nos iniciou na meticulosa arte do bordado. Quando alcancei os nove anos, idade que julgou apropriada para o delicado manejo das agulhas, também ganhei meu conjunto de bordar. Dentro de uma caixa de pindoba havia um pequeno bastidor, uma cartela ainda lacrada com uma fileira de sete linhas nas cores do arco-íris, uma caixinha com agulhas para cada tipo de bordado, um par de agulhas de tricô, uma agulha de crochê, um novelo de lã e a pequena almofada com meia dúzia de bilros já instalados.

Comecei meu aprendizado fazendo tranças de bilros, bainhas de lenços. Sentávamo-nos em volta da mesa para bordar em pesponto, ponto de cruz, ponto cheio, ponto-atrás, ponto de sombra, rococó, ponto em cadeia, vagonite, crivo, caminho sem fim. Aprendíamos a fazer debruados, caseados e chuleados. Depois era só lavar as peças e engomá-las, enxaguando-as na água dissolvida em goma de tapioca. A última etapa era passá-las a ferro.

Personalizando cada precioso pedaço de pano, ninguém jamais descobriu que vestíamos faixas de candidatos feitas com tecido barato. Essas lembranças me chegam truncadas e para cada fato relembrado outros vêm numa enxurrada sem fim, e eu fico a brincar de esconde-esconde com o passado.

Tomara que não chova!

Lá na raiz da minha infância me lembro do dia em que acordei com os gritos das crianças na rua: era o circo que havia chegado. Uma fubica e um caminhão velho, sujos de poeira, transportavam todos os artistas e, para alegria da criançada, o macaquinho do realejo, que tirava a sorte da gente. Na traseira da fubica, em letras manuscritas, lia-se o aviso: MANTENHA LONJURA! Um anão percorria as ruas chamando a meninada para levantar a lona já toda furada. Prometia entrada gratuita àqueles que o ajudassem. Rapidinho o circo se armava, e no dia seguinte aguardávamos o cortejo pelas ruas. Abrindo o desfile, o homem das Pernas de Pau agitava o cartaz: EL GRAN CIRCO CORRIENTES. A seguir, o dono do circo, com falso sotaque espanhol, anunciava com estardalhaço o que seria *El mayor espectáculo de la Tierra*.

Atrás do carro vinha o anão fantasiado de soldadinho de chumbo e tocando um instrumento complexo. Vestia umas alças de couro com várias hastes de ferro. As mais compridas, presas em cada lado da cintura, sustentavam o bumbo à frente de sua barriga. Na parte traseira dos ombros, duas outras se inclinavam para trás com um prato em cada ponta. Duas cordas ligavam estes pratos aos calcanhares do homenzinho. Tinha ainda no pescoço um colar de ferro onde equilibrava uma gaita de boca, projetada à frente, na exata altura dos seus lábios. A cada passo do homúnculo, os pratos batiam. Quanto mais rápido ele andava, mais barulho fazia, atraindo a atenção da criançada. Com seu saiote colorido e rodopios que roubavam suspiros dos homens, vinha a bailarina equilibrista. De malhas justas, o casal de trapezistas parava o cortejo para uma pequena exibição de saltos, e depois era a vez do engolidor de fogo. Por último, vinha o palhaço Zambeta fazendo suas piruetas.

À tarde, novo desfile com o Homem-Chibata e sua enorme capa preta e o chicote que tirava fogo do chão. O mesmo anão era dessa vez seguido pelo palhaço Zaroio, pelo mágico com bigode falso e sua ajudante, cujo olhar lembrava vagamente a mulher do trapézio. Em seguida vinham o malabarista e a rumbeira, que guardava alguma semelhança com a bailarina, não fosse o rosto maquiado em excesso. De dentro da fubica, o dono do circo conclamava o respeitável público para o espetáculo, anunciando muitas surpresas:

— Não percam logo mais à noite: *el mayor contorcionista del mundo, el mayor atirador de facas humano, el más corajoso hombre de la rueda de fogo, el menor engolidor de espadas...*

Todos eram desdobramentos dos mesmos oito artistas, que se revezavam no picadeiro em mais de vinte personagens circenses, exceto quando encenavam o drama da Paixão de Cristo na Semana Santa, quando quase todos entravam em cena ao mesmo tempo. O casal de trapezistas fazia Maria e José, o Homem-Chibata representava Herodes. Os palhaços se vestiam de soldados romanos e a rumbeira personificava Maria Madalena. O anão narrava o sofrimento do Filho de Deus.

À noitinha, começava a função. Todo mundo corria com sua cadeira na mão e as mulheres de mais idade mandavam netos e sobrinhos na frente para garantir um bom lugar. E ficávamos todos unidos numa mesma oração: "Tomara que não chova! Tomara que não chova! Tomara que não chova!". Em casa, cortávamos os bonequinhos de santa Clara e os penduravamos nas portas e janelas cantando: "Santa Clara clareou, são Domingo alumiou, passa a chuva e vem o sol, passa a chuva e vem o sol!".

Porque senão, adeus circo. O espetáculo circense passou assim a ser chamado de Circo Tomara Que Não Chova. As apresentações eram divididas em três atos, anunciados pelo anão que fazia soar sua traquitana musical e puxava um pano preto com o número de cada sequência.

O primeiro ato era aberto pelo Homem-Chibata. Ao sair do picadeiro, tropeçava no palhaço Zaroio que caía e pedia socorro ao amigo Zambeta. Este surgia do meio da plateia mangando do colega e davam início a uma série de trapalhadas. Ao final de cada apresentação, os dois retornavam ao picadeiro para preencher o tempo, até o anão anunciar a bailarina equilibrista segurando uma sombrinha na mão direita.

No primeiro intervalo, ela desfilava pelas tábuas da geral vendendo suas fotos aos meninos apaixonados que desejavam levar para casa um pedacinho do circo. No segundo intervalo, era a rumbeira quem atiçava a libido dos marmanjos vendendo seus retratos entre rebolados sensuais. A última apresentação era sempre a do casal de trapezistas, com suas capas brilhantes. Quando o anão puxava o pano preto com a palavra FIM, começava a correria em direção à porta do circo para ver o Homem do Realejo com seu macaquinho vestido de soldadinho de chumbo vendendo a sorte nos papéis que tirava da caixa.

Numa dessas apresentações, Crislaine, filha do juiz, fugiu com o circo, protagonizando um dos maiores escândalos da cidade. Mocinha desmiolada das ideias, com o fogo laborando por entre as pernas, vivia às turras com os pais e já acenara mais de uma vez com a possibilidade de sumir no mundo para ser dançarina. Bastava o circo apontar na esquina que recomeçava o pesadelo da família. Até que a ameaça se concretizou. Uma noite, em pleno espetáculo da rumbeira, começou a cair uma chuva fininha, fininha, que foi engrossando, engrossando, e fez todo mundo arrastar suas cadeiras de volta para casa. Choveu a noite inteira.

A lona foi desarmada de madrugada e o circo se foi para nunca mais voltar. Na manhã seguinte ao dilúvio, dona Arminda estranhou a demora da filha em acordar. Por volta das onze horas, entrou no quarto e encontrou a cama intacta. Em cima do lençol de seda, uma carta de próprio punho e o diploma de professora rasgado em quatro. Em poucas palavras, a moça anunciava que ia cumprir seu destino de artista. Apaixonada que estava pelo palhaço Zambeta, abraçara a profissão de rumbeira de circo.

Com a honra familiar manchada, o juiz rasgou a certidão de nascimento de Crislaine e, num esforço para limpar o nome da família, fez um testamento deserdando-a, além de proibir que se pronunciasse seu nome para todo o sempre. A mulher do juiz passou o resto da vida a se lamentar pelos cantos:

— Eu mereço. Eu servi vinagre a Jesus Crucificado quando o coitado pedia água. Eu joguei pedra em Cristo. Eu cuspi na cruz.

Minha tia, sempre que relembrava o caso, repetia o ditado popular que ficou para sempre ligado ao impoluto homem das leis.

— Não existe geração sem rameira ou sem ladrão.

De Crislaine nunca mais tivemos notícias, mas o circo Tomara Que Não Chova permaneceu vivo em nossas lembranças. Também eu alimentei, por muitos e muitos anos, o sonho de ser artista de circo. Toparia ser a bailarina equilibrista, com seu saiote colorido e seu rostinho ingênuo. Ou quem sabe a trapezista esbelta, com maiô colado ao corpo? Mas para ser franca, eu queria mesmo era ser rumbeira...

Dominus, non sum dignus

A guerra acabara, os países Aliados saíram vitoriosos, a luz chegara a quase todas as ruas do bairro Paripiranga. Tudo parecia entrar nos eixos, mas, em matéria de religião, eu vivia indecisa com a displicência de Deus. Aí aconteceram dois fatores decisivos para que eu me aproximasse de Cristo pela Eucaristia. Papai estava preso, e dona Escolástica apareceu na escola nos convocando para a Primeira Comunhão. Ficaríamos livres dos pecados e puros diante de Deus.

Fui levada a acreditar que as prisões de papai se repetiam porque eu passara a duvidar dos dogmas da Igreja católica e estava me distanciando de Cristo. Inscrevi-me nas aulas de catecismo e não perdi um dia sequer. Confiava que seria capaz de mudar o rumo dos acontecimentos e fantasiei em demasia o ritual desse encontro sagrado. Na véspera, fiz a minha primeira confissão:

— Padre, dai-me a vossa bênção porque pequei…

O padre me interrompeu bruscamente:

— Conte os seus pecados, minha filha…

Estranhei sua pressa, mas estava decidida a completar todo o ritual. Fechei os olhos e comecei pelo Ato de Contrição:

— Pesa-me, Senhor, de todo meu coração, de Vos ter ofendido, e me proponho firmemente, ajudada com os auxílios de Vossa Divina graça, emendar-me e nunca mais Vos tornar a ofender…

O sacerdote me interrompeu com voz alterada:

— Os pecados, minha filha, os pecados…

Empaquei. Eu relutava em revelar o pecado que me afligia. Comecei a chorar. O servo de Deus conteve a impaciência e mudou a voz, amaciando o tom.

— Venha mais perto... encoste o rostinho aqui e conte seus pecados...

Puxou a cadeira e aproximou-se mais da janela de treliça. Afastou a cortina interna, tentando me ver, pecadora, do outro lado do confessionário. O hálito quente do homem recendia a vinho. O representante da Santa Madre Igreja resolveu fazer as perguntas para facilitar a confissão:

— Responda, minha filha, já fez alguma coisa feia?

— Sim...

— Com quem, minha filha? Foi com menino ou com menina?

Ele abaixou mais a voz e começou a se remexer na cadeira. Estranhei o barulho. Enxuguei as lágrimas e agucei a vista na penumbra do confessionário tentando descobrir o que acontecia lá dentro. Inclinei-me para o lado e entreabri a cortina vermelha da entrada. O vigário, com os olhos fechados e gemendo, levantara a batina preta e metera as mãos entre as pernas. Intrigada, fechei a cortina e encostei o ouvido na treliça do confessionário. Ouvi apenas palavras desconexas, sem sentido.

— Ahh... ahhh... Essas menininhas... Sonsas... Tudo rapariga...

Aos poucos a respiração ofegante do ministro de Deus foi se acalmando. Respirei fundo, tomei coragem e decidi concluir a confissão:

— Faço coisa feia com minha colega, com meu irmão e...

O presbítero saiu do confessionário como um possesso:

— O quê?! Pecadora! Instrumento de Satanás! Incesto!

A igreja toda parou para me olhar. Percebi, pelo escândalo do sacerdote de Cristo, que eu cometera um pecado mortal e não venial. E rezei:

— Senhor, eu não sou digna de que entreis em minha morada, mas dizei uma só palavra e serei salva. *Dominus, non sum dignus...*

Ainda ofegante, o pároco deu o veredicto em voz alta:

— Como penitência, reze com concentração um rosário inteiro e treze eu-pecador. Vai... vai... vai, instrumento do Satanás...

Levantei-me chorando e me ajoelhei em frente ao altar-mor. Os colegas riam de mim. Encolhida em meu pecado, fazia as contas usando os dedos das mãos:

— Um rosário são três terços. Cada terço tem um credo (credo!), seis pai-nossos, cinquenta e três ave-marias (Ave Maria, quanta coisa), um glória ao pai e uma salve-rainha no final. Ai, meu Deus, eu não sou boa de aritmética... Se estiver certo, somando tudo, eu vou ter que rezar três credos, três salve-rainhas, dezoito pais-nossos, cento e cinquenta e nove ave-marias. Ave Maria, é tudo isso mesmo? Valei-me, Jesus, não pode ser, errei na conta. E ainda tem os três eu-pecador... Três ou treze? Ele falou treze ou três? Acho que foi três. Ele mandou rezar com concentração, mas eu não gosto dessa palavra...

Juro que tentei rezar. Eu precisava encontrar Jesus Cristo nesta Primeira Comunhão e lhe pedir para soltar meu pai. Mas estava difícil rezar. Apeguei-me a Nossa Senhora do Perpétuo Socorro, Consoladora dos Aflitos, Rainha dos Mártires, Nossa Senhora da Ajuda. Ela haveria de me socorrer, pois todo o ritual da Primeira Comunhão parecia escoar pelo buraco negro que leva aos porões do Inferno. No entanto, por mais que eu tentasse, um diabinho interrompia minha jaculatória e me levava dali para longe, numa associação de ideias sem nexo...

"Ave Maria, cheia de graça... Graça, minha colega, não tem graça nenhuma, todo mundo chama a bonequinha de Gracinha só porque veio da Bahia, a professora fica mimando ela só porque ela é rica, loura, vai para a escola com a empregada, que na hora do recreio leva refrigerante gelado e bolo de merenda, mas ela é muito feia. Ontem ela tirou meleca e botou embaixo da carteira, eu vi e gritei pra todo mundo, ela chorou e dona Eufrosina me botou de castigo... castigo... preciso rezar... Ave Maria, cheia de graça, o Senhor é convosco... convosco... com Bosco... Não! O Senhor não é com Bosco, porque Bosco é o menino que implica comigo. E eu não gosto dele. Ele é um saco de bosta! Foi Das Dores que botou o apelido dele, não fui eu, não. Bosco parece bosto, que parece bosta, merda, bosta, peido, cu... Ai, ai, meu Deus, estou pecando de novo, pensando palavra feia. Preciso rezar, preciso rezar logo... Ave Maria, cheia de graça, o Senhor é convosco, bendita sois vós... vós... vós... a voz do padre, o padre gemia no confessionário..."

O tempo passava, o diabinho não me largava, as ideias faziam rodopios em minha cabeça e eu não conseguia terminar minha penitência. Nem percebi que todos já haviam sido liberados, inclusive o sacristão. A velha professora aproximou-se do padre e eu ouvi os cochichos:

— O que é que eu faço com Essa Menina, reverendo? Tenho que ir embora...

— Pode deixar comigo, dona Escolástica. Vá com Deus. Ela está em boas mãos.

A velha professora foi embora, deixando a porta da frente semiaberta. Estávamos na igreja apenas eu e o reverendo, vigiados pelas imagens sagradas. De repente, senti sua mão de ferro tocando meu ombro pelas costas. Gritei assustada. Ele fez sinal de silêncio e falou baixinho:

— Minha filha, Deus já te perdoou, vamos à sacristia para eu te ungir com o óleo santo.

Percebendo minha indecisão, ele me puxou pela mão em direção à sala, batendo a porta da sacristia com uma brutalidade que destoava da casa de Deus. Tive medo. Fiz o sinal da cruz implorando a Jesus que afastasse o perigo, mas mantive o olhar atento aos movimentos do padre.

Ele abriu uma âmbula, pingou umas gotas nas mãos, esfregando-as. Aproximou-se e ordenou que eu abrisse a blusa. Neguei-me e fui recuando até ficar encurralada contra a parede. Comecei a choramingar. Num movimento rápido, o vigário abriu minha blusa, deixando à mostra os botões dos meus seios, que mal começavam a despontar.

O reverendo sorria um sorriso estranho, respirava ofegante e prendia o lábio inferior com os dentes. As narinas vermelhas abriam e fechavam. Sua mão esquerda segurou meu pulso direito de encontro à parede, machucando-me. A mão direita, em concha, veio em direção ao meu peito. O homem fechou os olhos. Eu não entendia direito, mas pressentia o perigo.

No momento em que sua mão escorregou em meu peito, me sujando com o óleo, ele pareceu relaxar. Consegui me soltar e corri para a porta da sacristia. Ao segurar a maçaneta, fui agarrada pelos pulsos. Fiquei pendurada no ar por alguns segundos.

O santo sacerdote empurrou-me de novo contra a parede e pressionou sua barriga na altura do meu peito. Senti uma protuberância estranha. Ele apertou com mais força meu braço direito e soltou meu pulso esquerdo. Disse que não me machucaria, mas que eu deveria fazer o que ele mandasse e não falar para ninguém, senão eu iria direto para as profundas do Inferno. Enfiou a mão direita por baixo da bata preta e mexeu na braguilha. Tremendo de medo, urinei nas calças.

Implorava que me soltasse e ele ria. Atrapalhado com a batina comprida, o sacripanta resolveu tirá-la e livrou minhas mãos. Nesse momento, vendo seus braços para cima e o rosto coberto pela roupa preta, não pensei duas vezes. Guiada pelo instinto, dei-lhe, com toda força, uma joelhada entre as pernas, deixando-o de quatro na sala, gemendo de dor e me amaldiçoando:

— Ai... ai... Satanás... Ui... ui... ui... Demônio...

Fugi da sacristia, mas antes tirei a chave e o tranquei. No corredor da igreja, ao passar diante de Jesus Crucificado, ainda pensei em me ajoelhar e fazer o sinal da cruz, mas ao ouvir a maldição do velho padre, desisti. Quando escancarei a pesada porta da igreja, notei a pia de água benta. Sem tirar o olho da sacristia, enchi as mãos com a água purificada, joguei no rosto e no peito e saí. Cheguei em casa ofegante, mas ninguém notou o cheiro forte do xixi nem meus pulsos arroxeados, preocupados que estavam com a prisão de papai.

Tomei um banho gelado, esfreguei-me demoradamente com sabão e chorei baixinho. Depois lavei a roupa e a pendurei no quintal. Meu coração palpitava desconcertado. Precisava muito falar com alguém que me ajudasse a entender o que acontecera. Mas a quem explicaria aquela situação? Com que palavras? Todos os termos que me vinham à cabeça eram proibidos. E a dúvida: por que o santo padre fizera aquilo comigo?

Finalmente uma luz. Das Dores, que era mais sabida que eu, seria minha confidente. A ideia, entretanto, nasceu morta. Primeiro, porque ela andava muito estranha. Tinha dias que sumia, trancava-se em casa, faltava à aula, não queria brincar comigo. Dizia que estava doente. Segundo, ela não guardaria segredo e era bem capaz de ir tomar satisfações com o reverendo, e aí todos ficariam sabendo e eu morreria de vergonha.

Meu Deus, ninguém poderia me ajudar. Naquele momento, decidi acreditar que nada acontecera, que era invenção de minha cabeça fantasiosa, que era provocação do demônio para me afastar da purificação da Primeira Comunhão. E lutei contra a tentação do pecado, firme no propósito de afastar definitivamente o Satanás de minha vida. Apaguei da memória o episódio do velho padre e fui dormir cedo, em jejum, depois de fazer as orações.

No dia seguinte, domingo, acordei cedo, guardei o jejum. Vesti a farda de gala e saí estranhamente feliz, meio tonta, lerda nos movimentos, parecendo flutuar. Um só pensamento preenchia minha cabeça: "Estou livre de todos os pecados".

Passei na casa de titia. Era dia de visita a papai na penitenciária, por isso ela não me acompanharia. Fui sozinha. Aquele era um dia especial. Sim, eu acreditava em Deus, essa figura indefinida, envolta em luz intensa que cegava quem o olhasse nos olhos. Deus, um ser pleno, correto e perfeitíssimo, extremamente bondoso. E saí rezando:

— Senhor dos Exércitos. Deus verdadeiro. Bendito aquele que vem em nome do Senhor... Hosana nas Alturas...

Eu estava com Deus. Cheguei à porta da igreja e respirei fundo. Contrita, coloquei o véu na cabeça, pedi socorro à Consoladora dos Aflitos e entrei. Eu era a única de farda. Enfileirados em duplas, segurando velas ricamente trabalhadas, terços de pérola, livrinhos dourados de catecismo, meus colegas, todos de branco, estavam prontos para o ritual da Primeira Comunhão. Os pais seguravam os santinhos que seriam distribuídos entre os amigos.

Dona Escolástica, com a fita das Filhas de Maria cruzando o peito, indagou-me sobre a vela, o terço e o catecismo. Na confusão lá de casa, eu os esquecera. Contrariada, a velha professora me empurrou para o fim da fila, depois de Bosco. Sacudi os ombros com desdém. Nada perturbaria aquele encontro. Irritada, a sacripanta lembrou que era pecado mastigar a hóstia consagrada, que deveria dissolver na boca.

Sentamos na primeira fila. O ministro de Deus entrou, devidamente paramentado, ladeado por dois coroinhas. Um movia o turíbulo de onde fluía um doce aroma de incenso. O outro tilintava o carrilhão. Era o sinal para nos levantarmos. Envolto na fumaça do incenso, o padre fez as devidas genuflexões e, por instantes, pareceu-me um santo flutuando no centro do altar. Em completo estado de lerdeza, mantive-me alheia durante toda a missa, embora acompanhasse mecanicamente as orações... "Senhor, tende piedade de nós! Cristo, tende piedade de nós! Glória a Deus nas alturas..."

Não sei bem em que ordem as cenas aconteceram, mas de repente percebi a aproximação de uma Filha de Maria com um saco vermelho amarrado a um cabo de vassoura. Todos os meus colegas já haviam depositado suas doações. Tentei despistar, mas a mulher insistiu nas cutucadas em meu braço, e tive que negar, encabulada. Bosco fofocou com o colega que contou o vexame ao outro e assim por diante. Todos me olharam com ar de reprovação. E eu ali, esperando com ansiedade o momento supremo da Eucaristia. Que demora, meu Deus! E o santo padre falando, falando, falando...

Distraí-me a olhar as Filhas de Maria e me perguntei: como é que pode a Mãe Amantíssima de Jesus, Virgem Santíssima, Rainha dos Anjos, Imperatriz dos Homens, como pode uma santa tão linda, tão jovem, só ter filhas velhas e feias? A um sinal do pároco, dona Graça Eufrosina acendeu a vela de Gracinha e ela acendeu a vela do colega, que acendeu a da outra garota e assim por diante, até Bosco, sentado à minha esquerda. Eu não tinha vela. Bosco, de pura maldade, deixou pingar umas gotas de cera quente em minha perna, mas eu suportei a dor.

Nossa Senhora das Dores, Fortaleza dos Fracos, Mãe dos Oprimidos, Refúgio dos Desamparados estava comigo. Eu a sentia dentro do meu coração. No altar, o reverendíssimo fez tudo o que mandava o ritual: apanhou as galhetas com vinho e água e os misturou no cálice. Lavou os dedos, pegou a patena e elevou a hóstia, benzendo-a. Quebrou-a ao meio, molhou no vinho e a comeu. Estranho, muito estranho. De cabeça baixa, pareceu-me que o santo padre mastigava o corpo de Cristo. Um pecado. Ele iria, ardendo no fogo da Justiça, para as profundas dos infernos aonde chegaria todo queimado, pretinho que nem tição apagado. Com ar beatificado, ele bebeu o sangue de Cristo e enxugou o cálice com o lenço branco. Enquanto isso, entoávamos o hino:

— Senhor, Vos ofertamos em súplice oração o cálice com vinho e na patena o pão. O pão vai converter-se na carne de Jesus e o vinho será o sangue que derramou na cruz.

Deus, Meu Deus! Eis que era chegado o grande momento. O ministro do culto divino ergueu a âmbula cheia de pequenas hóstias, segurou-a com firmeza e se preparou para nos limpar por completo dos pecados cometidos e herdados. Na minha vez, o padre teve um segundo de hesitação. Quando levantei a cabeça, tendo as mãos cruzadas no peito, nossos olhares se encontraram. Ele viu meus pulsos roxos e empalideceu. Ao tentar depositar a hóstia consagrada em minha boca, sua mão tremeu, deixando-a cair.

Ouvi o burburinho na igreja, mas fui mais ágil e, antes que o cão lambesse a hóstia no chão, eu a recolhi no ar. Naquele momento místico eu compreendi que havia vencido a primeira peleja com o Satanás. Era um recado do Anjo da Boca Mole dizendo que eu estava livre de pecados. Elevei a hóstia ao alto, como vi tantas vezes o padre fazer, e recebi o corpo de Cristo. Baixei a cabeça e voltei para meu lugar, vitoriosa.

Ajoelhei-me e prometi não provocar mais Gracinha, nem brigar com meus irmãos — esses eram os grandes pecados, as coisas feias das quais me penitenciava. Senti-me santificada. O cheiro do incenso me embriagava, o tilintar do carrilhão me elevava ao céu. Olhei para o altar à minha direita e vi a Mãe de Deus Filho, Esposa sem pecado do Espírito Santo, Advogada dos Desamparados, sorrindo magnânima para mim. Percebi que o Corpo de Cristo ainda boiava na minha saliva. Tentei dissolvê-lo. Foi pior. Ele grudou no céu da boca. Não importava. Eu esperaria com paciência, pois tive a certeza de que Deus Pai também estava comigo ao ouvir as divinas palavras:

— *Dominus vobiscum.*

Respondi automaticamente alteando a voz, com a boca ocupada pelo Santo Corpo:

— *Et cum spiritu tuo.*

Com raiva no olhar, o sacerdote finalizou:

— *Ite, missa est.*

E a hóstia presa no céu da minha boca. Ergui o queixo para o alto, com medo de deixar cair o alimento sagrado, e respondi feliz:

— *Deo gratias.*

Ajoelhei-me, fiz o sinal da cruz e agradeci a Deus a paz que reinava em minha alma. Mas pedi-lhe que se dissolvesse logo porque o Santo Corpo de Cristo, com o perdão da má palavra, começava a me incomodar. No pátio da igreja, com a língua, tentava descolar a hóstia consagrada do céu da boca. Percebi que todos me evitavam, reunidos em grupinhos. Eu mastigava a solidão, com inveja de ver as famílias dos colegas desperdiçando carinhos e afagos entre os filhos.

As crianças trocavam santinhos. Sentado no banco do jardim com Gracinha ao colo, o padre acariciava os cabelos dourados dela. Suas mãos deslizaram pelo corpo da menina e ele ficou amolengando as perninhas da garota. Vi o mesmo sorriso da véspera estampado na face do reverendo. Nossos olhares se cruzaram e ele ficou imóvel como uma estátua. Gracinha aproveitou esse momento de descuido e saltou de seu colo. Minha atenção foi desviada para a mesa posta no meio do jardim para o nosso desjejum.

Mas Cristo pesava, ainda grudado na boca. Senti que Ele estava em mim. Mas Seu Corpo, em verdade, em verdade vos digo, era teimoso, não se dissolvia, e eu decidi puxá-lo com o dedo. Trinquei-o entre os dentes e o engoli. Nesse exato momento, Gracinha passou à minha frente. Estava toda de branco, com um véu de renda bordada, linda como noiva de revista.

E me desarmei dos rancores sorrindo para ela. Sem que ninguém percebesse, Gracinha fez uma careta de descaso para mim. Ah, tentação dos diabos que cega e anuvia a mente. Ó Mãe Celestial, Formosura dos Arcanjos, perdoai-me. Piedosa Virgem Casta e Imaculada, por que me abandonastes? Por que deixastes sozinha esta ovelha desgarrada?

O Senhor dos Mundos haveria de me perdoar, mas naquela hora eu não tive dúvidas: empurrei Gracinha para o chão com toda a força. O catecismo de bordas douradas caiu, enchendo-se de terra, e a vela enfeitada se partiu ao meio. Os santinhos, com a foto de Gracinha envolta na auréola dourada, bailaram no ar e pousaram suavemente numa poça de lama. Pisei. Gracinha fez beicinho. Olhou para os lados, para pedir ajuda, mas todos estavam entretidos, trocando santinhos. Assistindo a tudo, o velho padre, em pé, à cabeceira da mesa, ofegava de raiva.

Encarando-o, aproximei-me da mesa, peguei uma caneca de chocolate e bebi tudo. Arrebatei o pão que a mim cabia por divino direito e dei-lhe uma grande mordida. Provocadora, dobrei o braço e mandei uma banana para o legítimo representante da Santa Madre Igreja. Pedi perdão a Deus por continuar pecadora. Cheguei ao portão da igreja e, ao olhar para trás, vi a cena que encheu meu coração de supremo êxtase: Gracinha chorava.

Aí foi tudo muito rápido. O padre aproximou-se da menina, pegou-a no colo e desapareceu no interior da sacristia. Num ímpeto, corri pelo jardim à procura da mãe de Gracinha. Encontrei-a conversando com dona Graça Eufrosina. Chamei-a, mas a boca cheia de pão impedia que eu falasse direito. Com um gesto, as duas me tangeram para longe ao som da incompreensível palavra "anátema". Avistei dona Escolástica e disse-lhe aos gritos que Gracinha estava na sacristia com o padre. Ao me ver nervosa, agitando na mão o pão já mordido, a velha mestra exigiu que eu respeitasse a casa de

Deus. E o coro das Filhas de Maria ecoava: anátema, anátema, anátema. Desisti. Igual a Pôncio Pilatos, lavei minhas mãos. Fui embora.

Na escola, no dia seguinte, Gracinha não apareceu. Estava doente, ardendo em febre, informou a empregada da família. Depois disso, ela sumiu. A professora disse que toda a família viajara de volta para a Bahia. Por coincidência, também o velho padre sumira, e um jovem sacerdote veio substituí-lo.

O escândalo estourou pela boca das futriqueiras de plantão: o antigo pároco, em quem depositavam total confiança, era na verdade um tarado. Fizera mal a uma criança e o bispo o transferira para outra paróquia, com o intuito de protegê-lo. Atitude inútil, porque, segundo eu recolhi das conversas dos adultos, o "santo homem" apareceu morto lá pelas bandas da Bahia, com as mãos amarradas para trás, os bagos enfiados na boca, um tiro bem no meio da testa e uma cruz riscada à faca no peito.

Durante toda a minha infância carreguei o peso da culpa pela enfermidade de Gracinha. Acreditei que ela adoecera porque eu a derrubara no dia do seu encontro com Cristo. Por nebuloso, o episódio da sacristia foi banido da minha mente. Muitos anos depois, entendi o que realmente aconteceu e senti muita pena daquela menininha tão rica, tão bajulada e tão indefesa.

Eu, nefelibata?

Muitas vezes eu me sentia indefesa, injustiçada, circulando por um mundo dominado por adultos assustadores: Iandara, dona Escolástica, o velho padre, dona Graça Eufrosina. E cada vez mais triste. Diacuí já não frequentava mais as aulas. Abandonara a escola de vez. Estava feliz porque não aguentava tanta exigência da professora. Eu lhe dava razão. Por culpa de dona Eufrosina, vivi uma das situações mais desastrosas da minha vida escolar. Faltavam poucos dias para o ano terminar, e estávamos revisando ciências físicas e naturais. Era um lindo dia de sol, e eu estava sentada na carteira do canto da janela. Observava o céu azul quando vi um bando de gaivotas enfileiradas desenhando flechas no ar, em um balé sincronizado. Cutuquei Das Dores, ao meu lado, e ficamos apreciando o espetáculo.

Mal percebi que dona Graça Eufrosina já havia chegado à porta da sala. Automaticamente acompanhei a movimentação da turma, que se levantou com extremo cuidado para não arrastar as cadeiras. Mais uma vez eu prometera a mim mesma que não lhe daria motivos para ser repreendida. No cavalete ao lado de sua mesa estava o álbum colorido com diversas paisagens para o exercício de descrição: um dia na fazenda, volta às aulas, um passeio na praia, o ar puro da montanha... Mas, do lado de fora, o bafo quente do vento salpicou um beijo em minha bochecha e isso bastou para eu me distrair novamente. Exibindo-se para mim, as poucas nuvens do céu se juntavam e se afastavam, criando formas interessantes, um camelo, um cachorro, um rosto de velho, a Uiara, o Saci, a Mula sem Cabeça soltando fogo pelas ventas... Fascinadas, eu e Das Dores tentávamos desvendar os formatos das nuvens quando a coleguinha de trás cutucou minha amiga com o lápis.

Dona Graça Eufrosina chamara Maria Das Dores pela segunda vez, batendo insistentemente com o lápis na carteira, num tom nervoso de irritação. Fiquei apreensiva porque ela já me havia repreendido no dia anterior, quando estudamos os ataques dos corsários Duclerc e Duguay-Trouin ao Rio de Janeiro. Ela falou "Duclérque" e "Duguái-Troín" e eu ousei corrigir sua pronúncia, como a mulher do professor Genaro me ensinara, fazendo biquinho na letra "u": "Djiclerc" e "Djiguê--Truan". Fiquei de castigo em pé, em frente ao quadro-negro, para aprender a não corrigir a professora.

Por isso tive medo naquele dia. Na terceira vez em que pronunciou o nome de minha amiga, a professora já o fez aos gritos, irritada. Após alguns milésimos de segundos, Das Graças, chupando manjelão, gritou um "presente" bem escrachado, exibindo a língua roxa e tirando risadas da turma. Bastou um só grito de dona Graça Eufrosina para os alunos silenciarem. O albino, aproveitando-se do momento em que dona Graça Eufrosina escrevia no quadro, caminhou em nossa direção. Não vinha boa coisa dali. Ao passar por nós com um sorriso safado, perguntou baixinho a Das Dores:

— Quer ouvir uma história de trancoso?

Ela concordou e ele, tremelicando as sobrancelhas, sussurrou no seu ouvido:

— Tranco-lhe o cu e coso.

Das Dores, que adorava essas safadezas, começou a rir. Atraída pelo barulho, dona Graça Eufrosina voltou-se para nós. Wescley não lhe deu tempo para recriminações: pediu--lhe a pedra para ir ao banheiro, alegando que estava muito apertado. Ela consentiu e passou a ditar a principal matéria do dia, assinalando a pontuação. Uma chatice: abre aspas, fecha aspas, ponto, dois-pontos, ponto e vírgula, ponto parágrafo, sublinhar, letra maiúscula, letra minúscula, acento agudo, acento circunflexo, til, hífen:

— Se alguém tiver dúvida, levante o dedo.

Nuvens

Nuvens são aglomerações de pequeníssimas gotas de água suspensas na atmosfera.

Tipos de nuvens:

1. *Cirros*: são brancas, pequenas, irregulares, como flocos de algodão.
2. *Cúmulos*: são arredondadas e brancas ou acinzentadas, aparecem no verão ou na primavera, principalmente de manhã.
3. *Estratos*: são faixas largas, horizontais, que se veem ao pôr do sol.
4. *Nimbos*: são grandes, pardacentas ou negras, muito baixas.

As recomendações finais eu não ouvi, atraída pelo canto do sabiá na mangueira do quintal. Cutuquei minha amiga e, de novo, lá estávamos nós voando sem asas para o infinito do céu. Da janela soprávamos as nuvens para que elas se movimentassem e desenhassem as formas que nossa imaginação ordenava. Brincávamos de escultoras. A voz da professora estava muito distante:

— Estratos aparecem sempre no final do dia...

Das Dores, sempre comendo manjelão, discutia baixinho comigo sobre o tipo de nuvem que se formara no céu. Sem perceber o olhar da professora, minha amiga encostou o rosto no meu, pegou no meu queixo, girando-o para o lado, e apontou a nuvem:

— Aquela é estrato.

— Não é, não. Pare de comer, das Dores, dona Graça Eufrosina vai brigar.

— É que eu tenho a boca nervosa... Ó, aquelas nuvens ali são limbos.

— Não é limbos que se diz, é nimbos. Nuvens baixas e negras, de chuva.

— E ali, é o quê?

— Devem ser cirros, flocos de algodão ou...

Foi quando a voz da professora interrompeu nossa discussão.

— Mais alguma dúvida? Pois não... Levante-se! Pois não?

Só então Das Dores se deu conta de que levantara o dedo automaticamente. Com a outra mão ela retirou da boca os caroços da fruta, pois era proibido comer dentro da sala. Percebi o profundo suspiro com que dona Graça Eufrosina revelou sua má vontade em responder. Pelo menos não nos chamava de energúmenas, como sua mãe, dona Escolástica. Das Dores lhe transmitiu a nossa dúvida:

— Aquelas nuvens *lá fora*, é limbo ou...

Ela não chegou sequer a terminar a frase. A professora levantou-se bruscamente e passou a nos ofender:

— Limbo? Limbo é onde vocês duas deveriam estar, suas... suas... suas... nefelibatas! Suas nefelibatas!

Surpresa, porque no final das contas eu não fizera nada, reagi, mesmo sem entender o significado da palavra:

— Eu, nefelibata?!

— Sim, sua sonsa, você!

— Mas eu não fiz nada...

— Pensa que eu não percebo?

Das Dores gritou com raiva.

— Eu num sou isso aí que a senhora tá dizendo, não.

— São sim, vocês duas, duas nefelibatas! Peguem suas coisas e já para a secretaria.

Percebendo que a professora estava intransigente, minha amiga, pálida de medo, sabedora da mãe que tinha, capitulou:

— Por favor, fessora, foi sem querer. Num conte pra minha mãe, não, por favor, eu prometo...

Mas a essa altura da discussão dona Graça Eufrosina já havia perdido o controle e gritava, apontando para a porta da sala.

— Suas nefelibatas! Saiam imediatamente! Saiam *já* ou não respondo por mim!

Peguei meus cadernos e saí de cabeça baixa, chorando baixinho. Sentia o sofrimento espernear e dar patadas dentro de mim. Das Dores recusou-se a sair, começou a gritar e agarrou-se à carteira. A inspetora foi chamada para levá-la à força. Nem preciso dizer que minha amiga saiu aos gritos da sala, presa nos braços da gorducha, dando pontapés no ar, sob o olhar de reprovação da turma. Chorava e negava a acusação. No caminho até a secretaria, a mulher perguntou o que havíamos aprontado. Eu fui sincera:

— Nós não fizemos nada. A gente só estava sentada juntas, e aí a professora gritou que a gente era nefelibata.

Ao saber a acusação, dona Dalva afastou-se de Das Dores e nos empurrou, como se fôssemos as mais pestilentas das criaturas. Benzendo-se, repetia entre incrédula e receosa:

— Ne... *o quê?* Meu Deus!

Ao relatar o ocorrido à secretária, dona Guiomar, para que o incidente fosse devidamente registrado nos anais da escola, dona Dalva atrapalhou-se com a acusação principal:

— A professora disse que elas, essas duas aí, são ne-ne--li... Não, ne-te-li... Não...

Ela suava e com o dedo polegar afastava as gotas que caíam de sua testa, jogando os pingos no chão. Cochichou alguma coisa ao ouvido da secretária. Como o cordeiro de Deus, levado ao sacrifício, eu ergui a cabeça e, de mãos dadas com Das Dores, proferi nossa sentença entre lágrimas:

— Nós somos nefelibatas.

Dona Guiomar tampou a boca ao ouvir o palavrão:

— *O quê, menina?*

Indignada, deu um tapa em nossas mãos, separando--nos. Anotou a acusação, mas saiu para chamar a diretora, pois o assunto era mais sério do que podia imaginar. Fugia à sua alçada. Ao olhar para mim, reduziu-me à mais reles das criaturas. Orientou dona Dalva que nos vigiasse, mantendo--nos afastadas. Baixei a cabeça. Alguns segundos depois, dona Eudóxia, a diretora e dona da escola, entrou na sala, deixando um rastro gostoso de alfazema.

No decote do vestido florido, o peito farto aprisionava um Cristo crucificado. O talco acumulado nas dobras do pescoço denunciava o banho recente. A secretária sussurrou a acusação ao pé do seu ouvido e apontou no caderno a reclamação da professora, isso sem tirar os olhos de cima de nós. Nervosa, a diretora agitava o leque no rosto afogueado pela revelação e repetia que nós não podíamos ficar misturadas com as outras meninas. Éramos a alameda para o inferno, a trilha da perdição. Mas, em verdade, em verdade vos digo, naquele instante eu e minha amiga não éramos nada, nada senão um vale de lágrimas.

Recebemos o temido bilhete azul endereçado aos nossos pais. Não tivemos dúvidas: cometêramos mais um pecado mortal e, de alguma maneira que desconhecíamos, havíamos desrespeitado profundamente a professora e seríamos punidas exemplarmente. A diretora nos deixou de castigo em sua sala até o final da aula:

— É para não contaminar os colegas com suas atitudes nefastas. Uma laranja podre apodrece um cesto, imaginem duas laranjas podres, que estragos não fariam... A safra toda estaria perdida!

No dia seguinte só entraríamos na escola acompanhadas dos responsáveis. Em casa, Das Dores entregou a carta à mãe analfabeta.

— Que é isso?

— É pra senhora ir amanhã à escola.

— Pra quê?

— A professora disse que eu e Essa Menina, que a gente é nefe... nefe...

— É o quê?

— Sei lá! Um nome feio lá que ela disse.

Dona Esmeralda, que tinha a raiva muito perto e vivia pelejando com a filha, puxou-lhe o envelope da mão. Olhou com dureza para a menina, chamou-a até a cozinha e a mandou colocar um ovo para ferver. Das Dores não fazia ideia do que poderia ser o castigo daquela vez. Alguns minutos depois, a mulher obrigou minha amiga a abrir a boca e com uma colher empurrou-lhe o ovo quente na língua, prendendo-lhe os lábios com os dedos enquanto imprecava:

— Isso é pra aprender a num fazer safadeza. Amanhã vou saber direitinho que vergonha você me fez passar dessa vez.

Lá em casa, papai abriu o envelope, leu e me chamou para conversar porque o bilhete não esclarecia nada, só chamava o responsável para tomar ciência de um ato gravíssimo, ocorrido no ambiente escolar. Com vergonha de pronunciar palavra de baixo calão, disse apenas que a professora se aborrecera porque eu e Das Dores estávamos conversando na hora da aula. Calmo, ele minimizou o fato e escreveu outro bilhete avisando que chegaria atrasado para a tal reunião. Colocou-o no mesmo envelope azul para que eu o devolvesse à diretora. No dia seguinte, fui a primeira a chegar ao grupo escolar. Das Dores e a mãe chegaram minutos depois. A lavadeira, equilibrando a trouxa de roupa na cabeça, trazia na mão o envelope fechado, enquanto bradava para quem quisesse ouvir, apontando a filha:

— Isso num presta. Num vale o que o gato enterra. É uma perdida.

Das Dores mal podia respirar de dor com a língua queimada. Eu fiquei ao seu lado, solidária, segurando sua mão. Ao pé da escada que levava à sala da diretora, com um gesto brusco, dona Dalva nos separou. Perfiladas em ordem hierárquica estavam a inspetora, a secretária e, no último degrau, a diretora. Entreguei o bilhete de papai à inspetora, que o passou à secretária para que o entregasse à diretora, que o leu com ar de severidade. Ignorando-me, chamou a lavadeira e a filha para dentro da sala. A inspetora, alegando que papai ainda não havia chegado, barrou minha entrada, batendo a porta na minha cara. Nem percebeu que a porta ficou entreaberta e que eu pude ouvir e ver tudo.

A lavadeira perguntava o que a filha fizera de errado e elas gaguejavam. Enfim, disseram que nós não podíamos continuar misturadas com os outros alunos. Éramos duas maçãs podres num cesto de frutas boas. Seríamos expulsas da escola.

E sussurrou a terrível acusação ao ouvido de dona Esmeralda, que ali mesmo se preparou para desfechar uma bofetada na filha. Mas, como por milagre, com a mão suspensa no ar, ela parou, voltou-se, curiosa, e perguntou:

— Netê, o quê?

— Ora, dona Esmeralda, nefelibata! Só a senhora que não sabia.

— E o que é isso aí?

— É de admirar que a senhora não saiba. Nefelibata é... nefelibata.

— Sim, e o que é isso?

— Ora, ora, ora, mas a senhora não sabe?

— Não! Num sei e quero saber.

— Pois bem... Dona Guiomar, explique-lhe.

— Quem? Eu?! Mas... mas... É melhor dona Dalva falar. Foi ela quem trouxe as meninas. Eu, a bem da verdade, não vi nada. Dona Dalva é quem sabe.

— Eu?!!! Eu não sei nada. Foi a professora...

Irritada, a diretora ordenou:

— Dona Dalva, vamos resolver isso logo. Chame dona Graça até a diretoria.

Segundos depois, a professora chegou escoltada pela inspetora e pareceu surpresa com a recepção.

— Pois não?

— A seu pedido, estamos expulsando essas... essas... essas duas criaturas.

— A meu pedido? Eu não pedi nada, dona Eudóxia.

— Como não? A senhora mandou as duas, ontem, à secretaria, acusando-as de... de... de nefelibatas.

— Ah, sim... mas ela e a amiguinha são realmente duas nefelibatas...

— Eu não disse? Eu não disse?

— Eu determinei que a partir de hoje sentarão separadas, a pedido meu...

— Foi o que eu falei. Só que decidi expulsá-las porque são uma ameaça à honra da nossa instituição. Já imaginou se essa notícia se espalha? Duas nefelibatas!

Pela primeira vez a professora tomou nossa defesa.

— Com mil perdões, dona Eudóxia, mas acredito que a senhora esteja sendo severa demais com as meninas. De uma questiúncula criou-se aqui um verdadeiro cavalo de batalha. Reconheço que elas são duas nefelibatas, mas...

Desnorteada, a lavadeira cortou a conversa:

— Chega de mais, mais. Afinal, que diabo é isso aí de netê, netê?

Dona Graça Eufrosina aproximou-se dela e num tom calmo, baixinho, explicou-lhe o significado da palavra. Eu não pude ouvir direito, mas percebi que a indignação tomara conta de dona Esmeralda. Pela segunda vez naquela sala, presenciei outro milagre. A lavadeira saiu em auxílio da filha: pegou o cartão azul ainda fechado, rasgou e o jogou na cara de dona Eudóxia. Botou a trouxa de roupa na cabeça, puxou a filha pela mão e saiu gritando que ela é que não queria a filha estudando naquela escola cheia de gente ignorante.

A diretora mandou um moleque lá em casa dispensando a presença de papai, sob o argumento de que houvera um engano. Foi no final do ano, ao encerrar o curso primário, que entendi o significado da palavra nefelibata. Por ter sido aprovada em primeiro lugar, a professora me presenteou com um dicionário, o que entendi como um pedido de desculpas. Ansiosa, corri para casa. Sozinha, no quarto, procurei no Pai dos Burros a tal palavra: Nê, é, né; fê, é, fé; lê, i, li; bê, á, bá; tê, á, tá, NEFELIBATA.

Depois da confusão na secretaria, minha amiga não voltou mais à escola. Naquele momento, percebi que teria que seguir os estudos sozinha. Primeiro, foram os mabaços que deixaram o colégio, depois Diacuí, e agora eu perdia a companhia de Das Dores. Estava só.

O tempora! O mores!

Só eu, da minha turma, prestei o exame de admissão para uma escola pública. Cursaria o que então se chamava ginásio e depois o curso pedagógico, na Escola Normal, destinada apenas às meninas. Os demais colegas se inscreveram em escolas particulares, com turmas mistas. Menos Wescley, que fora reprovado e recebera o bilhete azul. Garoto ainda, arrumou emprego na cidade. A última notícia que soube dele tinha a ver com um hospício, onde supostamente trabalhava. Do meu pequeno grupo de amigos, só eu prossegui com os estudos.

Fui à Escola Normal, na primeira semana de dezembro, prestar o exame de admissão para o ginásio, acompanhada por minha tia. Ela sabia se locomover com muita agilidade naquele estabelecimento gigante, tão diferente do pequeno grupo escolar. No caminho, eu repassava mentalmente as lições que meus irmãos decoravam e que, segundo eles, poderiam cair na prova. Uma dúvida me apavorou: e se tivesse alguma pergunta sobre o quadrado da hipotenusa, seno A, cosseno B, seno B, cosseno A, polinômio, binômio? Valei-me, santa Rita! Eu não sabia o que significavam, só havia decorado. Além de me sentir insegura com a prova, estava triste porque no dia anterior a família de Diacuí viajara para o lugar onde estavam enterrados seus antepassados, lá para as bandas do interior, na divisa de Pacatuba ou Carira. Alimentavam ainda a ilusão de que o governo devolvesse à família a terra dos seus antepassados. E eu nunca mais soube dela.

Titia foi minha fortaleza e me levou pela mão até a escola. Insegura, eu chorava muito. Ao transpor o portão de ferro, ela parou emocionada, lembrando-se de seu tempo de estudante. Refeita, conduziu-me até o galpão onde me juntei a dezenas de meninas assustadas, semelhantes a bezerrinhos desmamados. De repente um inspetor subiu em um banco, empunhando um megafone, e pediu silêncio. Aos gritos, mandou que nos organizássemos por ordem alfabética, obedecendo às letras afixadas em torno do pátio. Depois, recebemos orientação de uma dezena de inspetoras que se misturaram entre nós para esclarecer dúvidas e dar informações.

Não me lembro de outros detalhes do exame. Só sei que no dia do resultado o tumulto foi maior ainda. Os nomes das alunas aprovadas eram anunciados em ordem alfabética. Atenta aos choros das meninas eliminadas, não conseguia entender nada, e só percebi que havia sido aprovada porque minha tia me pegou no colo e me deu os parabéns, rodopiando comigo pelo galpão. Em casa, separei com meus irmãos os livros que eles usaram e que agora serviriam para mim.

Com o início das aulas, fiquei atordoada com o excesso de deveres e com as exigências dos professores, quase todos muito velhos. Principalmente com a irmã Maria do Perpétuo Socorro, professora de religião. Quando ela se apresentou à turma com aquela vozinha fina, afirmando conhecer o Livro Sagrado de cor e salteado, eu exultei com a possibilidade de conversar com alguém que pudesse esclarecer minhas dúvidas. Enganei-me. A freira, por trás da aparência franzina, era o cão: mantinha a disciplina apenas com o olhar por cima dos óculos. Eu tinha medo, mas isso não me imobilizava. Ao contrário, eu a enchia de perguntas: "De onde apareceu a mulher de Caim, se no mundo só existiam ele, Adão e Eva?", "O que havia no mundo antes de Deus criar o mundo?", "O que é o Nada?", "Por que Deus, que é o dono da nossa vontade, deixa a gente fazer besteiras?".

Com tantas indagações, ela, claro, me proibiu de fazer perguntas.

— A verdade é o que eu dito ou escrevo no quadro-negro. É para decorar, não é para discutir. E ponto final.

Já as aulas de trabalhos manuais, ou prendas do lar, foram uma fonte de alegria. Aprendi importantes lições, como fazer a ponta do lápis com gilete sem me cortar. É que naquela época afiávamos as pontas dos lápis com giletes velhas, quase sempre cegas e enferrujadas, jogadas no lixo pelos adultos. No primeiro dia de aula, a velha professora, preocupada com a perigosa "arma branca", recolheu todas as lâminas e proibiu seu uso na escola. Percebendo que no dia seguinte outras lâminas estavam escondidas nos livros, já que poucos possuíam um apontador, fez uma demonstração da maneira menos arriscada de manusear o objeto: envolveu parte da lâmina em um pedaço de pano e manteve os dedos que sustentavam o lápis bem afastados da ponta a ser aparada. Instruiu-nos a sempre pedir ajuda de um adulto para esse procedimento.

De cara tivemos total entrosamento e virei sua ajudante quando revelei meus conhecimentos na arte de bordar. Passei a ajudá-la no ensino dos pontos de tricô, crochê e bordados diversos. Graças ao professor Genaro e a dona Giulietta, tampouco tive problemas nas aulas de francês e de inglês. No ginásio consegui me destacar dos colegas — atônitos — ao responder aos primeiros cumprimentos nas duas línguas. O fantasma de Wescley apareceu quando o professor de francês escreveu no quadro-negro o nome do livro que deveríamos comprar e o pronunciou, criando certo constrangimento entre as alunas: *Cours de Français*. Ainda bem que o albino não frequentava mais a escola, senão ninguém o seguraria quando aprendesse a palavra "pescoço".

Mas surpreso mesmo ficou o velho professor de latim, conhecido pelos alunos mais velhos como *Quousque tandem*. Ele, mal entrou na sala, ordenou que abríssemos o caderno. Escreveu no quadro-negro os nomes das alunas Estela, Letícia e Dulce e perguntou quem sabia o significado. Ora, isso minha tia já me havia ensinado e eu respondi: *estrela, alegria* e *doce*. Desconfiado, ele começou a ditar as declinações do nominativo, genitivo, dativo, vocativo e ablativo, exigindo que as decorássemos para a próxima aula. Disse ainda que seriam de grande utilidade para futuramente entendermos *As catilinárias*. Com ar vitorioso, perguntou quem de nós já havia lido *As catilinárias*. Eu olhei para a turma e vi a cara de espanto de todos. Então, timidamente, levantei a mão. Duvidando de mim, o professor começou a debochar. Eu insisti com a mão levantada, decidida a não dar o braço a torcer. O velho levantou-se e me fez trocar de lugar com ele. Em tom jocoso, ele batia palmas, balançava as mãos e sacolejava todo o corpo:

— Atenção! Silêncio, que a nova professora vai dar aula de *Catilinárias*. Vamos, explique aos seus colegas o que você sabe sobre o assunto. Estamos à sua disposição, professora. Somos todos ouvidos!

Lembrei-me de titia e, a princípio, com voz indecisa, repassei tudo o que ela me havia ensinado. Ao perceber a cara de espanto do professor, tomei coragem e encerrei "minha aula" com a declamação que tantas vezes fizera em casa. Caprichei nos gestos e expressões, pois sabia a tradução de cada palavra:

— *Quousque tandem abutere, Catilina, patientia nostra?*

Para minha felicidade, o professor aplaudiu minha dramatização quando, no final, levantei a mão direita no ar e expus minha indignação "*O tempora! O mores!*". Sorte minha, porque a partir daí, confesso, eu não sabia mais o texto. Ele perguntou o meu nome e eu respondi automaticamente:

— Essa Menina.

Irônico, o velho rebateu:

— Essa Menina não é nome de gente.

Percebi que uma nova fase da minha vida se iniciava.

Suave alcatifa

O ingresso no ginásio despertou em mim dois sonhos. O primeiro era puxar um pelotão na parada de Sete de Setembro. Não precisava ser o primeiro pelotão, que carregava as bandeiras. Essa honraria estava fora de cogitação, eu era muito desajeitada. Depois da tentativa frustrada de segurar o caixão do anjinho de dona Candinha, fugia desse tipo de responsabilidade. Ser baliza, bem que eu gostaria, mas me faltava equilíbrio. Assim, cumpri os quatro anos do ginásio sem jamais ter sido convidada para marchar à frente de um pelotão. As convidadas eram as meninas mais bonitas, quase todas loiras e de olhos claros.

O segundo sonho era hastear a bandeira, o símbolo da nossa pátria, ao som do Hino Nacional, tendo como plateia a Escola Normal inteira: todas as turmas do ginásio e do curso pedagógico. Isso eu tinha absoluta certeza de que sabia fazer. As oportunidades eram oferecidas uma vez por semana: quatro possibilidades a cada mês. Para isso me empenhava nas aulas de educação física, numa tentativa insana de chamar a atenção da professora.

A esperança de hastear a bandeira do Brasil se pautava pelo fato de, graças a tio Bé, eu saber de cor todos os hinos cívicos. Eu era sempre a primeira a cantar o Hino Nacional, atenta à batuta do professor de música. Apesar da dedicação, demorou meses para eu ser escolhida. Quando chegou a minha vez, vendo toda a escola diante de mim, fui tomada por um incontrolável orgulho nacionalista. Emocionada, comecei a cantar, mas, por ironia da meteorologia, começaram a rimbombar trovões exatamente após os versos "E o sol da liberdade em raios fúlgidos/ brilhou no céu da Pátria nesse instante".

A professora de educação física fez sinal para que me apressasse, mas eu a ignorei. Afinal, onde estava seu espírito cívico? Não! De jeito e qualidade. Aprendi com tio Bé que à Pátria nada se nega. Se fosse preciso, enfrentaria a morte! Desde quando uma chuva vai me atemorizar? Os pingos começaram a cair mais fortes e a professora exigiu que eu finalizasse o hasteamento. Não, senhora. A bandeira vai ser hasteada no ritmo que ela merece. A chuva aumentava, mas eu seguia firme.

Possuía fibra de herói, de modo que continuei cantando de cabeça erguida, os cabelos encharcados e a farda pingando. Raios e trovoadas no céu entre a gritaria e o corre-corre das alunas fugindo da tempestade. A professora dispersou as turmas, puxou a corda de minha mão com raiva e hasteou o pendão com uma rapidez impressionante. Foi a maior falta de respeito por um símbolo pátrio que eu já havia presenciado até então. Fiquei por alguns minutos com ar patético embaixo da chuva e cantei baixinho: "Bandeira do Brasil/ ninguém te manchará./ Teu povo varonil,/ isso não consentirá...".

A professora me arrastou pela gola da farda. Fui a última a entrar na sala, com o corpo molhado de chuva e a alma encharcada de decepção. Ninguém percebeu. Minhas colegas conversavam alto, assustadas com os raios e os trovões que caíam lá fora. Assisti às aulas tremendo de frio, até a roupa secar no próprio corpo. Não entendia a reação da professora, afinal era para eu ser reverenciada por toda a escola. Ela deveria percorrer todas as salas comigo, apresentando-me como exemplo cívico. O que aconteceu foi o contrário. Nunca mais fui chamada para hastear a bandeira.

Minha redenção veio, naquele mesmo ano, no amplo auditório da Escola Normal. Participava, então, do concurso "Declarações de amor ao Brasil", em comemoração à semana da Pátria, ocasião em que pude demonstrar meu talento para a dramatização ao declamar um poema sugerido por tio Bé. Ensaiei muito com minha tia, e na hora, com a bandeira do Brasil jogada sobre os ombros, como um toureiro espanhol, soltei o verbo, ou melhor, o "Canto nativo":

Quando eu morrer, você rasgue um pedaço deste céu
E faça dele a minha mortalha
Quando eu morrer, você cave um torrão de terra virgem
E faça dela meu travesseiro...

Com teatralidade, dava ênfase a cada palavra e gesticulava apontando o céu. Descia a mão sobre meu corpo indicando a mortalha, fingia cavar no ar um punhado de terra, apontava um invisível Cruzeiro do Sul, sorria ao citar o ramo de pitangueiras e a palmeira de ouricuri. Dava passos em direção à plateia, dirigia-me ao público da direita, da esquerda. Na última estrofe, com a cabeça altiva, as lágrimas descendo pelo rosto, bati o punho fechado no peito três vezes:

Quando eu morrer,
Você diga aos que perguntarem por mim
Que eu morri como nasci:
Brasileiro! Brasileiro! Brasileiro!

Empatei com minha colega que havia recitado antes o "Soneto à pátria", de Olavo Bilac. Versos batidos, lidos à exaustão em sala de aula. Fomos chamadas de volta ao palco e repetimos os poemas para que os jurados tomassem uma decisão. Eu fiz tudo igualzinho e cheguei ao último verso com voz pausada e olhos marejados. Minha colega, que decorara a poesia sem nenhuma carga dramática, resolveu em sua segunda apresentação me imitar e gesticulou batendo no peito de punho fechado:

Ama com fé e orgulho, a terra em que nasceste.
Criança, não verás país nenhum como este!

Perdeu o concurso no verso "Vê que luz, que calor, que multidão de insetos!". Na palavra "luz", ela colocou a mão em concha em torno dos olhos. A plateia deu as primeiras gargalhadas. Quando pronunciou "calor", abanou-se com as mãos. O público redobrou o riso. Aí, na expressão "multidão de insetos", atabalhoadamente batia as mãos, matando invisíveis muriçocas com as duas mãos. Pronto. Nem os jurados conseguiram conter o riso. Envergonhada, terminou a pífia apresentação com a voz quase sumindo. Fui aclamada vencedora e recebi das mãos do diretor o prêmio principal: um canudo amarrado por uma fita verde-amarela. Desci do palco e sentei ao lado de minha tia para abrir o presente. Que decepção! Um mapa do Brasil.

Achei um desperdício de talento. Tanto esforço para receber um simples mapa que eu conhecia de cor. Fiquei tão desapontada que prometi a mim mesma nunca mais participar de concursos naquela escola. Mas no final do ano fui obrigada a participar da Maratona de Redação, aberta para todos os alunos da Escola Normal, em duas categorias: ginasial e pedagógica. No dia marcado, chegamos munidos de lápis, borracha, caneta, tinteiro e mata-borrão. O amplo salão do recreio já estava com as cadeiras dispostas em filas. Separados por uma corda, o lado direito era reservado para nós, ginasianas, e o esquerdo para as mais velhas, as normalistas do curso pedagógico. Distribuídas por todo o salão, as inspetoras estavam atentas para evitar colas. Em cima de cada carteira havia um envelope, uma folha para rascunho e outra, pautada, de papel almaço, com a margem esquerda já dobrada. Escrevemos nosso nome, número da turma e o nome da professora de português.

Tínhamos três horas para desenvolver o tema "Um dia de chuva". Pensei, pensei, pensei... Queria impressionar os professores usando termos e expressões como alcatifa, torrão natal, leito derradeiro, frondes, lida. Na certeza de que iria agradá-los, comecei o texto tentando aplicar algumas das palavras difíceis que encontrara nas inúmeras leituras obrigatórias. Caprichei na letra: "Chove torrencialmente. A terra escurece e os pássaros se refugiam nas copas das árvores. Subitamente, o céu torna-se plúmbeo. As gotas que caem espatifam-se no chão num estertor suicida. Morrem para assegurar a vida na terra, de onde brotarão as flores que nos trarão alegria, e o pão que saciará nossa fome...".

Ponto para mim. Consegui encaixar a palavra "ester-tor" ao lado de "suicida". "Torrencialmente" e "plúmbeo" também eram palavras difíceis, eu tinha certeza. Mais um ponto. Queria muito escrever "suave alcatifa", mas não houve meio. Não faço a mínima ideia do que escrevi a seguir, mas decorei o último parágrafo, em que, para meu orgulho, apliquei o verbo soer, que quase ninguém usava: "Na madrugada do dia seguinte, como sói acontecer, surge um novo espetáculo da natureza. As nuvens se afastam cerimoniosamente e cedem lugar ao astro-rei. É o sol que renasce trazendo a esperança de um novo dia de luz".

Terminei a redação e escrevi meu pseudônimo: Lorena de Dirceu. Enfiei as folhas no envelope e o fechei com goma-arábica. Uma semana depois, em cerimônia no auditório do colégio, o resultado foi anunciado. O diretor do colégio, que raramente aparecia, fez um discurso comprido e convidou a vice-diretora para ler a redação vencedora do ginásio. Suspense. Com voz pausada, ela iniciou a leitura: "Um dia de chuva. Chove torrencialmente. A terra escurece e...".

Começou um burburinho, minhas colegas apontavam umas às outras como autoras do texto. Fui ficando vermelha de vergonha a cada frase lida pela mestra. Era minha a redação vencedora e ninguém percebera. Que decepção! Bateu em mim uma vontade de chorar, mas prendi as lágrimas. A voz da vice-diretora ecoou: "Assinado: Lorena de Dirceu".

Os sussurros aumentaram, o diretor pediu silêncio. Mais suspense. Ele disse o nome da professora de português... A nossa turma... E ninguém ainda desconfiava da autoria.

— Lorena de Dirceu é...

A surpresa foi geral no auditório. As alunas se entreolhavam sem acreditar no que haviam escutado. O espanto deu lugar a comentários simultâneos e o vozerio foi crescendo, crescendo... Levantei e ouvi as primeiras palmas puxadas por minha tia, de pé. Ao subir ao palco para receber o prêmio, todo o auditório me aplaudia. Cumprimentei os professores e procurei minha tia para dividirmos aquele momento de glória. Abrimos o prêmio ali mesmo. Outra decepção! Ganhei um caderno com o Hino da Independência no verso, um lápis número 2 e um compasso. O ano letivo foi encerrado na primeira semana de dezembro e entrei de férias, decidida, mais uma vez, a nunca participar de concursos escolares. Agora, de verdade.

A dança do peru

A magia do Natal se organizava em minha mente através de uma relação sinestésica estimulada por três cheiros: o rastro adocicado do abacaxi apregoado pelos feirantes nas ruas, o odor do queijo do reino trazido por vovô dentro da cuia vermelha e o peru lentamente assado no forno à lenha. O Natal chegava lá em casa de repente. Um dia acordávamos e nos deparávamos com a surpresa: a casa estava toda decorada com guirlandas de papel. Era o Natal. Época de ganhar presentes de Papai Noel.

No entanto, toda essa magia se desfazia quando completávamos onze anos e passávamos a integrar o núcleo familiar responsável pela organização da casa. Com a primeira menstruação, vinha a descoberta de que Papai Noel não existia, e recebíamos uma série de atribuições domésticas mais difíceis, como lavar roupa, manejar o ferro à brasa, ajudar a preparar as refeições. Em compensação, participaríamos da ornamentação natalina.

Pendurávamos nos caibros do teto sinos de ninho de abelha, recortado de papelões e papel celofane. Mas a excitação maior era mesmo a arrumação da árvore de Natal e, por conta disso, dormíamos mais tarde, na mesma hora dos adultos. Fincávamos um galho seco numa lata de querosene forrada de vermelho, enchíamos os galhos de algodão e espalhávamos pelo chão os cartões de boas festas e de respostas acumulados durante anos. Sonhávamos com paisagens de países distantes — casebres perdidos na neve, pinheiros salpicados de branco, crianças agasalhadas em volta de bonecos de neve. Alguns cartões eram belíssimas obras de arte em dobraduras e, quando a gente abria, saltava um Deus Menino numa manjedoura, um são José com seu cajado e as ovelhas. Lembro-me de um cartão, verdadeira preciosidade, em que a coroa de Deus Menino espalhava purpurina. Durante todo o mês de dezembro, até o dia dos Reis Magos, quando desfazíamos a árvore de Natal, nossa casa ficava salpicada de purpurina e impregnada do cheiro dos cartões perfumados artificialmente.

No dia 24 à tardinha, vestíamos os vestidos de tule, a maioria reformados, passados de uma irmã para outra. Todos da mesma cor, azul-celeste, cujas costuras na cintura e nos braços pinicavam muito. Saíamos para o parquinho de Natal, onde andávamos de roda-gigante, carrossel, onda e barquinhos. O melhor da festa era o lanche que papai e vovô compravam. Faziam-se filas diante dos tabuleiros de pipocas rosa, adoçadas com anilina para bolos, da carrocinha de algodão-doce, dos buquês de roletes de cana enfiados na tábua, dos barquinhos e cestinhas de papel, recheadas de confeitos de amendoim.

Nessa época, as meninas-moças eram iniciadas no ritual macabro da preparação do peru. Desvendavam assim o mistério da ave que sumia do quintal e reaparecia olorosa à mesa de jantar. Lá em casa, durante os sete dias que antecediam o Natal, os perus passavam a fazer, digamos, parte da família. Viravam nossos bichinhos de estimação e os batizávamos com nomes exóticos, de acordo com suas personalidades.

Tivemos o Policarpo, tão agressivo que o trazíamos preso a um cordão; o triste Aquimênedes, para quem cantávamos cantigas de roda; o encabulado Menelau, que cobríamos de carinhos, agrados e comidinhas; o excêntrico Tutancâmon, que revelou alma de artista e jamais se negou a participar dos nossos "dramas" encenados no quintal. Nos sete dias de glória que viveu entre nós, foi enfeitado com laços de fita e teve as unhas pintadas de vermelho.

O que parecia uma ingênua diversão era, na realidade, um ritual de passagem. E o teste inicial era o assassinato do peru. Embriagava-se o bichinho com cachaça e, de longe, acompanhávamos os efeitos da bebida. Divertíamo-nos a valer com as peripécias do peru bêbado. Quando ele estava completamente grogue, mamãe ordenava a saída dos mais novos do quintal.

A partir desse momento, a cena se tornava dantesca. Minha tia ficava de cócoras e com os pés imobilizava as asas e as patas do bichinho de encontro ao chão. A mão esquerda segurava firme a cabeça da ave indefesa e, munida da faca previamente afiada, arrancava-lhe algumas penas do pescoço. Com uma naturalidade cruel, dava pancadas na pele escanhoada e vermelha da ave para o sangue aflorar. Finalmente aplicava o golpe de misericórdia, cortando o pescoço. O sangue esguichava para a terrina que mamãe segurava. Alguns perus se debatiam até a entrega total. A ave morta era imersa num caldeirão de água fervente para amolecer as penas, que depois eram arrancadas com a ajuda de uma faca. Enquanto isso, mamãe batia o sangue no prato com um garfo para não coalhar. Completamente despido, o ventre do peru era rasgado e suas entranhas retiradas. Fígado, moela, rim viravam uma deliciosa farofa que serviria de recheio à carne macia assada em forno à lenha. Jamais poderíamos imaginar o sofrimento dos bichinhos. Muitos natais foram marcados de acordo com as performances dos perus.

Mas meu Natal inesquecível foi quando completei dez anos. O peru do ano, de forte personalidade, fora batizado Sócrates e, altivo como viveu, morreu. Deu tanto trabalho que minha avó se esqueceu de afastar a plateia do quintal antes do golpe final, e assim assisti, estupefata, ao seu assassinato. Apesar da quantidade de bebida que lhe empurraram goela abaixo, o bichinho enfrentou a morte com muita bravura. Sócrates tinha a força de um Minotauro e causou o maior alvoroço quando se soltou dos pés de vovó, debatendo-se às cegas pelo quintal. O pescoço pendia e sangrava, deixando uma trilha vermelha no chão. Minhas irmãs saíram em debandada e eu fiquei plantada no quintal sozinha. Tive uma crise histérica quando o vi correndo em minha direção. Fechei os olhos e gritei o mais alto que pude.

Um pano negro caiu sobre meus olhos. Fui carregada para a cama de mamãe, onde fiquei muda por muito tempo, de olhos arregalados e sem piscar. Fizeram de tudo para eu recobrar a consciência: esfregaram álcool nos meus pulsos e puseram éter nas minhas narinas. Quando acordei, foi a vez dos chás calmantes: camomila, alface, maracujá, capim-santo... Exausta, adormeci na cama de mamãe. Sonhei que estava no quintal e a alma do peru me perseguia. Eu corria, corria e corria sem sair do lugar, até que sentei no chão. A ave, com a cabeça pendurada, refugiou-se no meu colo, deixando o sangue quente escorrer entre minhas pernas. Numa fusão só possível no território dos sonhos, eu era ao mesmo tempo menina e ave cercada por toda a minha família, que ria e batia palmas, alheia ao meu sofrimento. Acordei nos braços de minha tia. Ao perceber o sangue fluindo pelas coxas, comecei a gritar.

Baixinho, ela me explicou que eu deixara de ser criança. A partir daquela data, todo mês, quando eu estivesse "de visita", não poderia tomar banhos de mar. Estava proibida de comer abacaxi, laranja, tangerina, carambola e outra penca de frutas. Também não poderia lavar nem aparar os cabelos. Nem subir no pé de sapoti, nem correr, nem rir alto, nem gritar como as demais crianças. Tinha ficado mocinha. Respondi-lhe que, se isso era ficar mocinha, eu não queria. E chorei mais ainda.

Titia me confidenciou que Das Dores já havia ficado mocinha e chamou minha amiga para conversar comigo. Das Dores me contou como fora seu ingresso precoce no mundo das moças, aos oito anos. E que eu tivera até sorte, pois com ela foi muito pior. Pensara se tratar de doença braba. Com medo da mãe, foi falar com titia, que lhe explicou tudo e ainda se prontificou a contar a novidade à lavadeira. Quando, escabreada, minha amiga entrou em casa, foi recebida com um tapa na boca por ter ido falar safadezas com a vizinha. Ficou proibida de tocar no assunto até comigo, e eu nunca percebi nada de diferente em Das Dores, exceto os dias em que ela desaparecia e se negava a brincar comigo. Titia me revelou que isso acontecia com todas as mulheres, três dias por mês, e que eu não devia chorar porque, a partir daquela data, poderia ajudar a armar e a desarmar a árvore de Natal.

Fiquei de cama o dia todo. O cheiro do peru assando me dava ânsias de vômito. Na hora da ceia, sentamos à mesa, e vovô, cumprindo o ritual de todos os anos, abriu a cuia vermelha do queijo do reino. Com parcimônia, cortou fatias tão finas, mas tão finas, que dava para ver o outro lado da vida. Mamãe trouxe o peru assado enfeitado com rodelas de abacaxi e ameixas secas. Colocou-o no centro da mesa, bem à minha frente, o que provocou engulhos no meu estômago. Meu prato ficou intacto. Eu morria de medo e de pena do peru. Talvez por tudo isso eu ache até hoje o peru um bichinho triste e Natal uma festa melancólica, apesar dos presentes, das árvores enfeitadas, dos cartões perfumados, do queijo do reino e do cheiro adocicado dos abacaxis. Como cozinheira, tornei-me uma decepção para toda a família, pois jamais consegui sequer segurar uma galinha. Naquele Natal recusei até o coração da ave, que Iandara insistia em me oferecer. A gentileza da velha me fez perceber que alguma mudança ocorrera com a prima de vovô.

A velha que encolheu

Nos cinco anos seguintes àquele Natal, a velha Iandara foi definhando, definhando, até que morreu, sem um ai que fosse. Já a conheci velha, de cabelos brancos. Vovô contava que ela chegou à sua casa agarrada a uma pequena trouxa, na garupa do cavalo de Cupertino Rasga-Tripa, velho conhecido dele e braço direito do capitão Virgulino, batizado Virgolino Ferreira da Silva, que pegou fama como Lampião, o Rei do Cangaço.

Fora encontrada pelos cangaceiros atrás da fazenda Olho d'Água, de propriedade do coronel Aprígio, informante da volante, homem de olhos azuis da cor do rio. Acabara de completar treze anos. Rasga-Tripa explicou a vovô que, enquanto Lampião vasculhava o casarão, ele comandava outro grupo do lado de fora, à procura de cavalos, galinhas e porcos. Foi ali, no chiqueiro, que tomou o maior susto ao se deparar com uma menina esquálida, de pele amorenada tal e qual barro. Seu nome era Iandara, que em tupi-guarani quer dizer "meio-dia". Com os olhos esbugalhados de medo, a pobrezinha era só pele e ossos envolvidos em farrapos. Estava na pocilga, ao relento, toda suja, amarrada na cerca, acusada do desaparecimento de umas relíquias do casarão.

Libertada por Virgulino Ferreira, a índia pediu para tomar um banho. O cangaceiro não só permitiu como lhe deu uma caixa de sabonete da Costa e umas roupas de seda da esposa do coronel. Dentro da "casinha", a índia desenterrou dois objetos, lavou-os e os escondeu na trouxa de roupas. Muito assustada, a coitada tremia, falava pouco. Dias antes de Lampião aparecer, o casal de escravos que a criara decidira contar-lhe a verdade sobre seu nascimento, sem esconder nenhum detalhe. História que o casal repetiu, reservadamente, para Lampião e Cupertino Rasga-Tripa:

"Um dia o coronel Aprígio invadiu a roça do pai de Iandara. O índio reagiu e foi espancado pelos capangas e, imobilizado, assistiu ao coronel abusar de sua mulher, a índia Iraé. Depois disso o fazendeiro sumiu, mas mandava seus capangas assuntar sempre o que acontecia por aquelas bandas. Nove meses depois, bem na hora do sol a pino, Iraé deu à luz uma cunhatã, a quem chamou Iandara. Mal o coronel soube do nascimento da menina, voltou com seus homens, queimou toda a roça, assassinou o casal de índios e levou a criança dentro de um caçuá atrelado a um cavalo. Como sua jovem esposa não conseguia engravidar, ele jogou no colo dela o presente: a menina Iandara. A mulher, ao encarar os olhos azuis da índia, ficou petrificada e a rejeitou, entregando-a ao casal de escravos que morava nos fundos da casa. Com o passar do tempo, Iandara aprendeu a respeitar as ordens dos fazendeiros e sempre baixar os olhos diante deles, para que não ficasse refletida a paternidade do coronel."

Lampião ordenou a Cupertino que revelasse apenas a vovô os detalhes sórdidos e a tragédia da cunhatã: aos oito anos, a menina atendia aos muitos caprichos da patroa, entre os quais manter brilhando as pratas e os ouros do casarão. A pior obrigação, no entanto, era submeter-se às perversões sexuais do coronel, que a chamava de bicho e jamais pronunciou seu nome. A dona da casa, envolta em suas sedas e fragrâncias, fingia nada perceber. Da família que restara, a índia soube, através dos escravos, da existência de um primo, um dos últimos descendentes da extinta tribo dos boimés, e que morava na rua dos Sapotis.

Esse primo vinha a ser meu avô, que conhecera Virgulino e Rasga-Tripa alguns anos antes. Ao chegar à casa de vovô, o cangaceiro ufanou-se de ter participado da invasão à casa do coronel, informante da volante: o bando de Lampião cercou a fazenda, saqueou a casa, acabou com o dono e seus capangas e tacou fogo no que restou. Salvaram apenas a prima de vovô e o casal de escravos. Dessa façanha, Cupertino ressaltou a bondade do Rei do Cangaço, que distribuiu o dinheiro do coronel entre seus homens, o casal de escravos e Iandara, que aceitou apenas uma pataca de ouro.

A partir desse relato, muitas histórias circularam. Os curiosos passaram a criar versões próprias sobre a chegada de Iandara e a sangria que os cangaceiros teriam feito na fazenda. Teve gente que jurou que a cabroeira se servira da mulher do coronel, que Lampião arrancara de seus dedos os anéis de ouro, ferira seu pescoço ao tirar as correntes, e puxara os brincos, rasgando suas orelhas.

Da penteadeira do casal, ele teria surrupiado para Maria Bonita uma caixa de madrepérola cheinha de joias, berloques, um perfume francês chamado Fleur d'Amour e um conjunto completo de toucador, com lápis de pintar sobrancelhas, batons e potinhos de ruges. Sem falar nas roupas finas da mulher do coronel. Cabra matreiro, Lampião teria cavoucado todos os cantos da casa até encontrar numa gaveta falsa do camiseiro uma caixa cheinha de White Horse, uísque estrangeiro, e um bolo de dinheiro enrolado num lenço, com muitas patacas de ouro. Quando lhe perguntavam sobre esses detalhes, Iandara se mantinha calada.

Sobre Lampião, vovô sempre foi muito reservado, e afirmava que muitas coisas ruins que se atribuíam a ele eram inventadas pelo povo. E cresci ouvindo versões diferentes a respeito do cangaceiro. Uns o descreviam como uma pessoa terna, carinhosa e cheirosa. Um lorde, que se vestia com seda importada e banhava-se com fragrância francesa. E mais: amigo do Padim Ciço, teria sido repentista que nem Abdon e o cego Apolo se não tivesse optado pela aventura, porque veia artística para a música e a poesia, isso ele tinha. Era também um pé de valsa, além de tocar uma sanfona arretada.

Para outros ele se afigurava um homem perverso, sem amor no coração, mestre na arte da tocaia, da rapinagem e da proteção aos apaniguados. Sua porção besta-fera, quando aflorava, ninguém conseguia frear. De alguns vizinhos, ouvi o ocorrido mais desumano. Contavam que uma vez Lampião entrou em uma fazenda para matar o dono, seu desafeto, e não o encontrando, enraivou-se tanto que cortou as orelhas e a língua dos empregados da casa. E mais: usou e abusou da jovem esposa do fugitivo, arrastando-a depois para o sereno para que fosse marcada a ferro no rosto. Como se fosse pouco, alheio às súplicas da mulher, o cangaceiro jogou para o alto o bebezinho que dormia inocente no berço, aparando-o na ponta da peixeira. Como um demônio, às gargalhadas, ordenou a retirada da sua cabroeira dando tiros para o alto.

De minha parte, sentia calafrios ouvindo tanta iniquidade e cobrava de vovô tal amizade. Ele garantia que nem o próprio Lampião teria controle sobre o tanto de besteira que se falava dele, caso voltasse das entranhas da terra.

Como começou a amizade entre vovô e Virgulino vale outra história. Certa noite, Lampião chegou à praça da cidade com seus homens. Ficaram bebendo, cantando e dançando, rodeados de curiosos, entre eles vovô, ainda jovem. Pois não é que, de repente, um dos cangaceiros, já bêbado, começou a rodar, a rodar, até que se desequilibrou e caiu por cima de vovô, que o amparou com as duas mãos? Com a mente cheia de cachaça, o fora da lei o acusou de tê-lo empurrado. Vovô fez pouco-caso e, ao lhe dar as costas para ir embora, ouviu o barulho do parabelo sendo engatado. Num piscar de olhos todos se afastaram e só os dois ficaram no meio da roda. Vovô gritou que não era homem de bater em bêbado, mas que também não levava desaforo para casa. Cambaleando, o bandoleiro de apelido Rasga-Tripa tentou firmar pontaria na cabeça de vovô, mas antes que pudesse dar o primeiro tiro, foi desarmado. Os comparsas do cabra apontaram suas armas na direção de vovô.

Ouviu-se então o grito de Lampião. Com seu chapéu de espelhos, abriu espaço entre os comandados. Virgulino Ferreira tinha a mania de, ao final de cada frase, cutucar o ouvinte com o cotovelo e acrescentar a expressão interrogativa "Ahn?". Som gutural equivalente a "Aceita?", "Certo?", "Topa?". Não se têm notícias de alguém que lhe houvesse negado algum pedido e tivesse continuado vivo para contar a história. Exceto vovô, que ficou cara a cara com o cangaceiro quando ouviu seu berro:

— Desafasta! Desafasta todo mundo! Índio, já vi que tu é valente. Ahn? Homem corajoso, equilibrado. Ahn? É de gente assim que eu preciso. Tu quer fazer parte dos meus homens? Ahn? Vem comigo, agora. Tu vai ser meu braço direito, meu contramestre. Ahn? Ahn?

Cutucou vovô várias vezes, mas ele agradeceu e recusou o convite, alegando não ter o feitio do cangaço, de modo que não seria de grande serventia para o grupo. Disse isso de peito aberto, olho no olho, e Lampião, diante da cabroeira, elogiou sua coragem, colocando a mão em seu ombro. Trocaram meia dúzia de palavras, o suficiente para o cangaceiro saber seu endereço na rua dos Sapotis e sua descendência da extinta tribo dos boimés. Ali mesmo, na frente de todos, o temido Rei do Cangaço ofereceu sua amizade ao Índio, como ele apelidou vovô, e pôs seus préstimos à disposição, ajuda que, jurava vovô, nunca foi solicitada.

Tampouco o capitão Virgulino chegou a lhe pedir qualquer obséquio, embora fizesse questão de, sempre que se bandeava para aqueles lados, passar em frente ao casebre da rua dos Sapotis e dar saraivadas de balas para o ar. Nunca apeou, nunca pediu um copo d'água sequer, nunca se demorou em conversa fiada. Apenas cumprimentava o amigo ao seu modo. De forma que, ao saber da moça tiranizada pelo coronel Aprígio, de sua história e do primo da rua dos Sapotis, Lampião não teve dúvidas. Enviou Cupertino Rasga-Tripa com a missão de entregar a jovem, sã e salva, no endereço de vovô.

Voltando à velha Iandara: após sua chegada, vovô tratou logo de construir uma casa ao lado da sua, e o pouco que conseguia, dividia com ela. Ela quis lhe pagar com a pataca de ouro do coronel que Lampião lhe dera. Vovô não aceitou, alegando que aquele dinheiro era a paga do fazendeiro pelo seu sofrimento.

A índia morava sozinha e as portas de sua casa ficavam sempre abertas. Mas, com exceção de titia e mamãe, ninguém se atrevia a entrar sem permissão. Tinha um baú, no qual ninguém ousava mexer, onde guardava seus poucos pertences, entre os quais os vestidos de seda da esposa do coronel. A pataca de ouro ficava sempre embaixo do travesseiro. Todas as tardes, depois de organizar nosso banho, cumpria o mesmo ritual: banhava-se, vestia uma de suas roupas pretas, carregava a cadeira de balanço para a calçada e, enquanto nos vigiava, ficava horas desembaraçando os longos cabelos brancos, secando-os ao vento. Tinha o hábito de retirar os fios soltos do pente, contá-los um a um com pesar, fazer uma bolinha branca e guardar dentro do califom. Por último, enrolava os cabelos e prendia o coque no alto da cabeça.

Iandara era pouco afeita a carinhos e parecia ter o dom da ubiquidade. Quando menos se esperava, lá estava ela a nos vigiar. Comandava a todos apenas com olhares, gestos e grunhidos. Vivia torcendo o nariz, dando tuncos, aqueles muxoxos secos com a boca fechada. Ignoro por que cargas-d'água eu era seu alvo preferido, mas devo dizer que a ela agradeço por ter salvado minha vida inúmeras vezes. Quando caí do sapotizeiro, foi ela quem me acudiu; quando me perdi na feirinha de Natal, foi ela quem me achou; quando cortei o pé num caco de vidro, foi ela quem estancou o sangue rasgando um pedaço de sua saia e ainda me levou no colo para casa. Embaixo de cascudos, é verdade.

Respeitada pelos adultos, Iandara era assim uma espécie de avó austera de todas as crianças. Até a idade em que começávamos a revelar nossas vontades, era pura dedicação. No entanto, tão logo demonstrávamos autonomia, Iandara passava a despejar em nós todo seu ranço. Ela foi a primeira pessoa a me chamar de mentirosa. Embora todos rissem das histórias que eu criava, ela resmungava, dizendo que eu era inventadeira de modas. Repetia que eu devia ter parte com o tinhoso:

— Essa Menina não me engana. É uma fingida. Essa pestinha tem outra dentro.

Ela não era completamente má. Os bebês, em seu colo, viviam com uma linha vermelha que a velha molhava de saliva e colava na testa, para suspender os soluços. Com as crianças recém-nascidas, revelava-se de uma meiguice ímpar. Lembro-me de uma vez em que a surpreendi numa cena explícita de carinho. Dava o primeiro banho em minha irmã recém-nascida, obedecendo a um ritual indígena que incluía rezas e canções, tratando-a com um desvelo que eu não conhecia. Depois de vesti-la com a camisa de pagão e envolvê-la em cueiros e lençóis, aconchegou-a ao peito e, andando em círculos pelo quarto, entoou uma cantiga para afastar os maus espíritos. Deitou o bebê com suavidade na rede e ficou por algum tempo admirando a menina, fazendo-lhe carinhos.

Envergonhada por surpreendê-la em tão entranhada intimidade, esquivei-me do quarto, tomada por uma sensação de roubo. Corri para o quintal de minha tia e, embaixo da jabuticabeira, chorei assustada, sem nem sequer saber o motivo. Titia me acalmou e falou das missões que as pessoas recebem quando nascem. A velha Iandara, por exemplo, viera ao mundo para cuidar dos bebês. Por isso parecia tão severa com as crianças maiores, que, distraídas, gritavam e corriam, assustando os recém-nascidos. A prova era que muitos só dormiam se estivessem em seu colo. Eles não a estranhavam. Titia disse mais: que do meu nascimento até os três anos, foi Iandara quem cuidou de mim com a mesma dedicação, desvelo e paciência. Diante dessas informações, juro que tentei compreender o comportamento da prima de vovô.

Em sua defesa devo acrescentar que a velha índia ria. Quer dizer, ria pouco e para dentro, e essas parcas risadas eram três "hum, hum, hum" acompanhados de um balançar de ombros inclinados para a frente, mas não a ponto de descer do seu rigor. Como titia, ela era a última a se servir durante as refeições. Primeiro arrumava nossos pratos, fazendo os bolinhos de comida. O refresco só seria oferecido a quem tivesse comido tudo. Depois que levantávamos da mesa, ela raspava os nossos pratos, retirava-se para a cozinha e comia os nossos restos sem nojo. Cantar, a índia não cantava. Mas, em noites de lua cheia, refugiava-se no quintal e, da cadeira de balanço, ficava olhando o céu, numa tristeza de fazer dó. Orquestrada pelo ranger da cadeira *humhumizava* harmonias desconhecidas.

Preocupada em não dar trabalho a ninguém, era ela quem costurava as próprias roupas, tomando a insólita precaução de confeccionar, ainda na juventude, a mortalha negra que a cada ano ia adaptando ao seu corpo cada vez menor. Deslizava a mão para baixo do travesseiro e exibia a pataca, presente de Lampião. Era o pagamento reservado ao barqueiro que a transportaria para o mundo dos mortos, dizia. Um dia, acordei e descobri assustada: a velha Iandara começara a encolher. Ou eu comecei a crescer? Não sei. O que sei é que cada vez que a olhava ela me parecia um pouquinho menor, mais lenta no andar. Até que caiu doente e, pela primeira vez, abriu as porteiras da loquacidade. Desembestou a palavra até então aprisionada, numa verborragia não condizente com o seu proceder habitual. Recuperou essa capacidade na exata proporção em que perdeu o dom da razão. Passava dia e noite a falar, falar, gesticular e rir como nunca fizera em toda sua vida. Mamãe, titia e as vizinhas se revezavam nos cuidados com sua higiene e alimentação, oferecendo-lhe chás de alface, maracujá, mezinhas caseiras, na tentativa de adormecê-la e trazer de volta a rotina da nossa vida alterada pelo seu surto.

A velha chorava, dizendo trazer no ventre um gato que miava dia e noite e que não a deixava dormir. A essa altura eu, prestes a completar quinze anos, já pertencia ao mundo dos adolescentes. Por isso fui uma das selecionadas para cuidar dela, junto com as demais mulheres. Eu não mais temia a velha Iandara, já indefesa, e olhava com curiosidade seu baú, que me fascinava, mas me dispus a cumprir a tarefa que o destino me reservara. Numa das vigílias, ao lado do seu leito, descobri a razão do medo que sempre tivera dela. Sentada na cadeira, à sua frente, eu a observava dormir indefesa, quando ela acordou, encarou-me irritada e gritou:

— Tire esse olho de mim, sua bruaca, tire esse olho de mim, sua bruaca.

Abriu-se um clarão na minha cabeça e eu me vi pequenininha, lá atrás, na raiz da infância. Era tarde da noite, mamãe entrara em trabalho de parto e pedira à velha que fosse chamar a parteira, dona Tomásia. Eu estava acordada e comecei a chorar vendo a movimentação nervosa dentro de casa. As duas discutiram porque mamãe queria que eu ficasse com ela e a velha insistia em me levar. Finalmente, mamãe concordou, mas recomendou-lhe várias vezes:

— Não tire os olhos dessa menina, pelo amor de Deus!

Saímos apressadas, Iandara me carregando, a pulso, apertando minha mão, que eu tentava soltar. Assustada, eu protegia meus olhos com a mão livre, enquanto ouvia de longe a voz de mamãe a chorar e implorar em desespero:

— Não tire os olhos dessa menina!

Eu chorava temendo que a velha arrancasse meus olhos e me afundasse na escuridão da vida. Agora, tantos anos depois, estávamos nós duas ali, reunidas pelo destino, sentindo o bafo quente da morte. A toda hora eu me aproximava para sentir sua respiração. Ela fingia dormir e, quando eu me aproximava, arregalava os olhos azuis, agarrava com força meu pulso e falava com a boca desdentada:

— Pensou que eu tinha morrido, é?

E gargalhava com seu hálito fedido. Hálito que me rendeu uns beliscões quando eu era pequena e ela, um dia, veio me acordar, debruçando-se sobre mim. Intrigada com o odor que saía de sua boca, perguntei-lhe ingenuamente:

— Você comeu cocô?

Fui levantada da cama pela orelha, para aprender a respeitar os mais velhos e a nunca mais fazer essa pergunta. Agora, doente, Iandara perdera o controle do tempo e do corpo. Seu relógio biológico quebrara a corda. Às vezes almoçava e, segundos depois, reclamava que a estavam matando de fome. Outras vezes se negava a comer. Caso insistíssemos em fazer uma comidinha do seu agrado, surpreendia-nos com os pedidos mais esdrúxulos: sarapatel, rabada, buchada, moqueca de arraia. O mingau que era oferecido, ela, malcriada, cuspia no chão, nas paredes, na nossa cara, babava na camisola.

Muitas vezes, com a ajuda de outros adultos, eu a levava para tomar banho de sol na cadeira de balanço, razão de antigo enfrentamento. Eu era muito pequena, ainda tomava engrossante, um mingau ralo de farinha de mandioca, e tinha como hábito correr para a cadeira assim que recebia a mamadeira. Ocorre que a velha também gostava da cadeira, mas na frente dos adultos ela sempre se levantava para me ceder o lugar. Até que um dia, estávamos sozinhas e ela se negou a sair. Eu chorava e lhe pedia que se levantasse. Aí tive a brilhante ideia de empurrar as costas da cadeira. A força que imprimi ao gesto foi tamanha que a velha, pega de surpresa, se esborrachou no chão. Corri e sentei no meu trono. Ouvindo a gritaria, mamãe apareceu e se deparou com a velha estatelada na sala e eu calmamente tomando minha mamadeira. Iandara disfarçou, explicando que estava procurando um grampo que caíra no chão. Nunca mais ela disputou a cadeira comigo.

À beira da sua morte, ao aconchegar a velha à mesma cadeira, fiz-lhe, pela primeira e última vez, um tímido carinho na testa, quase um pedido de desculpas, e a embalei com cuidado. Iandara me olhou e sorriu.

Numa tarde, quando estávamos as duas sozinhas no quarto, ela dormiu para sempre. Papai havia sido preso uns dias antes. Mamãe estava na cozinha preparando um chá. Iandara me chamou à cabeceira e disse que estava cansada, ia dormir e não voltaria mais. Como fizera tantas outras vezes, pediu para vestir a mortalha que guardava no baú, no que foi atendida. Acomodou-se de lado e, na mesma posição fetal que adotara nos últimos meses, aconchegou-se aos lençóis. Sorriu com o punho fechado, onde guardava a moeda, e murmurou um quase imperceptível "Morri". Fechou os olhos e dormiu.

Ao entrar no quarto com a caneca de chá, mamãe a viu serena e desistiu de oferecer-lhe o calmante. Saímos do quarto em silêncio. Foi assim que, estranha como viveu, estranha findou Iandara, o que só descobrimos no dia seguinte. A surpresa maior foi por conta de duas coisas que encontramos amarradas nos vestidos de seda que guardava no fundo do baú: o pinico de ouro e uma escarradeira de prata do coronel Aprígio, que haviam sumido da fazenda Olho d'Água.

Poucas vezes a velha falou a mamãe sobre tais objetos. Dizia que o coronel a obrigava a mantê-los brilhando após cada uso e a espancava caso não estivessem reluzindo, mas não revelou que os trouxera consigo. De comum acordo com vovô e titia, decidimos enterrá-los com a índia e não comentar com ninguém para evitar a cobiça. Era riqueza amaldiçoada. E nunca mais se tocou no assunto.

Chorei de pena da velha e compreendi, embora tardiamente, seu drama. Os olhos azuis da menina, lindos e ao mesmo tempo assustadores, eram iguais aos do coronel Aprígio, a besta-fera que seviciou a própria filha dos oito aos treze anos. Coronel monstro que certamente arde no fogo do inferno e que aqui na Terra, felizmente, conheceu a justiça pelas mãos de Virgulino Ferreira.

Iandara descansou. E, com a rigidez da morte, não foi possível trazer a índia de volta à posição horizontal, a não ser que quebrassem seus ossos, o que nem mamãe, nem titia, nem vovô permitiram. Seu Gildo, marceneiro e dono da funerária Bom Fim, fez às pressas um caixão especial.

Quando vovô foi pagar as despesas ao dono da funerária, ele recusou alegando que a velha Iandara fazia anos já havia quitado sua dívida terrena. Papai foi liberado da prisão na hora do enterro, mas só teve autorização para ficar poucos minutos diante do caixão. Chegou num jipe, cercado de soldados. Quando as pessoas abriram espaço para ele passar, corri para abraçá-lo, mas fui impedida pelo sargento Cambito. Papai ficou em pé diante do caixão por uns rápidos minutos, olhou para nós, sorriu, piscou o olho e se debruçou para beijar e abraçar Iandara. Vovô fez o mesmo gesto, a tempo de ouvi-lo afirmar que estava bem e que procurasse a pessoa cujo endereço ele escondera entre os cabelos de Iandara. Era um promotor que cuidaria de sua libertação. Cambito percebeu os sussurros e o levou dali imediatamente. Vovô recolheu o bilhete e ordenou o enterro. Às cinco da tarde, junto com as roupas de seda, o pinico dourado, a escarradeira de prata e a pataca, a prima de vovô foi enterrada naquela posição dos bebês abortados e aprisionados em garrafões de laboratórios.

Foi assim que a velha Iandara saiu da minha vida. Até hoje procuro as razões pelas quais o destino me deixou tão próxima de uma mulher tão distante. Ser espectadora de sua vida e de sua morte fez com que ela se entranhasse com vigor em minha alma. Dois dias depois, papai foi libertado, mas a morte da velha não me saía da cabeça, perturbando minha alegria. Ansiava por algum acontecimento feliz que ocupasse minha mente e pusesse fim ao luto.

Não é que quinze dias depois, como se tivesse adivinhado meu pensamento, papai chegou com uma novidade de cair o queixo? Um fogão a gás! Um luxo só. De segunda mão, comprado do professor Genaro. Nunca mais acender carvão, soprar as brasas para o fogo pegar. Adeus às buscas por gravetos. Era o fim das tosses com a fumaceira que os tições provocavam.

Papai, seguindo à risca as instruções do amigo italiano, nos afastou da cozinha e, com gestos rápidos, abriu a torneira do gás e enroscou o bico da mangueira no bujão. A técnica para conferir se havia vazamento era envolver a torneira com pedaços de sabão e jogar água para ver se formava bolha. Instalação feita, ele próprio fez questão de testar o funcionamento do fogão. Pôs água na panela, girou o botãozinho, acendeu o fósforo e o fogo subiu, azulzinho. Coisa linda! Com cinco minutos a água já fervia e bebemos o café mais gostoso de nossas vidas. Espalhada a novidade, as vizinhas não saíam lá de casa, sob o pretexto de provar o cafezinho sem gosto de fumaça, que a velha Iandara nunca provaria.

Casarás?

Entrei para o curso pedagógico e, como uma autêntica normalista, peguei as duas manias que caracterizavam as jovens candidatas ao magistério. A primeira era cantarolar uma canção muito em moda: "A normalista". A outra era organizar os cadernos conhecidos como "Questionário" e "Casarás?". A música parecia ter sido feita sob medida para mim, que me sentia a musa inspiradora do intérprete: "Vestida de azul e branco/ Trazendo um sorriso franco/ E um rostinho encantador...".

Era época dos concursos radiofônicos e todas as emissoras de rádio organizavam testes para a escolha do melhor imitador do cantor. Alguns vencedores faturavam uns trocados protagonizando serenatas encomendadas pelos jovens apaixonados. Quanto maior a semelhança da voz, maior a possibilidade de aceitação do namoro, com a prévia aprovação do pai da pretendida. Se a relação vingasse, no dedo da normalista brilharia primeiro o anel de compromisso, com pedrinhas coloridas, depois a aliança de noivado, que seria passada para a mão esquerda por ocasião do casamento. Para minha tristeza, ninguém me fez serenatas, não recebi anel de compromisso nem de noivado. Eu era um patinho feio. Conversando com minha tia, ela me aconselhava:

— Tudo tem seu tempo. Você ainda é muito nova. Tem toda a vida pela frente. Não tenha pressa para se comprometer.

Os sonhos continuaram povoando minha adolescência, e eu preenchia meu tempo organizando questionários secretos, aqueles feitos especialmente para meninas. Divulgados boca a boca, havia disputas entre as amigas para saber quem figuraria entre as participantes. As meninas que tinham seus pedidos rejeitados faziam de tudo para ler os tais cadernos e espalhar os segredos de suas páginas. A divulgação dos sonhos mais secretos das adolescentes manchava a credibilidade da organizadora dos cadernos. Todas as folhas traziam no alto uma pergunta. As linhas abaixo e no verso da página eram numeradas. Quem respondesse na linha número 1 seguiria sempre preenchendo o espaço dedicado a esse número. Quem assinasse no número 2, só preencheria o espaço reservado a esse número, e assim por diante. A primeira pergunta centralizada no alto da folha era o nome da colega/amiga. A segunda folha perguntava a idade; a terceira pedia o local de nascimento; as seguintes, o nome dos pais, a quantidade de irmãos, entre outros questionamentos. Folheando as páginas, conheceríamos quem era a melhor amiga, cor preferida, número de sorte, música que marcou sua vida, ator, atriz, cantor, cantora, o maior medo, o maior fracasso, o hobby. A partir daí vinham as revelações mais íntimas: já amou alguém sem ser correspondida? Nome do namorado, data do primeiro beijo etc. O que mais provocava curiosidade, por ser a pergunta mais picante, era: "Gosta de flertar?". Quem respondesse afirmativamente, naquela época, seria interpretada como "moça fácil". Na última página do caderno, depois de lidas as respostas, teríamos completado os perfis das entrevistadas. Ali, muitos segredos eram revelados. Por isso ninguém, além das escolhidas, poderia manusear as folhas zelosamente preservadas dos olhares masculinos.

Meu caderno era um dos poucos com chave. A pessoa a ocupar o número 1 foi Das Dores. Com sua letra infantil, cheia de erros de gramática e vícios de linguagem, ela revelou seu maior sonho: casar, ter uma família e filhos. Flertar? Gosto muito, respondeu, alheia aos comentários. Na folha 14, na pergunta "Você se acha bonita?", ela cravou sua certeza afirmando que, sim, era linda. No quesito profissão, não se definiu e respondeu que topava qualquer uma, desde que "não passe mais fome, nem 'umilhassão'". Dinheiro, ela queria apenas o suficiente para ter o que vestir, onde morar e o que comer. Sua comida preferida? Todas. Fruta? De preferência madura. Tipo de homem? Qualquer um que a amasse. A última pergunta, na página 22, pedia uma frase importante. Ela registrou: "Minha vida daria um 'romanse'".

O outro caderno que também fazia muito sucesso era conhecido como "Casarás?". O meu era o mais organizado, o mais requisitado, com trinta perguntas e 22 opções de respostas em cada página. Com a ajuda de titia, era o único caderno cujas respostas eram dadas em versos. Organizado como o questionário, estava mais para um jogo de adivinhação cujas respostas aleatórias dependiam da escolha do número. Dentro de uma sacola de pano coloquei 22 pedaços de papéis numerados. Quem estivesse interessada tiraria de olhos fechados um número para saber o que o destino lhe havia reservado.

A primeira pergunta era "Casarás?" Cito apenas algumas das respostas:

1. *Casamento? Tome tento./ Entrarás para o convento.*
2. *Viverás com muito amor./ Casarás com um doutor.*
3. *Terás marido fardado./ Casarás com um soldado.*
4. *Brigas a perder de vista./ Viverás com um motorista.*
5. *Já falei: não casarás./ Vitalina ficarás.*
6. *Casarás aos vinte anos/ depois de alguns desenganos.*
7. *Deixe de aborrecimento./ Nunca terás casamento.*
8. *Futuro difícil, não nego./ Casarás com um homem cego.*

Na segunda página a pergunta: "Terei filhos?"

1. *Filhos são prendas de Deus/ mas nunca terás os teus.*
2. *Seis filhos sim, todos gênios./ De par em par, serão gêmeos.*
3. *Casamento com muito brilho, mas nunca terás um filho.*
4. *Não terás teu próprio ninho./ Cuidarás dos teus sobrinhos.*

Interessava muito saber se haveria lua de mel, e a resposta mais ansiada era a de número 2: "Farás viagem feliz./

Lua de mel em Paris". Eu me divertia com a reação das amigas sobre o tipo de sogra:

1. *Não casarás, pra que sogra?/ Melhor criar uma cobra.*
2. *Viverás sempre em candura./ Com tua sogra, uma doçura.*
3. *Sogra boa é um sonho./ Viverás com um demônio.*

Outro verso que irritava minhas amigas era sobre empregada: "Empregada? Nada disso/ Tu farás todo o serviço".

Era assim que o questionário rimava a nossa sorte ou azar ao sabor da fortuna. Se eu levasse a sério as respostas que me couberam no número 17, jamais teria conhecido o mundo: "Viajar? Quem pensas que és?/ Daqui não arredas os pés".

Essa frase me perseguiu durante muito tempo como uma provocação. Encasquetei com a rima e peitei o destino: quem disse que eu não arredo o pé daqui? Arredo, sim, senhor! E vivia a matutar uma oportunidade de viajar pelo mundo. Queria saber mais da vida, dos costumes, das culturas, das pessoas. Precisava conferir tudo o que aprendera nos livros.

Foi o que fiz anos depois. Segundo minha tia, devia dar graças à cumplicidade do Anjo da Boca Mole, que me deu coragem para mudar o leme de minha vida: de Paripiranga a Paris. Mas à época da minha viagem eu já estava bastante descrente de anjos e santos, e me policiava, inutilmente, para não repetir locuções exclamativas do tipo "Ave Maria!", "Minha Nossa Senhora!", "Cruz credo!" "Se Deus quiser!", "Graças a Deus!", pronunciadas mecanicamente. Bem que tentei substituí-las por um "Puxa vida!", "Não é possível!", talvez um "Caramba!" ou "Não acredito!", mas obtive pouco progresso. Sem que me desse conta, diante das surpresas da vida, lá me via a repetir: "Deus me livre!". Simples questão de hábito.

Não faz mais que sua obrigação!

Titia não se contentou em apenas me ajudar a organizar o caderno "Casarás?". Quando me tornei normalista ela me deu de presente uma Bíblia com a dedicatória: "Minha Flor, espero que nessas páginas você encontre fundamentos para orientar sua fé. Não se esqueça de que o ser humano precisa sempre acreditar em algo que o impulsione para o caminho do Bem. O resto é Mistério".

Naquela mesma noite, comecei a ler a Bíblia, e foi então que adquiri o hábito que me acompanha até hoje de fazer anotações nos espaços em branco dos livros. Eu comentava sobre o que estava escrito, discordava, perguntava, e depois debatia com minha tia. Ela insistia que eu precisava ter fé, pois temia que eu me tornasse, como meu pai, uma ateia. Pediu-me cautela nos comentários com colegas, amigos e, principalmente, com os professores.

— Na Escola Normal, todos os professores são católicos, conhecem o Antigo e o Velho Testamento de cor e salteado, e se você cair na besteira de dizer a eles o que você me diz, é bom que esteja bem embasada, viu? Por isso você precisa ler e reler a Bíblia para poder argumentar, com conhecimento de causa, e não por saber de oitiva.

Não a desapontei. Até hoje, leio e releio a Bíblia com curiosidade de pesquisadora. A formação pedagógica, por outro lado, só reforçou minhas convicções. As aulas de fundamentos da filosofia vieram preencher uma lacuna nos meus estudos. Apesar dos embates criados pelos questionamentos filosóficos e religiosos, meu interesse pelos estudos era reconhecido por todos os professores. Já no primeiro semestre, fui chamada para trabalhar com a professora Graça Eufrosina, no grupo escolar. Indicação da própria. E eu que achava que ela não gostava de mim.

Só Das Dores compartilhou esse meu sucesso. Hedna, depois que se mudou, não apareceu mais por lá, embora eu sempre recebesse notícias suas através de seu pai, na feira. Ela casou cedo e se encheu de filhos, que nem a mãe. Encontrei-a casualmente algumas vezes; sempre grávida. Assemelhava-se a uma giganta de peitos imensos e pés inchados, sempre com uma toalhinha na mão enxugando o suor que lhe escorria da papada. A gravidez a havia deformado. Movia-se remando de um lado para outro, que nem uma pata gorda.

Hedno entrou para o Exército, tomou gosto e resolveu fazer carreira militar. Virou até um homem bonito, musculoso. Não ficou rico, é verdade, mas se transformou num bom partido, disputado, dizem, por muita moça de bem.

Das Dores foi a última a seguir seu caminho, desfazendo o nosso grupo. Tínhamos então dezessete anos recém-completados. Às vésperas de sua partida, eu voltava da Escola Normal quando a vi recebendo dinheiro do cabo Silva, com quem discutia. Com ar de vencedora, ela levantou os braços cheios de pulseiras e agitou as notas nas mãos. Triunfo! Os homens que bebiam no boteco ao lado acompanhavam a discussão com interesse. Faziam pilhérias e dividiam apostas entre o cabo e minha amiga. No exato instante em que ela exibia o dinheiro, passou um caminhão cheio de soldados e um meganha gritou:

— Dá-lhe, cabo Silva! Dá-lhe de esmerilho!

Minha amiga deu uma banana na direção do caminhão, virou as costas para o cabo e veio ao meu encontro, rebolando acintosamente, como era do seu feitio. Guardou o dinheiro no decote do vestido e eu sugeri que voltássemos para casa pelo caminho mais longo. Temia cruzar com os bêbados do boteco, mas ela insistiu.

— De jeito e maneira! Desde quando eu tenho medo de bêbo? Esqueceu que pai também bebe? Pó dexá comigo.

Empinou o nariz, puxou-me pelo braço e abriu caminho entre os homens. Pois não é que um deles — o que tinha o queixo projetado para a frente — bebeu com barulho o último gole da cachaça espichando o lábio inferior? Largou o copo no balcão e, para diversão dos cupinchas, disparou para minha amiga:

— Mulé, caixa de fóssoro... te risco!

Ah, para quê! Das Dores voltou-se, encarou o cachaceiro e, num lance genial, fez uma referência jocosa ao seu defeito:

— Sai pra lá. Vê se te enxerga, Queixo de Aparar Chuva!

As gargalhadas dos companheiros de botequim foram desviadas para o pobre coitado, que carregou pelo resto da vida o apelido. Era assim minha amiga. Se pisassem nos seus calos, ela reagia de pronto. Naquela noite, no caminho de volta para casa, ela me explicou que estivera por toda a tarde tocaiando o cabo Silva para receber pelos três alisamentos feitos nos cabelos de sua mulher, que se negava a pagar. Sempre que cobrava, ela marcava para "de hoje a oito". E toda semana lá estava minha amiga, na data marcada, ouvindo as evasivas da cliente. A coisa pegou fogo quando a mulher do cabo disse que só pagava "para o mês". Aí minha amiga comprou a briga. Disse que não esperaria nem mais um dia, quanto mais um mês. Por isso ficou rondando a rua, disposta a criar o maior escândalo. Uma atitude compatível com seu temperamento estouvado. Comentei que ela se expunha demais, mas ela deu de ombros:

— Não me bate a passarinha!

Acontece que a língua do povo é ferina e o episódio do caminhão de soldados, a discussão com o cabo e o dinheiro recebido em público chegaram aos ouvidos da lavadeira antes que puséssemos os pés em casa. Das Dores nem sequer teve tempo de explicar à mãe a dívida da cliente. Dona Esmeralda agarrou-a pelos cabelos e danou a bater sua cabeça na parede repetidas vezes, manchando-lhe a blusa com sangue. Gritei por mamãe e titia, que logo acudiram. Quando se refez da agressão, Das Dores extravasou toda sua dor gritando que aquela era a última vez que a mãe levantava a mão contra ela. Segurou com força o queixo da lavadeira, obrigando-a a olhar em seus olhos, e falou determinada, com o sangue escorrendo pelo rosto:

— Chega! Chega, mãe, eu num aguento mais. É muita consumição. Olha bem pra mim, mãe. Olha no fundo dos meus olho. Olha bem, porque essa é a última vez que cê vai me ver.

Pega de surpresa com a atitude da filha, a lavadeira tremia. Titia levou Das Dores para sua casa e cuidou dos seus machucados. Nós duas ficamos conversando até tarde da noite, quando ela, absurdamente calma, resolveu voltar para casa. Todos dormiam e a paz parecia ter descoberto um canto vazio para se instalar. No dia seguinte saí cedo para a escola e, ao retornar, recebi a notícia de que minha amiga havia fugido de casa com um soldado, com quem se encontrava às escondidas. Mentira que a mãe espalhara aos quatro ventos, gritando impropérios contra a filha ingrata e exibindo os cacos daquele mealheiro de barro, em formato de porquinho, que mamãe dera a Das Dores havia muitos anos:

— Oia aqui! Levou tudo, num deixô nada, nem uma nica. Era pra isso que aquela desfrutável juntava tanto dinheiro, escondendo da gente. Maldita! Eu devia ter dado uma surra de cansanção nela!

Completados dois anos do sumiço da filha, dona Esmeralda recebeu a visita de um mensageiro que lhe entregou uma boa quantia em dinheiro; visita que se repetiu todos os meses até sua morte, já idosa. Era uma doação anônima, limitava-se a dizer o homem. Antes de partir, entretanto, tirava a digital da iorubá e a firmava no pé dos recibos, cujas cópias a mulher guardou enquanto viveu. Exigências do doador, explicava. Tudo diante de minha tia e mamãe, que concordaram em assinar como testemunhas.

As vizinhas afirmavam que Das Dores era o anjo milagroso que livrara a família da miséria. As suposições tomavam roupagem de verdade cada vez que o homem aparecia e, no ato solene da assinatura, armava no quintal uma máquina de tirar retratos e batia fotos da iorubá junto com as filhas e o marido, Chico Pintor. Exigências do doador, repetia.

Dona Esmeralda, por sua vez, não dava o braço a torcer e jamais agradeceu a ajuda. Nas primeiras fotos enviadas ao misterioso protetor, posou com uma cara muito séria, desconfiada, mas seis meses depois já arreganhava o sorriso, mostrando satisfação com o adjutório. Nunca deixou de condenar a ingratidão da filha que a abandonara quando ela mais precisava de sua ajuda, obrigando-a a viver do auxílio de estranhos. Ai de quem aventasse a possibilidade de ser a filha maldita a autora das doações. A lavadeira, dura que nem papel de embrulhar pregos, gritava, para quem quisesse ouvir, que não tinha nada a agradecer à ingrata, e que, se isso fosse verdade, ela não fazia mais do que sua obrigação.

Um dia, eu já morava no exterior, recebi algumas cartas de meus irmãos me contando as novidades. Diziam ter aparecido por lá uma família estranha e rica. Um gringo que não falava uma palavra da nossa língua, seus dois filhos mabaços, mulatos de olhos verdes iguais aos do pai, e a esposa, uma negra muito bem-vestida, de traços finos, nariz afilado e cabelos lisos. Dona de uma risada estrondosa, a figura esbelta mais parecia uma princesa senegalesa. Enfeitava-se com ouro e pedras preciosas, nos cabelos, no pescoço, nas orelhas, e pulseiras, muitas pulseiras, cobrindo os pulsos.

Da família, ela era a única que falava português, embora com forte sotaque. Por três dias ficaram hospedados no melhor hotel da cidade. A mulher alugou um carro de praça e circulou com marido e filhos para cima e para baixo. Assim como veio, partiu sem revelar o teor da visita. Não faltaram suspeitas de que se tratasse da minha amiga Das Dores.

Houve até quem afirmasse ter visto o carro de praça parado em frente à casa da lavadeira. Só estranhei que ninguém tivesse encarado a tal mulher, pois bastaria olhar no fundo dos seus olhos para saber de quem se tratava. Os olhos de Das Dores eram inconfundíveis: dois caroços de feijão boiando num prato de leite.

Lendo a carta de meus irmãos, lembrei-me da madrugada em que meu avô entrou à força na casa da iorubá para salvar minha amiga dos maus-tratos da mãe. A bichinha, lá pelos sete anos, estava na ponta dos pés, no meio da sala, as mãos para cima amarradas ao caibro do telhado por uma corda. Estivera nesse castigo por toda a noite. Eu a escutava gemer e não conseguia dormir. Corri para a casa de vovô e lhe implorei que fosse buscá-la, mas só às cinco da manhã, quando me viu chorando encostada à porta, ele cedeu. Pela fresta da janela viu a terrível cena e deu um pontapé na porta. Quando Das Dores nos viu, seu olhar era de felicidade. Nada de mágoa, tristeza, sofrimento, embora o sangue escorresse pelos seus braços. Vovô cortou as cordas e ela mal teve tempo de dizer:

— Mãe me amagou muito!

Desmaiou em seus braços. Quando acordou na casa de minha tia, já com os pulsos cobertos com gaze e folhas medicinais, demonstrou tanta alegria de viver que só mesmo uma menina muito especial teria reação semelhante. Titia explicou-lhe que aquelas marcas eram muito profundas e talvez ficassem para sempre em sua pele negra. Com distanciamento, rindo, como se falasse de outra pessoa, ela disse:

— Ô pêga! Dessa vez mãe amarrou a corda muito de com força. Doeu como a peintcha!

Das Dores não apareceu nem quando a mãe faleceu, ainda amaldiçoando seu nome. Nunca me escreveu uma linha sequer. Confesso que senti uma pontinha de mágoa. Por outro lado, na medida em que fui amadurecendo, justifiquei sua atitude como medo de que alguém pudesse descobrir seu endereço e o passado voltasse a perturbar a paz que — acredito — havia encontrado distante da mãe.

Sabendo da história da mulata casada com um estrangeiro, tive a certeza de que era Das Dores por outro pequeno detalhe, que passou despercebido por todos. O nome do casal ninguém conseguiu saber, mas em algum momento se ouviu o homem chamando os filhos por uns nomes estranhos, algo como Côuzmos e Dêimien. No meu coração disparou um alerta: Kosmos/Cosme e Damien/Damião.

Juntando todas as evidências, não tive dúvidas de que a negra com porte de princesa era mesmo minha amiga. E tinha conseguido parir gêmeos homens, tal e qual sonhara a mãe. E para não magoar a lavadeira, não se identificara. Era Das Dores, sim. Só mesmo ela para equilibrar na balança do coração tanta coragem e tanta bondade, nas exatas medidas. E pedi à vida que a protegesse sempre.

Vivo até hoje com uma certeza que me alegra o coração. Minha querida amiga conseguiu formar uma linda família. De lembrança dela guardo os dois cadernos que organizei tão logo iniciei o Normal. O "Questionário", que ela inaugurou ocupando o número 1 de todas as páginas, e o jogo "Casarás?", de perguntas e respostas, cujo objetivo era desvendar o nosso futuro.

Quem me dera ser...

Aos dezessete anos encerrei a promessa que minha tia fizera a santa Rita de Cássia dos Impossíveis. Para meu alívio, cortei o cabelo. Naquele dia, a lembrança de Das Dores, cujo paradeiro ninguém sabia informar, logo veio à minha mente. Ela, por absoluta descrença, condenava a promessa de titia e insistia comigo:

— Corta logo esse cabelo, Essa Menina. Criar o que não se come, só menino.

Se dependesse só de mim, eu já o teria cortado há muito tempo, mas em respeito a titia acatei sua vontade até a data prevista. Ela alardeou por toda a rua que a "minha" promessa chegara ao termo. Mas quando chegou a hora, desisti. Não queria mais cortar o cabelo. Afinal, foram catorze anos de cabelos compridos. Tinha medo não sei exatamente de quê, expliquei.

Ela me surpreendeu argumentando que cabelo era o que mais crescia na cabeça das pessoas. Era só cortar para crescer de novo. E que eu era abençoada porque, além de criar cabelo, criava também muitas ideias interessantes. Minha força estava na mente, não no cabelo. Eu não era Sansão. Além do mais, teria que completar a tal promessa porque a santa cumprira seu trato. Nesse ponto discordei dela, pois papai fora preso tantas outras vezes que eu acabei duvidando do poder milagroso da mártir. Mas cedi ao seu apelo.

Fui para o quintal, sentei na cadeira e vi titia com uma revista na mão. Lá em casa ouvíamos muito o rádio, e cada um tinha um ídolo. Eu era fã de Cauby Peixoto e de Ângela Maria. Queria do fundo do meu coração ser como a cantora. A responsabilidade de ser professora caminhava emparelhada com o devaneio de ser cantora. E não fazia feio. Eu tinha senso de harmonia, melodia, compasso rítmico e afinação. Para camuflar as deficiências canoras, exercitava meu talento para a interpretação e, dependendo da letra, chegava até a chorar de emoção.

Titia pôs em meu colo a *Revista do Rádio* em cuja capa estava Ângela Maria, com os cabelos curtinhos. Tomei coragem e falei a ela do meu sonho de ser cantora. Fui desencorajada, mas ela prometeu que cortaria meu cabelo igual ao da cantora. Com direito a uma *simpatia*, que era como chamávamos a franja. Sem me dar tempo de refletir, fez uma trança bem apertada, prendendo-a com uma fita, e botou a tesoura para ranger bem no pé do meu cangote. O contato com a frieza da lâmina provocou calafrios em meu corpo. A tesoura parecia cortar minha alma. Não sei explicar direito, mas doeu tanto dentro de mim que chorei. Titia, após alguns segundos, exibiu a enorme trança no alto, como um troféu, e exclamou:

— Aleluia! Louvada seja santa Rita de Cássia dos Impossíveis! Palmas para santa Rita.

Apesar do calor, comecei a tremer de frio, e minha tia, com a habilidade de um barbeiro, passou a gilete em minha nuca e arredondou o corte. Para ficar na moda, aplicou uma substância pastosa, prendendo a franja toda para trás com uma pequena ondulação. Do lado direito da minha testa, puxou uma mecha de cabelos, torneando-o em forma de vírgula. Era o *taradinho*, o mesmo penteado que Ângela Maria exibia na capa da revista. À noite, tive febre.

De manhã percebi que tanto o *taradinho* quanto a *simpatia*, graças ao meu cabelo cacheado, estavam desalinhados. Tive que mantê-los à base de muita pasta Glostora. A trança titia depositou em seu oratório, ao lado da imagem da santa. Nunca mais criei cabelo. Pela praticidade, mais do que pela moda, eu o mantive, no máximo, à altura dos ombros.

Já o freio em meus devaneios durou pouco. Bastou um carro de propaganda anunciar pelas ruas a exibição do filme *O cangaceiro* para eu mergulhar em novos sonhos. Frequentadora assídua de cinemas, não perdia um só filme. Mas nada mexeu tanto com minha fantasia como *O cangaceiro*. Encantei-me com Vanja Orico e fiquei fã. Perdi a conta das vezes que revi a trama. Decorei todas as cenas, cantava todas as músicas. Sofri com o amor da professorinha pelo cangaceiro bonito, mas me identifiquei muito mais com a cangaceira de rosto suave. Mordida pelo desejo do sucesso, vivia cantando "Sodade, meu bem, sodade" e "Lua bonita". Tudo a ver comigo. Eu estava mesmo decidida a ser artista de cinema. Eu queria ser Vanja Orico.

Um desejo parecido com o que eu sentia em criança quando me fantasiava de Carmen Miranda. Pois é. Eu também já quis ser a Pequena Notável. Mas nesse caso a vontade não partiu de mim, a culpa era de mamãe, fã da cantora, que me vestia de Carmen Miranda no Carnaval. Mas o tempo passou, eu cresci e minha mãe parou de me enfeitar com paetês e balangandãs. Aí assisti ao filme sobre o cangaço e descobri meu talento para o cinema. Então, assim como quem não quer nada, falei para minha tia sobre esse meu desejo de brilhar em cinemascope. Pelo tom de sua voz, percebi que mais uma vez eu a desapontara:

— Lá vem você de novo com essa história! Desistiu de ser professora?

Tentei convencê-la de que eu não havia mudado de opinião, pois as duas profissões, na minha maneira de ver, se completavam. Ela no entanto abortou meu sonho com argumentos contra os quais eu não soube lutar:

— Pare de sonhar, Minha Flor. A profissão de artista é muito ingrata, principalmente para a mulher. Mulher que se mete nesse ramo sofre muito. Ninguém respeita. Até a carteira delas é igual à das mulheres da vida. Melhor é estudar e ter uma profissão digna.

Enquanto isso, uma infinidade de outros sonhos continuava fervendo em minha cabeça. Relutei em abandonar o tempo da adolescência, protelando o ingresso na fase adulta. Vivia uma crise séria, compartilhada com ninguém. Quem entenderia por que uma professora racional, responsável, adulta, boa filha se deixava desafiar por um coração sonhador?

A última mania foi alimentar secretamente o sonho impossível de ser miss.

Meu Deus, como eu queria ser Martha Rocha, branca, de olhos verdes, cabelos lisos e medidas perfeitas! Tínhamos até a mesma idade. Mas contentei-me em comprar um álbum de retratos e colar recortes de revistas das candidatas. Tudo emoldurado com cantoneiras verde-musgo. Uma página inteira mostrava o desfile de Martha Rocha em carro aberto, com o maiô Catalina. Foi aí que cometi a segunda maior extravagância da minha vida. A primeira foi o par de sapatos laranja que vovô me dera havia muitos anos. Agora, com o meu próprio dinheiro, comprei um maiô Catalina, igualzinho ao que a Miss Brasil usara no desfile de carro. Com saiote e tudo. O *dernier cri*, em matéria de moda. Usei-o pouquíssimas vezes, para não gastar.

Mas a vida é implacável. Sem grande talento para o estrelato e sem a coragem da filha do juiz, que fugiu com o circo para ser rumbeira, decidi redobrar minha aplicação nos estudos. Desiludida e a contragosto, abafei a esperança de ser mocinha de filmes e Miss Brasil.

A macaxeira milagrosa

Essas frustrações me deixaram triste e introspectiva, até que o professor Genaro — sempre ele — chegou com uma novidade. Repassou para papai um produto de luxo, coisa de irmão, com direito a um pinguim de louça. Na porta, com as oito letrinhas que quase ninguém sabia pronunciar, a marca do fabricante: Hotpoint.

Na vizinhança, não faltaram comentários maldosos questionando a procedência do dinheiro. Como nós nos dávamos a tantos luxos se papai só vivia preso? Primeiro foi o fogão a gás, e agora ele aparecia com mais aquela extravagância. Diziam que éramos pobres com mania de rico. Esqueciam que mamãe costurava para clientes fixas, que papai e meus irmãos mais velhos trabalhavam, e que eu, como professora, também dividia as despesas.

Por falta de espaço melhor na casa, o elefante branco foi colocado na sala. A mim, parecia o lugar ideal. Toda geladeira que se preze deveria sempre ser colocada na sala. Ligada a tomada, surgiu o primeiro questionamento: como vamos inaugurar o refrigerador? Na cozinha só havia sopa, café e pão. Nenhum refresco, nenhum pudim, nenhum doce, nada que pudéssemos gelar.

Foi quando papai, orgulhoso da nova aquisição, despejou água nas quatro fôrmas de alumínio. E ficamos esperando a máquina trabalhar. Demorou. A todo instante, impacientes, abríamos a porta da geladeira e enfiávamos um dedo na água para ver se já estava petrificada. Até que o gelo ficou pronto. Papai, com muita cerimônia, pegou um pano para não queimar os dedos, tirou as quatro cubas do congelador e colocou-as na mesa. Puxou as alavancas do centro e soltou as pedras congeladas. Ficamos sentados em volta da mesa chupando gelo e brincando de passar os dedos frios nas nucas uns dos outros.

No dia seguinte, saboreamos nosso primeiro picolé caseiro. Minha tia ralou o coco, espremeu o leite, misturou com água açucarada e distribuiu o líquido branco nas fôrmas. Horas depois, estavam prontos os quadradinhos de abafa-banca. O óleo branco deixava uma camada espessa em cima e a água açucarada ficava por baixo. Uma delícia!

Mas a notícia da chegada da geladeira se espalhou e não tivemos mais sossego. O refrigerador acabou se transformando em ponto de discórdia entre mamãe e alguns vizinhos. É que na hora do almoço, a todo momento, chegava uma criança carregando uma panela em busca das tais pedras de gelo. As amigas de mamãe não entendiam quando os filhos voltavam para casa de mãos vazias. Fofocavam que mamãe andava metida a besta.

Teve um dia em que mamãe obrigou dona Esmeralda a despejar água nas cubas e sentar em frente à geladeira para esperar o gelo ficar pronto. A todo instante mamãe a mandava verificar se a água já havia endurecido. Depois de um bom tempo, a lavadeira, cansada de esperar, reconheceu que não entendia como funcionava aquela geringonça e se desculpou. Achava que era só colocar água e em poucos segundos o gelo saía. Afinal, na fábrica de gelo era assim. Bastava pagar no balcão que o moleque saía lá do fundo com um bloco de gelo nas costas, cheio de serragem.

Mesmo com o pouco que eu ganhava dando aulas no grupo escolar, consegui economizar algum dinheiro para, no final do ano, junto com meus irmãos, comprar dois ferros elétricos, um para mamãe, outro para titia. Nunca mais soprar brasas pelos fundos do ferro, nunca mais sacudir aquela coisa pesada no ar! No ano seguinte, no Dia das Mães, juntamos nosso dinheiro de novo e as surpreendemos com dois liquidificadores. Com a chegada dos eletrodomésticos, descobrimos que o progresso trazia embutido um único inconveniente: só era possível usar um aparelho por vez, para não queimar o fusível.

Tudo parecia caminhar tranquilamente quando a rotina dos meus estudos foi quebrada por um acontecimento trágico, que atiçou meu interesse pela política. Cursava o último ano pedagógico, a quatro meses do diploma de professora, naquele fatídico 24 de agosto. Ao chegar cedinho à escola, acompanhei as colegas ao pátio, onde a diretora, aos prantos, informou que as aulas estavam suspensas porque o presidente do Brasil cometera suicídio com um tiro no peito.

Comemorei em silêncio. Não pela morte em si, mas porque a prova oral de matemática marcada para aquele dia teve que ser adiada. Em vez de ir para casa como a maioria das colegas, corri para o centro da cidade em busca de notícias frescas. O que vi pelas ruas me deixou estarrecida. A população, enlutada, lamentava: "Morreu o meu pai", "O que será de mim, meu Deus?".

Percebi que, sem nenhuma combinação prévia, seguíamos todos na mesma direção: a praça. Meu olhar cruzou com o de um trabalhador, operário da construção. Ele batia no peito e repetia com olhar desvairado:

— Assassinaram nosso pai!

Supondo que ele estivesse desinformado, expliquei-lhe que o presidente cometera suicídio. Mas o homem seguiu alardeando que essa era a versão do rádio para engabelar a população. Cheguei à praça e me dirigi ao coreto. A confusão só aumentava. Cruzei com um grupo de fateiras, entre elas a mãe dos mabaços, dona Maria do Porco, que não me reconheceu. Com seus aventais sujos de sangue, choravam e gritavam com histeria, levantando seus facões:

— Assassino! Assassino!

Eu nunca havia presenciado uma manifestação coletiva desse porte. Uma energia diferente pairava no ar. As pessoas pareciam ensandecidas. Indaguei a um pedestre o que acontecera e soube que, próximo dali, havia um homem no chão, no meio de uma poça de sangue. Fora assassinado. Esfaqueado. Policiais passavam correndo, na tentativa de manter a ordem. E o corpo lá.

Aí começaram as versões. Uns davam conta de que o homem fora assassinado por populares, porque estava na praça fazendo um discurso ofendendo o finado presidente. Outros diziam que fora esfaqueado por um grupo de fateiras revoltadas. Muitos afirmavam que era um político, outros negavam. Em frente ao palácio, o povo se aglomerava. A praça da minha infância estava tomada por uma multidão raivosa. No coreto, de onde Abdon fora escorraçado e onde costumava se apresentar a Banda do Corpo de Bombeiros, políticos exaltados se revezavam entoando loas ao ditador.

E o corpo lá.

Sem conseguir chegar perto da vítima, eu colhia relatos das pessoas em volta. Grupos furiosos de trabalhadores, donas de casa, estudantes e políticos armados de paus e pedras ameaçavam depredar o patrimônio público. Os ânimos estavam realmente muito exaltados e eu, com medo, decidi caminhar no sentido oposto. Por prudência, resolvi voltar para casa e acompanhar as notícias pelo rádio. Ao longo do trajeto, cruzei com pessoas que choravam e distribuíam fotos do presidente. Na minha concepção, tudo aquilo beirava a insensatez. Os homens que não usavam roupa preta traziam na manga da camisa um fumo, aquela tira preta de pano que sinalizava o luto. Esbarrei em um senhor que deixou cair dezenas de fotos do presidente. Ajudei-o a apanhá-las e ganhei uma. Segui meu caminho tentando organizar meus pensamentos. Olhando a foto, não pude conter o riso. Eu, com 1,63 metro, era mais alta do que Getúlio Vargas. Ao passar em frente a um boteco, um bêbado apontou para a foto que eu trazia na mão e cantarolou: "Bota o retrato do velho outra vez/ bota no mesmo lugar…".

Quando eu tinha uns catorze anos, flagrei papai cantarolando essa marchinha. O velho, no caso, era o "inimigo", eleito em 1950. O inusitado intérprete, Francisco Alves, era ídolo de papai. Senti-me traída por papai e por Chico Viola, cujas músicas eu sabia de cor. Confidente de minha queixa, titia aplacou minha decepção contemporizando que a vida era assim mesmo e que aquilo eram coisas da política. Perdoei papai e Chico Viola, mas continuei de mal com Getúlio Vargas.

Foi envolvida nessas recordações que cheguei à minha casa, onde encontrei toda a família preocupada com minha demora. Titia disse que eu estava vivendo um momento histórico. Era testemunha de um acontecimento que mudaria o país para sempre. Com frieza, dei de ombros:

— Morreu? Antes ele do que eu. E já morreu tarde.

Acreditava ser essa a opinião geral, porque, até a noite anterior, eu ouvira comentários negativos a respeito do presidente, chamado de "baixinho sinistro" por muitos companheiros de papai. Temendo pela minha vida, titia me fez prometer que jamais emitiria esse juízo em público, principalmente naquele dia.

Eu não entendia mesmo como era que o partido de papai estava hoje nas ruas, solidário com a tragédia. Após alguns segundos, comentei que o presidente, àquela altura, devia estar ardendo no vale dos suicidas de que titia tanto falava. Ela tapou minha boca e, mais uma vez, pediu que não falasse isso nunca mais. Era muito perigoso.

Para evitar mais discussões, foquei minha atenção na programação das rádios. Políticos e intelectuais se revezavam em análises e conjecturas sobre a sucessão presidencial, além das mensagens de pêsames. Não desgrudei o ouvido do Expedicionário, nosso rádio. O *Repórter Esso*, testemunha ocular da História, interrompia a programação a todo instante para dar detalhes da tragédia. A carta-testamento era lida e relida à exaustão. Entre uma e outra música fúnebre, os locutores empostavam a voz: "Eu vos dei a minha vida. Agora ofereço a minha morte. Nada receio. Serenamente dou o primeiro passo no caminho da eternidade e saio da vida para entrar na História". De tanto escutá-la, acabei decorando, se não toda, pelo menos as partes principais: "À sanha do meu inimigo deixo o legado da minha morte".

Nos dias que se seguiram ao suicídio, os jornais e revistas estampavam as manchetes laudatórias e a foto do presidente, ainda de pijama, com a mancha de sangue no peito. Mas o que me chamou a atenção foi o lenço que segurava seu queixo. Amarrado daquele jeito, o defunto parecia acometido de papeira. Por mais que eu tentasse, não conseguia conter o riso. Minha tia ralhava comigo e dizia ser falta de respeito mangar de um morto.

Na data do enterro de Getúlio, uma notícia disputou a atenção dos jornalistas da minha cidade. As rádios faziam sensacionalismo sobre um suposto milagre. Num bairro distante, um pequeno agricultor, ao desenterrar do fundo do quintal uma macaxeira, enxergou no tubérculo a reprodução do rosto do finado presidente. A notícia logo se espalhou e eu, claro, fui até lá com minha tia conferir. Pegamos a marinete e viajamos em pé. O pobre do cobrador se esgueirava por entre os passageiros, anunciando sua presença pelo tilintar das moedas na mão direita. Trazia entre os dedos as notas para o troco, dobradas ao meio e penduradas. A cada ponto de ônibus, mais gente acenava. Todos com o mesmo destino: a casa do agricultor.

Na porta da residência humilde, jornalistas, fotógrafos, donas de casa se espremiam para constatar a macaxeira com a cara do Getúlio. Todo mundo querendo ver e tocar a mandioca milagrosa. Uma fila enorme dobrava o quarteirão. Mulheres levando os filhos pelas mãos seguiam a fila de joelhos, rezando o terço. Na porta, o agricultor recebia o dinheiro da entrada. A mandioca estava exposta na mesa em cima de um lençol branco. Era uma macaxeira grande, com protuberâncias na ponta mais larga. Sim, eu vi a mandioca, mas dizer que ela era a cara do finado, aí é outra história. Não percebi nada semelhante a um rosto, quanto mais ao de Vargas. No entanto, testemunhei muitas mulheres com crises histéricas chorando, outras fazendo promessas ao tubérculo. Houve até quem distinguisse uma faixa presidencial trespassando o "peito" da macaxeira. Eu levava na brincadeira toda aquela história, bem no estilo de papai:

— Tia, tudo bem que o finado quisesse aparecer, mas logo numa macaxeira? Que pobreza!

Virou moda. Todo dia surgia alguém dizendo ter visto o presidente, ter falado com ele, ter recebido mensagem do além. Uma semana depois, quando todo o país rezava missas de Sétimo Dia, espalhou-se outra notícia extravagante. Dessa vez Getúlio aparecera num amendoim. O dono da casa também cobrava para exibir seu achado. Para mim estava encerrada a temporada de tubérculos e leguminosas que se assemelhassem a rostos conhecidos. Não valiam a viagem.

Passado o período do luto, retornei à escola. No final do ano, recebi o diploma do curso normal. Toda minha família e todos os meus amigos foram à cerimônia. Fui escolhida a oradora, mas os professores exigiram que o meu texto passasse pelo crivo do corpo docente. Nele, exaltei a necessidade dos estudos para salvar a população da ignorância e para que as pessoas conhecessem não apenas seus deveres dentro da sociedade, mas, e principalmente, seus direitos. Depois de agradecer aos professores e funcionários, pedi permissão aos colegas para registrar gratidão aos que colaboraram para que aquele momento se realizasse. Percebi um burburinho na plateia e, antes que me cortassem a palavra, falei de improviso, com palavras mais ou menos assim:

— Agradeço também aos meus amigos, ao professor Genaro e dona Giulietta, a vovô, vovó, minha mãe, meus irmãos e meu pai. Obrigada, titia, esse diploma é seu!

Desci do palco e fui abraçada pela família e pelos amigos. Cheguei a me sentir uma artista de circo, ou de rádio, ou mesmo uma estrela de cinema. Tiramos algumas fotos e dali corremos para casa. Da beca para a roupa de gala. No baile de formatura, usei meu primeiro solidéu combinando com o vestido soirée, estilo tomara que caia, como ditava a moda. Dancei a valsa com papai, com vovô, com o professor Genaro e com meu irmão. Senti-me igual a uma princesa naquela noite. Mas meu sonho não tinha nada a ver com o príncipe encantado. A quimera tinha outro nome: Faculdade de Letras.

No dia seguinte à festa de formatura, minha tia, cheia de cerimônias, me chamou ao seu quarto. Apreensiva, eu a segui. Demorou alguns segundos procurando as exatas palavras até desabafar:

— Minha Flor, em seu discurso de formatura, você esqueceu a pessoa mais importante: Deus. Em nenhum momento você fez alguma referência a Jesus Cristo, a Nossa Senhora da Conceição, sua madrinha, a santa Rita. Por quê?

Com receio de magoá-la, também busquei as palavras certas. Mas não houve jeito. Deixei-a desolada diante do meu argumento de que a Bíblia, que eu tanto lia, tirando a pregação do respeito ao ser humano, à conduta ética e moral, me parecia um terreno de incongruências, de aberrações, somado ao fato de ter sido escrita por homens que se arvoravam em representantes do Divino. Ela insistiu que eu talvez estivesse lendo o Livro Sagrado de maneira equivocada, apegando-me mais a pequenos detalhes, sem enxergar o todo.

Foi uma conversa demorada, mas ao final ela capitulou. Perguntando-se onde havia errado na minha educação, suspirou e prometeu rezar sempre por mim. Abraçou-me. Ficamos algum tempo assim, e do ângulo em que eu estava, minha visão abarcava todo o seu oratório, inclusive o olhar de Cristo que me acompanhava, mas perdera a capacidade de me amedrontar. Afagando meus cabelos, ela sussurrou:

— Quem sabe, na faculdade, você mude de opinião, hein?

Perdeu alguma coisa?

Prestei o primeiro concurso superior para o curso de francês no mês de janeiro, aos dezoito anos. Foram oferecidas quinze vagas, mas só eu e outras dez garotas nos apresentamos para a seleção. As provas eram realizadas em duas etapas: escrita e oral.

Uma maratona. A cada dia um teste. Passamos pelas provas orais de português, latim e francês. As escritas versavam sobre questões gramaticais e, por último, havia as dissertações, com um mínimo de vinte linhas, sem rasuras. Não me lembro com exatidão dos acontecimentos, mas sei que, quando a sirene soou, entramos na sala levando apenas uma caneta, um tinteiro e um mata-borrão, todos devidamente vistoriados pela inspetora, para evitar cola. Em cada carteira havia uma folha de papel almaço pautado e uma folha sem pauta, para rascunho. Por ordem alfabética fomos ocupando os lugares indicados pela inspetora. Ao disparar a segunda sirene, entraram os professores responsáveis pela aplicação das provas, com a lista secreta dos temas, em ordem numérica.

A secretária entrou por último, carregando o cavalete e uma caixa hexagonal marrom. Montou a geringonça em cima da mesa, abriu a caixa com a chave e de uma sacola retirou as bolas de madeira. Pela ordem, exibia os números e os jogava na caixa. Depois de fechá-la à chave, afastou-se, desejando-nos boa sorte. O professor de latim, por ser o mais velho, girou a caixa marrom, deixou cair a bolinha e escreveu no quadro-negro o tema sorteado para a prova de português: "Guerra ou paz?". Só recordo da última frase que escrevi no papel: "Se for preciso a luta para a garantia da Paz, que se faça a GUERRA". Assim mesmo, em letras graúdas. Frase que achei muito bonita e da qual me orgulhei, como acho que um estadista igualmente se orgulharia. É bem possível até que eu a tenha ouvido ou lido em algum compêndio. Dois dias depois, o resultado final foi afixado no corredor da faculdade. Na relação das selecionadas, o meu nome era o primeiro da lista. Minha tia, ao meu lado, me abraçou forte, chorando, e tentou repetir o mesmo gesto que fizera por ocasião do meu exame de admissão, quando me pendurou em seus braços. Mas eu já estava bem mais alta e forte que ela. Então rodopiamos abraçadas pelo pátio da faculdade.

— É um marco! Você é a primeira pessoa de nossa família a entrar para uma faculdade.

Prestar o vestibular foi tão fácil para mim que decidi fazer o curso de inglês tão logo me formasse. Depois, certamente, tiraria o diploma de italiano e espanhol. Cheia de projetos, comecei minha vida acadêmica. Estudava de manhã e à tarde continuava dando aulas no grupo escolar. Era uma aluna dedicada e uma professora responsável, mas continuava envolta em devaneios juvenis. A diferença é que não mais ousava revelar meus sonhos de ser cantora, artista de cinema ou miss, e chamava a atenção das pessoas pela seriedade com que encarava o magistério, pelo bom senso com que administrava minha vida e pelo crescente interesse por política.

De modo que iniciei a faculdade empolgada com a candidatura de Juscelino Kubitschek à presidência da República. Lá em casa só se falava nisso. Respirávamos política o tempo todo, porque papai, obedecendo à orientação do Partido, dedicou-se integralmente à campanha de jk. Fui a todos os comícios na praça, eufórica por participar abertamente de uma eleição presidencial. Quando não estava estudando ou corrigindo deveres dos meus alunos, ouvia os programas de rádio.

Um dia, ao acordar, encontrei mamãe ao pé do Expedicionário, chorando. Temi que tivesse acontecido algo a papai. Ela negou com a cabeça, mas não conseguiu articular uma palavra. Apenas aumentou o volume do rádio, que tocava "Taí". Continuei atordoada até a programação ser interrompida pelo *Repórter Esso*, com detalhes sobre a morte da Pequena Notável.

Senti tanta pena de mamãe. Ela parecia um passarinho. Só a via chorar assim por ocasião das prisões de papai. Por não encontrar palavras que a consolassem, eu apenas a abracei e ficamos em silêncio. Naquele dia, em sinal de luto, ela não costurou: cobriu a máquina com um pano preto.

Apesar da tristeza, a vida continuou, sobretudo porque as eleições para presidente estavam bem próximas. Atuando na semilegalidade, era imperativo para o PCB eleger Juscelino. Na faculdade, distanciava-me das outras colegas, cujas conversas versavam prioritariamente sobre prendas do lar. Eu preferia a política, então não tínhamos quase nenhum assunto para compartilhar. A maioria não discutia nem religião. Filosofia tampouco. Sobravam os temas mais amenos, os assuntos íntimos, segredos de mulher.

Foi por essa época que apareceu nas farmácias da cidade um produto destinado ao público feminino: o Modess, absorvente feminino que substituiu as toalhinhas higiênicas. Foi recebido como a solução para os nossos incômodos, mas trouxe outro problema: como comprá-lo?

Nas farmácias, só existiam vendedores do sexo masculino; anunciar o pedido era revelar a situação. Uma vergonha. Além disso, como sair da loja carregando o pacote denunciador de nossa condição física? Nenhuma mulher tinha coragem de ir à farmácia sozinha. A solução era sair em grupos. Fazíamos o pedido, sempre em voz baixa. Percebendo nosso constrangimento, os donos das drogarias passaram a deixar os pacotes em cima dos balcões, previamente embrulhados em papel pardo. Era só pegar e dar o dinheiro ao vendedor. Mas o problema persistia, porque tínhamos que sair com o pacotão e muitas vezes ouvir comentários jocosos de homens deselegantes.

Essa história durou para mim até o dia em que decidi que não teria mais vergonha de ficar menstruada. Entrei na farmácia, coloquei o dinheiro em cima do balcão e pedi em voz alta um pacote de Modess. Um dos homens que conversavam com o balconista, surpreso com a minha audácia, caiu na gargalhada. Eu o encarei e perguntei:

— Perdeu alguma coisa? Está vendo algum palhaço aqui?

O vendedor apressou-se a me entregar o pacote e, piscando um olho, balançou rapidamente a cabeça, como se pedisse que eu relevasse a grosseria do cliente. Agradeci-lhe e, com um sentimento de vitória, atravessei a rua com o pacote embaixo do braço, desafiando o mundo. Só pensava em Das Dores: tinha certeza de que ela agiria do mesmo modo. Aí percebi ao meu lado o homem que rira na farmácia. Ele apontou o pacote marrom e perguntou se eu estava "de chico". Gritei para todo mundo ouvir:

— Eu e a sua mãe, filho de uma chocadeira.

O cafajeste saiu rapidinho. Estufei o peito e segui para casa. Fiquei amiga do vendedor da farmácia, que a tudo assistira. Um dia, meio tímido, ele me mostrou uma propaganda de outro produto que acabara de chegar do Rio de Janeiro. Disse que só me oferecia porque eu era uma professora esclarecida e podia até fazer propaganda se aprovasse a novidade. Garantiu-me que sua mulher já testara e aprovara o produto: uma calça higiênica, preta, feita de plástico para evitar vazamento. Vinha com duas presilhas internas para segurar as duas abas do absorvente íntimo, uma solução inteligente para dar firmeza ao Modess, sempre solto dentro da calçola.

Comprei, testei e aprovei. Adeus, insegurança. O único incômodo eram as saias justas que marcavam o volume da presilha. A solução "naqueles dias" era usar vestido rodado ou saia franzida. Contei a novidade às colegas da faculdade, e Olímpia, filha do médico, me deu um dinheiro e pediu que eu comprasse uma para ela. Argumentando que nós precisávamos perder a vergonha, eu a convenci a me acompanhar até a farmácia. Fiz o pedido em voz alta:

— Uma calça higiênica, tamanho médio, para minha amiga, por favor!

Ali mesmo lhe entreguei o embrulho. Na rua discutimos porque, segundo ela, eu a expusera a uma grande humilhação. Acontece que naquela tarde havíamos combinado estudar em sua casa, uma das poucas que tinha telefone. Calhou de uma prima de Olímpia telefonar do Rio de Janeiro, mas a ligação caiu. Foi seu momento de vingança. Percebendo meu fascínio pelo aparelho, assim que o telefone tocou de novo ela insistiu que eu atendesse. Fiquei nervosa com o peso. Tremia. Não sabia como segurar aquela máquina preta e pus o fone ao contrário. Ouvia a voz da garota bem longe e não entendia o que ela falava. Minha colega caiu na gargalhada, mangando de minha ignorância. Fiquei envergonhada e fui embora. Decidi que nossa amizade acabaria ali e nunca mais lhe dirigi a palavra, ignorando suas tentativas de reaproximação.

Finalmente chegou o dia de votar para presidente. Saí cedinho de casa e fiquei rondando as sessões eleitorais, movida pela curiosidade. No final da contagem dos votos, comemoramos a vitória do nosso candidato. Quer dizer, ganhamos, mas não levamos. Melhor dizendo, Juscelino ganhou a eleição, tomou posse, mas nunca legalizou o partido de papai.

Foi quando descobri a Bossa Nova. Ao ouvir pela primeira vez no rádio aquela batida diferente, meu coração disparou. "Desafinado" causou o maior rebuliço em meus pensamentos. Cantar assim parecia tão fácil, tão simples. Quanto mais ouvia "Chega de saudade", mais ficava remoendo umas ideias estapafúrdias. Dedilhando o violão de papai, eu gastava horas imitando o João Gilberto.

Mais uma vez se abriu um clarão na minha mente: o sucesso estava ao alcance da minha voz. Eu também sabia cantar desse jeito. Como se o destino formasse um complô, os trabalhos, pesquisas e provas da faculdade me chamaram à realidade e me contentei em ser apenas uma "cantora de banheiro".

Em 1959, recém-saída da faculdade, fui aprovada no concurso público para lecionar francês na Faculdade de Letras e tive que sair do grupo escolar. Embora tudo estivesse dando certo na minha vida, continuava inquieta, ainda tinha tanto que aprender. Queria ser como o professor Genaro: falar inglês, italiano e espanhol.

Cai no poço!

Eu sonhava estudar na França. Através do professor Genaro, soube que o consulado francês estava recebendo inscrições para uma bolsa de estudos na Sorbonne. Candidatei-me a uma vaga, enviei currículo, prestei as provas e em setembro de 1960 chegou o resultado. Fui selecionada! Corri para casa e contei a novidade: viajaria no final do ano.

O destino, no entanto, correu na minha frente e me preparou uma cilada. Por essa época, meu pai havia ido ao Rio de Janeiro participar do v Congresso do PCB, ainda na semilegalidade. Na antevéspera de seu retorno, nos falamos pela agência telefônica. Ele disse que estava tudo bem na Cidade Maravilhosa, confirmou o horário do embarque e mandou um recado para titia, em tom de pilhéria, como era do seu feitio:

— Diga a ela que o Cristo é um monstro. Um monstro de tão grande.

Foi a última vez que ouvi sua risada. No dia marcado, ele não retornou, deixando-nos apreensivos até que a notícia chegou no galope do boato: ele sofrera um acidente. Só isso. Onde, quando, como, com quem? Ninguém sabia ao certo, nem havia registro de algum desastre envolvendo o ônibus em que ele embarcara.

A data de minha viagem se aproximava, mas eu estava decidida a partir só depois de esclarecer seu desaparecimento. As informações começaram a pipocar, ainda que incompletas, e decidi checá-las pessoalmente. Viajei seguindo pistas falsas até que, um mês após o telefonema de papai, recebi recado de um mendigo para ir até a ala de indigentes do cemitério e procurar a cova rasa número 65.

O professor Genaro foi meu amparo nessas peregrinações. Ele próprio fez contato com alguns padres do setor progressista da Igreja Católica, buscou suporte legal com advogados simpatizantes da causa do Partido, acompanhou os trâmites legais. Também seguindo sua orientação, escrevi à Sorbonne expondo a situação e recebi a garantia de que minha vaga estava reservada, bastando apenas que eu mandasse os documentos para a matrícula. Foi o que fiz.

Os dias que se seguiram foram de muita dificuldade. Com os documentos legais, consegui que fosse feita a necropsia e constatei a veracidade dos boatos. Sim, era meu pai o indigente da cova rasa número 65, enterrado com todos os objetos, inclusive uma pasta com dois livros de retalhos, um corte de veludo florido, o bilhete do ônibus, indicando que embarcara no Rio, e sua foto sorridente, no Corcovado, emoldurado pelo Cristo Redentor.

Os assassinos, na certeza da impunidade, não se deram sequer ao trabalho de sumir com seus pertences. As formalidades do enterro foram providenciadas por seus companheiros, tendo à frente o professor Genaro, que só então me revelou ser um dirigente do setor internacional do Partido e papai, um dirigente nacional. Eu não conseguia chorar, por mais que meu peito se apertasse, e durante todo o tempo ouvia de titia a mesma frase: "Seja estoica!".

A palavra, cujo significado eu desconhecia — tal como a "nefelibata" do colégio —, caiu como um bate-estaca na minha cabeça e ficou martelando meu pensamento: "Estoica/estaca/estoica/estaca…".

Por mais absurdo que possa parecer, arranjei um tempo para buscar seu significado no dicionário. Decidi, então, que pautaria minha existência pelo estoicismo, se tivesse força para tanto. No dia do enterro, a caminho do cemitério, o cortejo passou pela praça principal e parou em frente ao palácio do governo. Ali, a poucos metros do coreto, alguém gritou a frase que tantas vezes ouvi meu pai repetir:

— A liberdade só se prepara na história com o cimento do tempo e o sangue dos homens.

De repente, não sei quem começou, toda a praça cantava "Serra da Boa Esperança". Sob a batuta de um invisível maestro, a multidão enveredou por todo o repertório de Francisco Alves, cantor preferido de papai. Meu peito deu um nó. Aquele mar de gente lembrava o cortejo fúnebre do próprio Rei da Voz. Agora era papai o homenageado. No cemitério, desceu à sepultura ao som dos versos: "Adeus, adeus, adeus, cinco letras que choram...".

De cabeça baixa, eu automaticamente desviava das pedras pretas, como fazia quando criança. De repente, sem conseguir domar meus pensamentos, comecei a marcar a cadência repetindo mentalmente, com raiva, a mesma sequência de palavras que me perseguiram na infância. Era praticamente impossível conter os sons que dançavam em minha cabeça: "Merda, bosta, peido, cu".

Por iniciativa de minha tia, teve padre rezando à beira do túmulo, distribuição de santinhos com a última foto de papai e a frase atribuída a santo Agostinho: "Senhor, Vós no-lo emprestastes para constituir nossa alegria aqui na Terra. Nós Vo-lo restituímos sem queixa, mas com o coração imerso em dor". Ninguém foi capaz de contrariá-la. Nem eu. No entanto, lendo e relendo aquele texto, eu, cheia de angústia, de inconformismo, discordava daquelas afirmações. A estrutura de nossa família fora quebrada, todos os nossos planos foram adiados e eu não sabia a quem me queixar.

Por ordem de minha tia e de Vovó Grande, o rádio foi desligado, as flores que enfeitavam a casa sumiram dos jarros e a família toda se vestiu de preto, com exceção das crianças, que trajavam preto e branco. Para os filhos maiores, o luto só foi aliviado após seis meses. Mamãe, titia e Vovó Grande, no entanto, permaneceram de luto fechado pelo resto de suas vidas. Os colegas de papai também usaram durante muito tempo uma tarja preta na camisa, não por crença religiosa, mas como uma forma de denunciar o assassinato.

Os dias começaram a passar com uma demora insuportável. Titia, usando como base a data do desembarque registrado no bilhete de ônibus, encomendou missa de mês, de seis meses, de ano, contando sempre com a presença de todos os companheiros de papai, que aproveitavam a ocasião para trocar notícias sobre a situação política sem despertar a atenção da polícia.

Mas, para nossa família, não nos bastava resgatar seu corpo, e insistíamos em conhecer toda a verdade em detalhes. Mal sabia que meu pesadelo estava apenas começando. Eu, menina medrosa e chorona, bati de frente com as intrincadas redes da polícia. Minha família pedia audiências a delegados, comandantes, sargentos. Na companhia de vovô, eu revistei o livro de entrada dos necrotérios da cidade, dos hospitais e dos cemitérios. Incomodamos muito.

Entrevistei o motorista do ônibus, que confirmou o desembarque de papai já próximo à entrada da cidade. O ônibus foi parado por um carro preto, de onde saíram o tenente Cambito e mais dois soldados. Papai desceu com sua maleta, mas na pressa, empurrado por Cambito, deixou cair os óculos no degrau do ônibus, os quais o homem recolheu e me entregou. Demonstrando muito medo, o motorista me pediu que não o procurasse mais, que ele não queria encrenca para o lado dele. Redigi panfletos no estêncil, rodei no mimeógrafo a álcool e saí às ruas distribuindo o texto em que minha família exigia das autoridades apenas a verdade. Fiz tudo às claras, apesar do pavor que sentia.

Fui demitida do emprego de professora na faculdade. A bem do serviço público, alegaram. Mas não desisti. Até que uma noite, ao voltar para casa de uma dessas peregrinações, alguém me chamou de dentro de um jipe e disse ter uma informação exata sobre os últimos momentos do meu pai. Ingênua, não me dei o tempo necessário para refletir sobre o perigo e entrei no carro.

Quando acordei, estava com os olhos vendados, sem roupa, amarrada a uma cadeira de ferro. Fazia frio e eu sentia vergonha da minha nudez. Por imperativo da decência, nunca estivera nua na vista de ninguém e aquela situação me constrangia. A todo instante ouvia uma porta bater com violência. O vento chegava até mim, provocando tremores. Em meio ao silêncio, ouvia apenas respirações pesadas. Sistematicamente jogavam um balde de água gelada em meu corpo nu. Ninguém falava.

Eu apurava os ouvidos na tentativa de descobrir onde estava. Distinguia palavras soltas: pai, pau de arara, comunista, porrada, choque elétrico. Por mais de uma vez, entre barulhos de talheres, canecas e panelas e passos cadenciados de pelotões em exercício, escutei alguém afirmando que minha prisão era só para me dar um susto, para eu parar de investigar a morte de papai. Nesses momentos, aquela mesma sequência de nomes feios ecoava na minha cabeça, por mais que eu tentasse afastá-la: merda, bosta, peido, cu...

Os sussurros à minha volta eram interrompidos por portas que se abriam com estrondo. Em certos momentos, o calor era insuportável. Jogavam uma luz forte em meu rosto. Depois vinha o banho gelado. Alternando esses procedimentos, serviam-me refeições fora dos horários normais. Meu relógio biológico desandou. Eu não conseguir mais distinguir o dia da noite. Ninguém me tocava, mas eu sentia a presença ofegante de mais de uma pessoa. Tive medo, muito medo.

Durante o tempo que presumia ser noite, alguém me soltava da cadeira, mas mantinha minhas mãos e pés amarrados, e me conduzia a uma cama dura, onde jogavam um cobertor em cima de mim. Eu chorava muito e, quando o corpo cansado fraquejava, dormia lembrando a musiquinha que vovô cantava para mim, na infância: "Vá dormir, neném/ Que na casa de Ioiô/ Tem um bicho pegador/ De menino choradô, ô, ô, ô...".

A rotina era sempre a mesma. Puxavam o lençol do meu corpo, amarravam-me nua de volta à cadeira, sempre com os olhos vendados. Eu gritava, chutava e tentava resistir às injeções que me aplicavam. Perdi a noção do tempo. Passaram-se dias? Meses? Não sabia.

Pedia água inutilmente. Meus lábios racharam, meu peito começou a chiar. Tremia de febre. Foi quando recebi a visita de um homem, um padre, talvez, pela voz lenta, pausada. Aconselhou-me a não desobedecer às leis. Seria solta imediatamente se assinasse um documento atestando apenas três itens: 1. Declarar-me católica, apostólica, romana; 2. Confirmar a morte de meu pai como vítima de um acidente na estrada; 3. Suspender as buscas dos motivos que o vitimaram, dando por encerrado o episódio.

Respondi-lhe que não assinaria nenhuma mentira. Ele insistiu que aquela simples confissão facilitaria minha libertação. Falou de Cristo, de fé e perguntou se eu acreditava em Deus. Deu-se então um diálogo que só serviu para complicar minha situação e definir minha teoria sobre religião.

— Você acredita em Deus, minha filha?

— Deus que tudo vê?

— Sim.

— Deus que está me vendo agora nua na sua frente...

— Minha filha, os desígnios de Deus...

— ... amarrada a esta cadeira, sem nenhum motivo?

— Tenha fé, minha filha...

— Não tenho fé. Tenho sede. Quero água, me dê um copo de água.

— Não posso, minha filha, não depende de mim...

— Vai me negar água, como os soldados negaram a Cristo Crucificado?

— Entenda, minha filha, se você assinar esse documento...

— Não!

— Desse jeito não vou poder ajudá-la, minha filha...

— Eu não sou sua filha!

Explodi. A voz aparentemente calma e inalterada daquele homem rompeu os poucos fios que seguravam meu controle. Eu gritava que meu pai estava morto, assassinado por ele, que eu queria sair dali. O homem se aproximou, colocou a mão na minha testa e pediu um médico. Eu delirava de tanta febre, até que desmaiei. Não sei quanto tempo estive desfalecida. Acordei com alguém, supostamente um médico, que me auscultava sem responder a nenhuma das minhas perguntas. Eu continuava com a venda e perguntava com insistência:

— Onde estou? Quem é você? Por que me prenderam? Quero água!

O homem limitou-se a informar que ia receitar umas injeções para curar minha pneumonia. Voltei a gritar por socorro. Ele então tapou minha boca com um esparadrapo e saiu da sala. Reagi tentando soltar meus pés e mãos, machucando as articulações. Arrastei a cadeira na direção da porta e caí, batendo a cabeça e o braço esquerdo no chão. Senti o sangue quente correr, e alguém tirar a venda dos meus olhos. Imóvel no chão, eu enxerguei, de forma distorcida, um par de sapatos brancos, certamente do médico que voltara, e algumas botas dos soldados que se movimentavam em várias direções. Alguém arrancou de uma só vez o esparadrapo de minha boca. Doeu. Eu tinha a sensação de que estava caindo, caindo, caindo, e meu pensamento foi invadido por cenas de infância, em particular o dia em que participara de uma brincadeira com minhas amigas. Das Dores estava no comando do jogo. Gritava "Cai no poço!", e me empurrava em direção a um poço imaginário, enquanto eu lhe pedia ajuda:

— Quem me tira?

— Eu!

— Quantos passos?

— Três... de elefante.

Dei as três grandes passadas e, na última, caí nos braços de Wescley, que saltara na minha frente, só para bulir comigo. Furiosa, saí correndo atrás dele, mas tropecei numa pedra e caí, machucando a cabeça. O sangue escorreu, a vista embaralhou e só ouvia vozes distantes, até que alguém jogou água fria em meu rosto e eu despertei. Ainda tonta, fui conduzida por Das Dores para a casa de minha tia. As cenas agora se confundiam em minha mente e demorei a perceber que não era sonho. O tal médico dera uns pontos em minha cabeça, colocara a venda de volta e engessara meu braço. Antes de cair num sono pesado, ouvi sua ordem:

— Chamem o dr. Alvaiade, que agora é com ele!

Quando acordei, estava vestida com um camisolão e, pelo cheiro de éter e esparadrapo, deduzi que me haviam transferido para uma enfermaria. O braço esquerdo, engessado, doía. O outro estava imobilizado por uma faixa em torno do corpo, para evitar que eu tentasse fugir. Durante dias fui atendida pelo homem que identificavam, em tom de galhofa, como dr. Alvaiade. Uma pessoa monossilábica, cujo tom, levemente debochado, parecia familiar. Trazia um estojo de injeção, que manipulava com rapidez.

Aquele ritual eu conhecia das muitas vezes que via papai nos aplicar injeções. Pelo som, eu identificava o dr. Alvaiade abrir a lata, encher a tampa de álcool, riscar o fósforo e aguardar a fervura dos instrumentos. A água borbulhava, ele dava batinhas com o dedo no gargalo da injeção para o líquido descer, serrava a ampola, enchia a seringa, arrancava um pedaço de algodão, molhava no álcool, passava em meu braço e aplicava a injeção. Depois recolhia seus objetos e saía.

Deduzi ser uma pessoa de pouca instrução pelos erros de gramática, nas poucas conversas que mantinha com os carcereiros. Receitava, por exemplo, injeção de "licose" na veia para curar as bebedeiras dos guardas. E gelo para aplicar nas "matomba" roxa, quando alguém se machucasse. Falava "trabissero", "gumito"... Mas era cuidadoso ao me fazer os curativos, aplicar as injeções e, apesar dos remédios que me deixavam entorpecida, cheguei a perceber algo semelhante a um carinho em meu rosto. Estava fraca demais para reagir.

Quando recobrei as forças, voltei a exigir que me soltassem. Conhecia meus direitos, não podia ficar presa sem uma acusação formal. Até hoje não consigo explicar de onde tirei tanta coragem. Aos gritos, me debatia e chutava o ar quando ouvia a aproximação de alguém. Os guardas de plantão mangavam de mim, e eu ouvia os comentários jocosos de que tivera muita sorte porque o dr. Alvaiade me protegia, estava apaixonado por mim. Caso contrário, estaria perdida.

Até que uma noite o tal Alvaiade entrou e me encontrou sem voz, de tanto que gritara. Aplicou-me uma injeção na veia e ficou velando meu sono. Quando acordei, ele me explicou que eu estava com as mãos e pernas livres das cordas, com os pulsos e os tornozelos envoltos em gaze. Ele mesmo tomara o cuidado de colocar uma tipoia em meu braço engessado. Eu logo seria liberada. Os olhos, porém, essa era a única exigência que o misterioso doutor fazia, deveriam continuar tapados, para minha segurança.

Dormi pesado e fui acordada por um barulho metálico na porta. A bandeja com o café da manhã foi colocada na mesinha e um homem mandou que eu me apressasse porque meu príncipe encantado chegara para me libertar. Tentei levantar, mas ele ordenou que ficasse sentada. Apesar da venda nos olhos, percebi que ao sair o homem se esquecera de passar o cadeado na porta. Do lado de fora, ouvi vozes e risos. Levantei a venda dos olhos e corri para a porta entreaberta. Pela fresta, divisei as costas de um rapaz magro, de branco, conversando com Cambito no corredor. Não o reconheci de imediato. A máscara, a touca e as luvas hospitalares cobriam seus traços, sua pele. Usava óculos escuros. Pus depressa minha venda e tomei o café com pão. O tal doutor Alvaiade entrou e disse que eu estava livre, mas, para evitar problemas, só poderia tirar a venda quando atravessasse o portão de saída. Em seguida entregou minhas roupas e ordenou que me vestisse. Havia tristeza em sua voz. Eu já não sentia pudor em ficar nua diante daquele homem que cuidou de mim com tamanha dedicação.

Ajudou-me a levantar o fecho da saia e a vestir a blusa. Colocou a tipoia e me entregou um pacote com minha bolsa e meu sutiã, que eu não conseguira vestir. Guiou-me até uma porta de ferro onde dois soldados me aguardavam. Na despedida, aconselhou-me a sair do país enquanto era tempo, porque a coisa ia piorar. Paramos em silêncio. Sua mão áspera, sem a luva, percorreu meu rosto. Recuei bruscamente e ele, antes de desaparecer, disse as últimas palavras:

— Você continua braba, bruta e bonita!

E desapareceu. Só então me dei conta de quem se tratava. Chorei ao me lembrar de sua profecia: "Você ainda vai me agradecer, Essa Menina!".

Amparada por um dos soldados, desci a escadaria que levava ao pátio interno do quartel, onde a venda foi retirada. O sol forte ofuscou minha visão, deixando-me tonta. Lembrei-me de Deus. Deve ser esta a sensação de que minha tia tanto falava. Sensação insuportável. Suspirei fundo, afastei as lágrimas com o dorso da mão direita e me dirigi para a saída. No meio do pátio parei até minha vista se acostumar à claridade.

Passadas mais de três décadas da minha prisão, soube que Cambito, o capelão do Exército, o médico e Wescley haviam sido denunciados por alguns presos políticos. O padre por ter sido conivente com as torturas que Cambito ordenava e, supostamente, aplicado extrema-unção aos moribundos. No entanto, foi absolvido por falta de provas e pela força da Igreja. Cambito, protegido por superiores, foi transferido para o Rio de Janeiro e o Exército nunca abriu inquérito para apurar sua responsabilidade. Já o médico perdeu o registro profissional, pelo exercício equivocado da medicina quando reanimava prisioneiros ou atestava seu óbito, falsificando a causa mortis.

Wescley respondeu a um longo processo por ter sido reconhecido por muitas vítimas como o funcionário do hospício que era constantemente chamado aos porões da ditadura para fazer o serviço sujo: torturar, aplicar injeções e, dizem até, sumir com os cadáveres. Era conhecido como dr. Alvaiade. Mas não foi preso. À época do julgamento, o albino já se encontrava bastante doente, hospitalizado em estado terminal. Chorei de pena e de raiva dele.

A menina que vivia de esperança

Na saída da prisão, encontrei vovô, o advogado e o professor Genaro, que já havia preparado toda a papelada para minha saída do país. Ao verem as escoriações em meu corpo, deduziram que nos quinze dias em que estive desaparecida havia sofrido violências na cadeia. Por mais que tentasse, não consegui convencê-los do contrário: que os machucados foram provocados por mim mesma, nas tentativas de fuga.

Um mês depois, embarquei para Paris. Na véspera da viagem, minha tia me aconselhou a olhar sempre para a frente. Devia voltar às lembranças apenas para uma breve visita, sem revivê-las, sem sofrimento. Fez-me prometer que eu tentaria a reconciliação com Deus, porque acreditar Nele aliviaria muito o fardo da vida. Depois foi para a cozinha preparar meu banho de descarrego, com as ervas colhidas em seu quintal. Durante o ritual do banho intercalou rezas e pedidos de proteção a todos os santos e todas as Nossas Senhoras, incluindo a Malvada.

Ela e mamãe arrumaram minha mala e, a meu pedido, puseram meu primeiro vestido de daminha, meu bastidor, um conjunto de bilros, agulhas de tricô, de crochê e de bordar vagonite, que eu ganhara ao ficar mocinha. Num cantinho da mala, o saquinho de pano com as cinco pedrinhas brancas que roubei da cova do anjinho de dona Candinha. Minha tia me entregou uma cópia do seu caderno sobre plantas medicinais, com muitas receitas e algumas sementes de girassol, minha planta preferida. Na primeira página, com sua letra miudinha e bordada, fez a dedicatória:

Vai, Minha Flor, desabrocha,
Planta teu próprio jardim.

Leva alegria ao mundo,
Mas não te esqueças de mim.
Voa, voa, passarinho, por vilas, becos, cidades.
Espalha muitas sementes de amor e felicidades.

Seu desvelo desmentia o ditado que costumava resmungar, com irritação, quando a desobedecíamos: "Quando Deus não dá filhos, o Diabo manda sobrinhos".

Em meio às roupas, destacava-se um tubo de papel-manteiga. Dentro, os escapulários de Nossa Senhora da Conceição, santa Rita de Cássia e a minha trança. Era a última etapa da "minha" promessa: depositar a trança no túmulo da mártir, na Itália. Concordei, evitando repetir-lhe as minhas já sedimentadas convicções religiosas.

Nesse exame de consciência, descobri, com serenidade, que duvido da existência de Deus sem perder o sono e sem culpas. Instalei-me comodamente em cima do muro. Sou agnóstica, mas respeito e até invejo os que se apegam a uma crença. Se algum dia alguém me provar a existência de Deus, ótimo, acreditarei. Não tento convencer ninguém da importância das minhas ideias, nem me considero detentora da verdade. Sou apenas mais uma agnóstica, prisioneira da dúvida.

Não me arrependo das minhas escolhas. Nem das minhas recusas. Não me filiei a nenhum partido. Optei por ser livre como Vovó Grande. Mantenho-me até hoje fiel a um único ideal: repudiar a violência e qualquer sistema ditatorial que cerceie o direito à divergência e à livre expressão do pensamento. Combato a violência, a discriminação e o preconceito, de qualquer ordem.

Para minha surpresa, um mês após minha viagem, soube que começara a circular pela feira de Paripiranga um livreto de cordel, apócrifo, intitulado *As façanhas da menina que vivia de esperança*. Contava as agruras físicas que eu teria sofrido em diferentes cativeiros por onde teria passado. Diante da necessidade de um personagem central para dar sustança às denúncias, o repentista me fez protagonista de uma história que não vivi.

Os versos relatavam que eu era frequentemente amordaçada e pendurada nua num pau de arara. Que eu caminhara sobre um chão de brasas. Afogamentos e choques elétricos nos seios e órgãos genitais eram rimados com tamanho detalhamento que era quase impossível duvidar da veracidade dos acontecimentos. Falavam de sórdidos abusos sexuais dentro de diferentes celas para onde teria sido transferida.

Até hoje luto para que a exatidão dos fatos seja resgatada em sua plenitude. Nunca me reconheci como a figura central desse falso cordel. Jamais autorizei sua divulgação, embora sempre tivesse enfatizado a existência da tortura psicológica. Torturas físicas mais pesadas, que causaram danos irreversíveis, foram as que sofreram meu pai, Abdon, o cego Apolo, entre outros camaradas. Alguns dos quais desapareceram, anos mais tarde, deixando um rastro de sangue que maculou o país de norte a sul, de leste a oeste.

Depois que me mudei para a França, engajei-me na luta internacional pelos direitos humanos e continuei a manter contato com minha terra, embora a tenha visitado pouquíssimas vezes. Fiz faculdade de inglês, italiano e espanhol. Formei-me em teologia e antropologia e, como defensora dos direitos humanos, viajei pelo mundo inteiro.

Casei, tive filhos e netos. Alcancei tudo o que busquei. Quer dizer, alguns sonhos ficaram abandonados no caminho. Até hoje tenho a certeza de que, com exceção do concurso de beleza (pois o cabelouro não fez efeito em mim), se tivesse insistido em ser cantora ou musa de cinema, teria seguido uma belíssima carreira. Só não posso garantir que tivesse alcançado a felicidade que hoje preenche minha vida.

Por isso resolvi partilhar algumas histórias da minha infância. Peço desculpas por ir e voltar nos relatos, atropelando às vezes a cronologia dos fatos. Mas foi assim que meu pensamento me guiou, num vaivém que parecia não acabar nunca. Hoje tenho a certeza de que foi graças a esses personagens que o tempo da esperança ficou preservado dentro de mim.

Eu me chamo Essa Menina e tenho setenta e nove anos. Nasci na noite da inauguração da Casa dos Peixes. Noite de lua cheia.

Agradecimentos

Há mais de trinta anos venho reescrevendo esta história. As primeiras páginas, ainda incipientes, tiveram a aprovação de minha irmã Babale (Marilene). Um dia, venci a timidez e mostrei alguns capítulos à escritora Silvana Gontijo, que apostou em mim e virou minha grande protetora. Com uma paciência de despertar inveja, Silvana leu e releu as inúmeras versões, apontando as barrigas e imperfeições do texto e, junto a Lula Vieira, empenhou-se na busca de uma editora que se dispusesse a publicar *Essa Menina*. Nesse meio-tempo, feitas algumas adaptações, pedi a opinião de Débora Thomé, desde que ela não levasse em conta a relação sogra/nora que nos une. Com a habilidade de um médico, Débora fez os mais precisos cortes cirúrgicos de palavras e capítulos. Conselhos acatados, a próxima ajuda veio de Maria Amélia Mello, que me repassou dicas importantes do seu ofício. Só então, tomei coragem de apresentar *Essa Menina* a Zuenir Ventura, meu grande incentivador. Aprendi muito com suas observações pertinentes. Um dia recebi um e-mail de Silvana/Lula cobrando a última versão do texto para avaliação de uma editora. Confesso que pensei em desistir e protelei a resposta. Mary Ventura, ao tomar conhecimento da minha demora, através do editor Roberto Feith, repassou-lhe meu e-mail. Por outro lado, meu marido fez pressão para que eu entregasse os originais. Aí tudo aconteceu com enorme rapidez. Roberto Feith leu o texto, aprovou-o com comentários generosos e agendou um encontro com a pessoa responsável pelos trâmites legais. Contrato assinado, caí no colo da editora que todos os autores gostariam de ter. Melhor, impossível. Foi Daniela Duarte quem terminou de escrever este livro comigo.

A todos eles, meus agradecimentos.

ESTA OBRA FOI COMPOSTA PELA ABREU'S SYSTEM EM ADOBE GARAMOND
E IMPRESSA EM OFSETE PELA LISGRÁFICA SOBRE PAPEL PÓLEN SOFT DA SUZANO
PAPEL E CELULOSE PARA A EDITORA SCHWARCZ EM FEVEREIRO DE 2016